KB046073

팅커벨
죽이기

Tinkerbell Goroshi (The Murder of Tinkerbell)
by Yasumi KOBAYASHI

Copyright ⓒ 2020 by Yasumi KOBAYASHI
First published in Japan in 2020 by TOKYO SOGENSHA CO., LTD.
Korean translation rights arranged with TOKYO SOGENSHA CO., LTD.
through Shinwon Agency Co.

팅커벨 죽이기

고바야시 야스미 지음

김은모 옮김

차례

♦♦♦

"후크 선장이 누군데?" 웬디가 강적에 대해 이야기하자 피터 팬은 흥미롭다는 듯이 물었습니다.

"기억 안 나?" 웬디는 놀라서 되물었습니다. "네가 후크 선장을 죽이고 우리 목숨을 구해줬잖아."

"난 죽인 놈들은 잊어버리거든." 피터 팬은 퉁명스럽게 대답했습니다.

"나를 만나면 팅커벨은 기뻐할까." 웬디가 불안스럽게 말하자 피터 팬은 물었습니다.

"팅커벨이 누군데?"

_제임스 매튜 배리 《피터 팬》 중 제17장 〈웬디가 어른이 되었을 때〉에서

1

거무튀튀한 바다가 눈 아래에 펼쳐졌다. 한없이 뻗어나가는 우주처럼. 그리고 싸늘해 보이는 흰색 하늘은 천천히 어두워지고 있었다. 마치 바다에서 하늘로 어둠이 스며드는 것만 같았다.

"저기, 피터." 웬디는 물었다.

"방향은 이쪽이 맞아?"

"방향? 무슨 방향?"

"그야 네버랜드로 가는 방향이지."

"흠. 왜 그게 궁금한데?"

피터 팬과 만난 직후에는 그의 이런 말투에 깜짝 놀랄 때가 많았지만, 요즘은 그렇지도 않다. 다만 안개에 휩싸여 주변에 섬 같은 형체 하나도 보이지 않는 바다 위에서, 그것도 해 질 녘에 이런 말을 들으면 누구나 불안해지기 마련이다.

"물론 길을 잃지 않기 위해서지."

"길? 그럼 일단 길부터 찾아야겠네." 피터는 주위를 둘러보았다.

피터는 나뭇잎을 꿰매서 만든 옷을 입고 있었다. 겉모습은 열 살 정도, 어쩌면 더 어릴지도 모른다. 하지만 진짜 나이는 분명치 않다. 물론 본인도 모른다.

바로 옆을 날아가는 열한두 살가량의 소녀는 웬디다. 웬디는 자기 나이로 보인다. 예전에 네버랜드에 갔을 때처럼 이번에도 잠옷 차림이었다.

마찬가지로 잠옷을 입은 소년 여덟 명이 두 사람을 열심히 쫓아오고 있다. 그들은 모두 웬디의 동생들이지만, 친동생은 존과 마이클 두 명뿐이다. 나머지 여섯 명은 웬디의 부모님인 달링 부부의 양자다. 그들은 네버랜드에서 피터의 부하였던 잃어버린 소년들인데, 그들 자신과 웬디의 부탁으로 달링 부부가 양자로 받아들였다. 다만 달링 일가가 상류 계급이라고는 하나 결코 유복하지는 않았으므로 양자를 여섯 명이나 받아들이는 데는 큰 결심이 필요했다. 현재로서는 간신히 생활을 꾸려나가고 있는 상황이다.

그리고 그들 열 명 주변에 착 달라붙어 빠르게 날아다니고 있는 빛이 하나 있었다. 그건 피터와 웬디에게 다가갈 때마다 불쾌한 날갯소리 같은 소리를 냈다.

"시끄러워, 팅커벨!" 피터가 허리에서 뽑은 단검을 휘둘러 그 빛을 베려고 했다.

"하지 마, 피터!" 웬디는 피터의 손을 꽉 붙잡았다.

"왜? 엄청 시끄럽잖아."

"팅크를 죽이려고 그래?"

"뭐, 죽일 마음은 없지만."

"단검으로 베면 죽어."

"죽으면 죽는 거지 뭐. 어차피 요정은 금방 죽는걸. 쟤들은 오래 못 살아."

"덧없는 생명이니까 더 소중한 거 아닐까?"

"그런가?" 피터는 생각에 잠겼다. "그럼 인간의 생명보다 모기나 파리의 생명이 더 소중하다는 뜻 아닌가?"

"그건……."

"그리고 평범한 인간의 생명이 바로 나, 피터 팬의 생명보다 소중하다는 뜻이야. 그런 어처구니없는 소리가 어디 있어. 나는 영원히 아이니까 가치가 있는 거야. 그에 비하면 언젠가 늙어 죽는 인간은 쓰레기나 마찬가지지."

"피터, 그런 식으로 말하는 건 좋지 않아."

"왜? 사실인걸." 피터는 불쾌함을 감추려들지 않았다.

"피터." 마침내 두 사람을 따라잡은 마이클이 말했다. "나, 배고파."

"그래서 뭐?" 피터는 마이클을 쏘아보았다.

"그렇게 쏘아붙이지 마. 마이클은 아직 어려."

마이클은 몹시 어려서, 아직 유치원에 다닐 만한 나이였다. .

"마이클이 누구였더라?"

"내 동생이야."

"배가 고픈 게 어쨌는데?"

"배가 고프니까 밥을 먹고 싶다는 거야. 밤중에 출발해서 아침도 못 먹었잖아."

지난번 모험이 끝난 후 피터 팬은 봄철 대청소를 할 때 웬디를 데리러 오겠다고 약속했다. 웬디의 부모님도 내내 피터와 함께 지내는 것보다는 낫겠다는 생각으로, 한 해에 일주일만 네버랜드에서 지내는 걸 허락했다.

그런데 피터는 약속한 시기를 싹 잊어버리고 봄이 아니라 여름에 데리러 왔다.

한밤중에 데리러 왔으므로 웬디는 아무도 모르게 출발할 작정이었다.

부모님에게 말하지 않은 건, 솔직하게 부탁해도 허락해주지 않을 것 같았기 때문이다. 웬디는 여름휴가를 피터와 함께 보내고픈 유혹을 이겨내지 못했다.

그런데 막상 창문으로 나가려 했을 때 둘째 존이 잠에서 깨고 말았다. 그가 크게 소리를 쳐서 다른 소년들도 눈을 떴다. 그리고 피터를 보고 환성을 질렀다.

웬디는 다급히 그들을 조용히 시켰다. 만약 더 이상 그들이 소란을 피우면 분명 부모님이 깨어날 것이기 때문이다.

하지만 소년들은 웬디의 말을 순순히 듣지 않았다. 웬디만 피터와 함께 네버랜드로 모험을 떠나는 건 공평하지 못하다고 여겼다. 웬디는 그들을 조용히 시키기 위해 모두 섬에 데려가겠다고 약속하지 않을 수 없었다.

피터 팬은 웬디의 제안을 듣고 싫은 티를 팍팍 냈다. 네버랜드의 비밀 기지에는 이미 새로운 아이들이 살고 있어 아홉 명이나 더 들여놓을 여유가 없는 듯했다.

하지만 웬디는 매달렸다. 남자애들은 한 침대에 다섯 명쯤 같이 자도 괜찮고, 무엇보다 이 애들이 소란을 피우면 자기도 네버랜드에 못 가게 될 거라고.

웬디의 설득에 피터는 마지못해 승낙했다.

그리하여 웬디와 소년들은 창문을 넘어 지금 네버랜드를 향해 넓은 바다 위를 날아가고 있는 것이다.

"아침을 안 먹은 게 어쨌는데?" 피터는 자꾸 묻기만 했다.

"이미 아침 먹을 시간도 점심 먹을 시간도 지나서, 이제는 저녁 먹을 시간이 됐다는 뜻이야. 어린아이가 밥을 세 끼나 걸러서야 되겠어? 너무 불쌍하잖아."

"그렇구나. 그러니까 마이클이 뭔가 먹고 싶다는 뜻이야?" 피터는 드디어 이해가 된 모양이었다.

"그래, 맞아. 먹을 거 좀 없어?"

"뭔가 먹는 척하는 걸로는 안 될까? 그게 훨씬 덜 귀찮은데."

"안 돼. 너랑 달리 우리한테 식사는 그냥 놀이가 아니야. 안 먹으면 금방 죽는다고."

"고작 2, 3년 만에?"

"어린아이는 2, 3일만 굶어도 죽을 수 있어."

"마이클 말인데." 피터는 소년들을 힐끗 보았다. "넌 걔가 죽으면 슬퍼?"

"당연하지. 마이클은 소중한 동생이니까."

피터는 잠시 생각에 잠겼다. "잠깐만 기다려. 지금 찾아올게."

피터는 느닷없이 높이 솟아올라 웬디와 소년들에게서 쭉쭉 멀어졌다.

웬디는 쫓아가려고 했지만, 그가 너무 빨리 날아가서 도저히 따라잡을 수가 없었다.

피터는 밀려오는 어둠 속으로 휙 사라졌다.

피터가 내버려두는 데 익숙해졌다고는 하나, 웬디와 소년들은 몹시 불안해졌다. 이러는 동안에도 그들은 엄청난 속도로 바다 위를 날아가고 있었다. 어딘가로 날아간 피터와 다시 만날 수 있을지 걱정됐다. 그럼 한곳에 가만히 멈춰 있는 편이 나은가 하면, 그 또한 불안했다. 피터는 그들이 쌩쌩 날아가고 있을 거라 생각할지도 모르고, 애당초 원래 위치가 어디인지도 이제는 모른다. 덧붙여 그들이 기다리고 있다는 사실을 피터가 깡그리 잊어버리지는 않을까 제일 걱정됐다. 믿기지 않는 일이지만 실제로 지난번에 네버랜드로 날아갈 때 피터가 몇 번이나 웬디와 동생들에 대해 잊어버려서 간이 철렁한 적이 있었다.

아무리 기다려도 피터는 돌아오지 않았다. 시간을 알 방법이 없으므로 실제로 몇 시간이나 기다렸는지는 모르지만, 주린 배를 부여잡고 있어서인지 웬디와 소년들은 그 시간이 몹시 길게 느껴졌다. 족히 열 몇 시간, 어쩌면 며칠은 지나지 않았을까 싶을 정도였다.

"하지만 며칠은 아닐 거야." 웬디가 말했다. "만약 며칠이나 지났다면 낮과 밤이 몇 번이나 뒤바뀌었을 테니까."

"꼭 그렇다고는 볼 수 없지." 달링 일가의 양자 중 한 명인 뚱뚱

한 슬라이틀리가 아는 척하며 말했다. "낮과 밤의 변화는 행성의 자전 때문에 발생하는 거야. 나라나 섬이 해가 비치는 쪽에 오면 낮이 되고, 해가 비치지 않는 쪽에 오면 밤이 돼. 만약 우리가 자전 방향을 거슬러 엄청난 속도로 서쪽을 향해 날아가고 있다면 계속 저녁 무렵이 유지될 수도 있겠지."

"그런데 지금 몇 시쯤 됐을까?" 다른 양자인 투틀스가 물었다.

"음, 한 7시쯤 되지 않았을까?" 슬라이틀리가 하늘을 올려다보며 말했다.

"7시가 계속된다는 거야?"

"그런 셈이지."

"그렇다면 시간이 흐르지 않는다는 거네. 이대로 쭉 같은 날의 오후 7시가 계속되면, 우리도 피터처럼 영원히 아이로 지낼 수 있어. 뿐만 아니라 아무것도 먹을 필요가 없는 거야."

"그렇게 신통방통한 일이 있겠냐? 날짜변경선이라는 게 있단 말이야. 날짜변경선을 동쪽에서 서쪽으로 넘으면 날짜가 하루 지나가."

"정확히 하루?"

"그래, 정확히 하루. 1초의 오차도 없어."

"그렇게 딱 들어맞다니 굉장하다."

"응, 딱 들어맞아. 엄밀하게 말하자면 시간대의 설정에 따라서는 23시간일 경우도 있지만."

"그렇게 대단한 선이 저절로 생겼어?"

"저절로? 저절로인가? 아니. 저절로는 아니야. 인간이 만든 거지."

"인간이 그렇게 엄청난 걸 만들었어?"

"엄청나다고 할까……."

"거기를 지나가기만 해도 시간이 하루 지나가다니 타임머신 같
아."

"응? 타임머신이랑은 다르다고……."

"반대로 넘어가면 어떻게 돼? 서쪽에서 동쪽으로."

"그럴 경우에는 하루 당겨지는 셈이지."

"그럼 하루에 한 번 서쪽에서 동쪽으로 날짜변경선을 넘으면
계속 같은 날이겠네!"

"아니. 그건 아니야. 아까도 말했다시피……."

"내 생일이 되면 그래야겠다. 그러면 죽을 때까지 매일매일 생
일이야."

슬라이틀리는 뭔가 정정하려 했지만, 본인이 조금 혼란스러워
져서 아무 말도 하지 못했다. 하는 수 없이 웬디에게 도움을 청하
려 했지만, 웬디는 이미 그들의 이야기를 듣고 있지 않았다.

웬디는 시커먼 구름에 뒤덮인 하늘을 올려다보고 있었다.

"웬디, 왜 그래?"

"왔어." 웬디는 하늘 저 멀리를 가리켰다.

웬디가 가리키는 곳에 쌀알만큼 작고 검은 형체가 있었다. 자
세히 보니 날개가 달린 뭔가와 엉겨붙어 비틀비틀 비행하는 피
터 팬이었다. 그는 나선을 그리듯 빙글빙글 날며 웬디 일행이 있
는 곳으로 다가왔다.

"저게 밥이야?" 마이클이 웬디에게 물었다.

"아닐 거야. ……피터는 밥이랍시고 가져왔을지도 모르지만."

피터는 순식간에 다가와 일행 바로 옆을 지나쳤다. 돌풍이 불더니 끄아악, 하고 날카로운 울음소리가 들렸다.

자세히 보니 검은 형체는 바닷새였다. 흰 몸뚱이가 역광을 받아 검게 보였을 뿐이었다.

피터는 자기보다 큰 새와 격투를 벌이며 어떻게든 웬디 일행이 있는 쪽으로 데려오려는 것 같았다. 저항하던 새는 피터를 떨쳐내기 위해서인지 수면 위를 빙글빙글 회전하며 날아갔다.

"피터, 아는지 모르겠지만, 그렇게 크고 살아 있는 새는 못 먹어." 웬디는 일단 피터에게 충고했다.

"살아 있는 새는 먹기 힘들겠지만, 죽이면 그렇지도 않아. 하지만 공중에서 손질하기는 힘드니까 이 녀석을 먹을 생각은 없어."

"그럼 왜 데려왔어?"

"이 녀석이 놓질 않아서."

자세히 보니 피터가 잡고 있는 것은 바닷새의 몸뚱이가 아니었다. 너무 빨리 움직여서 부리를 잡고 있는 것처럼 보였지만, 사실은 새가 부리로 물고 있는 걸 꽉 쥐고 있었다.

"이 망할 놈의 새야, 작작 좀 해라!" 피터는 빙그르르 돌면서 바닷새의 부리를 힘껏 걷어찼다.

바닷새는 끄엑, 하고 비명 같은 소리를 지르며 사냥감을 놓았다. 입에서 피를 토했지만 그렇게 약해진 낌새는 없었다. 일단 급강하한 후 피터에게 사냥감을 빼앗으려 다시 휙 솟아올랐다.

피터는 대담하게 웃으며 바닷새가 다가오길 기다렸다. 피로 물든 사냥감을 일부러 눈앞에 쳐들고 도발하기까지 했다.

그리고 바닷새가 접근한 순간 피터의 단검이 번뜩였다.

한쪽 눈을 파인 바닷새는 비명을 지르며 재빨리 달아났다. 피보라가 비행기구름같이 뒤쪽으로 길게 늘어졌다.

"자, 다 함께 이걸 먹자." 피터는 엉망진창으로 뭉개진 어른 팔뚝만 한 물고기를 내밀었다.

"우웩!" 존이 구역질을 했다.

"뭐야. 날것은 싫어?" 피터는 기분이 상한 모양이었다. "몰라? 일본에서는 날생선이 맛있는 요리라고. 독이 있는 복어도 날것으로 맛있게 먹는단 말이야."

"날것이라서 싫은 건 아니야, 피터." 웬디는 상냥하게 타일렀다. "하지만 눈알이 튀어나왔고 입과 항문에서도 뭔가가 삐져나온 데다, 몸이 쪼개질 것 같은데도 아직 움찔거려서 먹기가 좀 힘들겠네."

"뭐야, 필요 없으면 됐어!" 피터는 물고기를 바다에 내팽개쳤다.

물고기는 두 동강 나서 어딘가로 사라졌다.

"어머, 버릴 것까지는 없었는데." 웬디가 아쉽다는 듯이 말했다.

"그럼 버리기 전에 말했어야지." 피터는 입술을 삐죽 내밀었다.

"난 물고기보다 고기가 좋아." 양자 중 한 명인 닙스가 불쑥 말했다.

"그게, 여기는 큰 바다 한복판이라서……" 슬라이틀리가 말꼬리를 흐렸다.

"알았어! 어딘가 육지까지 가서 찾아올게!" 피터는 화살처럼 날아갔다.

"육지까지 얼마나 걸릴까?" 웬디는 불안하기 짝이 없었다.

팅커벨이 방울이 울리는 듯한 목소리를 냈다.

"뭐라고 했니?"

"아직 팅크의 말을 못 알아듣는 거야?" 양자 중 한 명인 컬리가 깔보듯이 말했다.

"전혀 못 알아듣는 건 아니야. '피터의 높이라면 어쩌고저쩌고' 하는 건 알았어."

팅커벨이 큰 소리로 뭐라고 시끄럽게 떠들어댔다.

"'피터의 높이'가 아니라 '속도'야. 팅크는 '피터의 속도라면 순식간에 육지에 도착할 거'라고 했어." 컬리가 말했다.

"하지만 팅크의 목소리는 딸랑딸랑하는 걸로밖에 안 들리는 걸."

웬디의 말이 끝나기가 무섭게 팅커벨이 웬디의 얼굴을 몸으로 힘차게 들이받았다.

웬디가 눈을 보호하려고 얼굴 앞으로 손을 쳐들자 마치 손바닥으로 팅커벨을 때린 모양새가 됐다.

아래로 떨어진 팅커벨은 바다에 빠질락 말락 하는 순간에 간신히 자세를 바로잡고 날아올랐다.

"팅크, 미안해!" 웬디는 허둥지둥 사과했다.

하지만 팅커벨은 화가 치민 듯 양손의 손톱을 세우며 다시 덤벼들었다.

"걸리적거리잖아, 팅크!" 피터가 팅커벨 바로 위에서 거의 수직으로 내려왔다.

팅커벨은 피터의 발부리에 차일 뻔했지만, 1밀리미터 정도의 차이로 아슬아슬하게 피했다.

피터는 손에 독수리를 쥐고 있었다.

"육지가 있었어?" 웬디는 놀라서 물었다.

"응. 적당한 방향으로 1만 킬로미터쯤 날아갔더니 금방 나오더라고."

"진짜야? 너 대체 얼마나 빠른 거니?"

"글쎄, 재본 적이 없어서."

"그렇게 빠르면 네버랜드에도 눈 깜짝할 사이에 도착할 수 있는 거 아니야?"

"음, 먹이를 물고 있는 독수리는 어느 육지에서든 찾을 수 있지만, 네버랜드는 한군데뿐이니까. 그렇게 쉽게 찾을 수 없어."

"찾을 수 없다고? 그게 무슨 소리야? 너, 네버랜드가 어디 있는지 몰라?"

"뭐, 안다고 느껴질 때도 있긴 하지."

"너, 집이 어딘지도 모른다고?"

"켄싱턴 공원에서 길을 잃은 뒤로 쭉 그렇지."

"우리, 무사히 네버랜드에 도착할 수 있을까? 그것보다 런던으로 돌아갈 수 있을까?"

"걱정 마. 지금까지 도착하지 못한 적은 한 번도 없으니까."

"하지만 어디 있는지 모르잖아? 어떻게 찾아갈 거야?"

"마음 푹 놔. 이렇게 세계 여기저기를 구석구석 찾아다니다 보면, 우연히 도착하는 법이거든."

"우연히? 혹시 지난번에 네버랜드에 갔을 때도 우연히 도착한 거야?"

"맞아." 피터 팬은 태평하게 대답했다.

웬디는 눈앞이 캄캄해졌지만 소년들을 불안하게 해서는 안 된다는 생각으로 표정에는 드러내지 않았다.

괜찮아, 웬디.

웬디는 스스로를 달랬다.

네버랜드는 한군데뿐이지만, 영어가 통하는 나라는 많은걸. 설령 네버랜드에 도착하지 못하더라도 분명 조만간 영어가 통하는 나라에 다다를 거야. 거기서 신원이 확실한 어른을 찾아서 런던으로 돌려보내 달라고 부탁하면 돼. 신원이 확실한 어른이라면 길을 잃은 아이들을 내버려둘 리 없으니까. 우리가 왜 거기에 있는지 설명하기는 어렵겠지만, 어린애가 자신의 처지를 제대로 설명하지 못한다고 해서 결코 그냥 내버려두지는 않을 거야.

"그것보다 너희들이 먹을 밥을 가져왔어." 피터가 말했다.

그러고 보니 독수리는 피로 물든 길쭉한 고깃덩이 같은 걸 물고 있었다.

존은 구역질이 올라왔지만, 애써 손에 넣은 먹을거리를 피터가 또 바다에 내버릴까 봐 겨우 구역질을 삼켰다.

"이리 내놔." 피터는 고깃덩이를 잡아당겼다.

하지만 독수리는 놓으려 하지 않았다.

피터는 더 세게 잡아당겼다.

피터와 독수리는 먹잇감을 두고 줄다리기를 벌였다.

웬디는 먹잇감이 찢어지지 않을까 싶었지만, 의외로 튼튼한지 갈라져서 피가 더 뿜어져 나오는 정도였다.

차라리 찢어지면 빨리 마무리될 텐데.

"그만 포기해!" 피터가 독수리의 목을 세게 걷어찼다.

이상한 소리와 함께 독수리의 목이 엉뚱한 방향으로 꺾였다.

먹잇감이 부리에서 빠졌다.

독수리는 빙글빙글 돌며 아래로 떨어졌다. 바다에 빠지자 힘없이 날개를 퍼덕거리는 것으로 보아 죽지는 않은 모양이다. 하지만 물새가 아니니까 헤엄치기는 어려우리라.

"놔둬도 괜찮을까?" 웬디는 걱정돼서 말했다.

"괜찮아. 훌륭한 물고기 밥이 될 거야." 피터는 시원스럽게 대꾸했다. "그것보다 애써 마련한 밥이야. 썩어서 냄새가 나기 전에 먹어치우자."

웬디는 옷에 피가 묻지 않도록 조심해서 고깃덩이를 받아 들었다.

피터 팬이 준 고깃덩이를 자세히 보자 피터 팬과 독수리의 격한 싸움 때문에 많이 상한 상태였다. 비늘투성이 몸체에서 피가 줄줄 흘렀다. 온기는 느껴지지 않았지만 피가 철철 흘러넘치는 것으로 보건대 아직 살아 있는지도 모른다.

"자, 먹어, 웬디." 가리키는 피터의 손도 피투성이였다.

"피터, 이거 아직 살아 있는 거⋯⋯."

"몰라? 일본인은 물고기를 산 채로 먹기도 해."

"거짓말!"

"거짓말이라고 할 수는 없겠지. 이케즈쿠리*라는 요리법이 있는데⋯⋯."

슬라이틀리가 설명했지만 웬디는 눈앞에 있는 고깃덩이가 너무 끔찍해서 그의 말이 머리에 들어오지 않았다.

괜찮아. 늘 집에서 먹는 고기도 죽은 동물이잖아. 우리는 죽은 동물의 고기를 먹으며 살아온 거야. 이것도 그거랑 다를 바 없지. ⋯⋯하지만 여기에는 비늘이 달렸네. 소나 돼지, 닭은 아니야. 아아, 물고기일지도 모르겠다. 다리 같은 게 달렸지만 무시하면 그만이야. 이건 분명 물고기야. 그리고 나는 일본인. 그러니까 날생선은 아무렇지도 않게 먹을 수 있어.

웬디는 입을 크게 벌리고 고깃덩이를 덥석 깨물었다. 그리고 살점을 물어뜯었다. 입안에 철과 소금 맛이 번졌다.

"아야!" 고깃덩이가 소리쳤다.

피터와 웬디와 소년들은 깜짝 놀라서 피로 물든 고깃덩이를 들여다보았다.

지금 웬디가 물어뜯은 곳에서 피가 잔뜩 뿜어져 나왔다.

웬디는 무의식중에 살점을 우물우물 씹어서 꿀꺽 삼켰다.

* 살아 있는 생선의 살을 회쳐서 나머지 부분과 함께 내놓는 방식. 신경이 잠깐 살아 있어 생선의 머리나 꼬리 등이 움직인다.

"부탁이야! 날 먹지 마." 고깃덩이가 애원했다.

"벌써 조금 먹었는데." 웬디는 미안해하며 말했다.

"삼킨 건 어쩔 수 없지. 조금인 모양이고. 하지만 더 이상은 먹지 말아줘."

"너 인간이니?" 웬디는 순수한 의문을 꺼냈다.

"도마뱀이야. 이름은 빌."

"으앗!" 피터 팬이 비명을 질렀다.

"왜 그래?" 빌이 피터에게 물었다.

"도마뱀이 말을 한다!" 피터는 상당히 놀랐는지 눈이 휘둥그레졌다.

"도마뱀은 말하면 안 돼?"

"당연히 안 되지! 공상 속의 이야기도 아니고!" 피터는 고함을 질렀다.

"이 세계에서는 도마뱀이 말하면 이상하다는 뜻이야?"

"당연하지."

"……그럼 여기는 이상한 나라나 오즈의 나라가 아닌 거네?"

"처음 들어보는 나라인데." 피터는 미심쩍다는 눈초리로 빌을 보았다. "뭐, 말하는 걸 제외하면 보통 도마뱀 같군."

"맞아. 난 보통 도마뱀이야."

"웬디, 들었지? 보통 도마뱀이라면 문제없어. 냉큼 먹어치워."

"앗, 잠깐……."

"왜?"

"말하는 생물을 먹기는 어쩐지 무섭다고 할까……."

"뭐야! 기껏 잡아왔더니만 필요 없다는 거로군. 그럼 버리자."
피터는 웬디의 손에서 빌을 낚아채 바다에 내동댕이쳤다.

물보라에 섞여 피보라가 튀었다.

빌은 보글거리며 가라앉았다.

소년들 사이에 있던 쌍둥이 중 형이 재빨리 아래로 날아가 바닷속에 잠수했다. 그리고 몇십 초 후, 축 늘어진 빌을 들고 공중으로 솟아올랐다.

"어디서 멋대로 행동해? 내가 그 도마뱀을 구하라고 명령했어?" 피터 팬은 쌍둥이 중 동생의 얼굴을 쥐어박았다.

동생의 코에서 피가 줄줄 흘러내렸다.

"무슨 짓이야?" 쌍둥이 동생은 놀라서 피터에게 물었다.

"네가 멋대로 도마뱀을 구했잖아."

"난 안 구했어."

"아니. 구했잖아." 피터는 도마뱀을 든 채 수면 근처를 날고 있는 쌍둥이 형을 가리켰다.

"저건 내가 아니야."

"너, 쌍둥이지?"

"응, 맞아."

"쟤도 쌍둥이고." 피터는 쌍둥이 형을 가리켰다.

"응, 맞아."

"그럼 너잖아!" 피터는 쌍둥이 동생의 배를 힘껏 때렸다.

"이제 그만 때리면 안 돼?" 쌍둥이 동생은 배를 누른 채 머뭇머뭇 말했다.

피터의 심기를 거슬러서 좋을 것 없다는 사실이 드디어 떠오른 것이다.

이 상황에서는 이야기를 잘 매듭짓는 편이 낫다.

"잠깐 착각했을 뿐이야."

"자신의 잘못을 인정한다면 뭐, 용서해주지."

쌍둥이 형은 피터의 말에 안심했는지 빌을 데리고 다가왔다.

"아무튼 빨리 먹든지 버리든지 결정해." 피터가 다그쳤다.

"그건 안 돼." 웬디가 막아섰다. "말을 할 줄 안다면 인간으로 취급해줘야지."

"인간답게 죽이라는 거야?"

"그게 아니라 우리 동료로 끼워주자는 거야."

"도마뱀을 동료로 삼으라고? 내가 동료로 삼는 건 길 잃은 아이뿐이야."

"나는 길을 잃었어." 정신을 차린 빌이 기운 없이 말했다. "이상한 나라에 돌아가는 방법을 모르겠어. 그러니까 길을 잃은 거지."

"봐. 길을 잃었다잖아." 웬디는 애원했다.

피터는 턱을 쓰다듬으면서 생각했다. 하지만 얼마 지나지 않아 귀찮아졌다. 애당초 그에게는 깊이 생각한다는 습관이 없었다.

"귀찮아 죽겠네. 네 맘대로 해." 피터는 빌을 잡아서 웬디에게 건네주었다.

"미안해, 빌. 널 조금 먹었어."

"괜찮아. 전부 먹은 건 아니니까. 그런데 여기는 어디야?"

"여기는 아무 데도 아니야. 굳이 따지자면 넓은 바다 위랄까?"

"어느 바다인데?"

"글쎄, 모르겠어."

"다들 날고 있구나."

"응, 날고 있지."

"어디로 날아가는데?"

"네버랜드로."

"네버랜드는 어떤 곳이야? 이상한 나라와 비슷해?"

"글쎄. 난 이상한 나라가 어떤 곳인지 모르거든."

"이상한 나라에는 앨리스가 있어."

"그 밖에는 누가 있니?"

"미치광이 모자 장수랑 3월 토끼랑, 그리고 여왕이라든가."

"네버랜드에는 잃어버린 소년들과 요정, 해적, 인어, 붉은 피부족이 있어. 그리고 야수들도."

"야수들은 말을 안 해?"

"응. 동물은 말을 안 해."

"그럼 이상한 나라와는 다르네. 이상한 나라랑 오즈의 나라에서는 동물이랑 꽃과 풀도 말을 하거든. 네버랜드는 호프만 우주와 비슷한지도 모르겠다."

"거기서는 동물이 말을 안 해?"

"이따금 말을 하는 동물은 있지만 대개는 안 해. 그리고 말하는 인형도 있어."

"그럼 네버랜드하고는 그렇게 안 비슷한가 보다." 웬디는 딱한 심정으로 말했다.

"네버랜드는 즐거운 곳이 아니야?"

"글쎄? 피터 같은 남자애한테는 즐거운 곳일지도 모르겠네."

"'피터 같은 남자애'는 구체적으로 어떤 남자애인데?"

"피에 굶주린 남자애."

"다행이다. 나, 지금 피투성이니까 분명 피터의 마음에 들 거야." 빌은 기쁜 듯 말했다. "그런데 네버랜드에는 언제 도착해?"

"그건……."

"얘들아!" 피터가 외쳤다. "드디어 발견했어! 네버랜드야!"

"지금 피터가 '발견했다!'고 하지 않았어?" 투틀스가 의아하다는 듯 말을 꺼냈다. "마치 길을 헤맨 것 같잖아."

"쉿!" 슬라이틀리가 나무랐다. "피터는 완벽하니까 결코 길을 헤매지 않아. 오래 살고 싶으면 말조심해."

앞쪽의 안개 속에서 어마어마하게 거대한 육지가 거무스름한 모습을 드러냈다.

그 황량해 보이는 풍경에 빌은 가슴이 마구 두근거렸다.

팅커벨이 반짝반짝 빛을 내며 섬 위쪽 하늘로 날아갔다.

섬으로 쑥 들어간 만에서 살기를 띤 포탄이 발사됐다. 원망과 한탄에 찬 부족의 외침과 야수가 흉포하게 으르렁대는 소리, 저주받은 여성의 노랫소리가 울려 퍼지고 섬 여기저기서 푸르스름하니 으스스한 불빛이 번쩍였다.

"결코 존재하지 않는 나라에 온 걸 환영한다." 피터 팬은 천진 난만하면서도 사악한 웃음을 지었다.

2

으음. 뭐가 어떻게 된 거지?

이모리 겐은 스스로에게 물었다.

하지만 지금 그가 알고 싶은 건 네버랜드에 있는 빌의 상황이
아니었다.

이모리와 빌의 관계는 기묘하다. 완전히 다른 인격, 신체, 능력
을 지녔지만 둘은 기억을 공유한다. 즉 이모리가 체험한 일은 빌
의 기억에도 남아 있으며, 반대로 빌이 체험한 일을 이모리도 기
억한다. 구체적으로는 각자가 상대의 체험을 꿈속의 일이라고
느낀다.

이 현상은 꽤나 오래전부터 계속된 것 같지만 이모리는 최근에
서야 이 현상을 분명하게 인식했다. 그동안 알아차리지 못한 이
유는 아주 단순하다. 자신이 꾸는 꿈에 별로 흥미가 없어 꿈을 금
방 잊어버렸기 때문이다. 하지만 어느 순간, 자기가 늘 똑같은
상황에 있는 꿈을 꾸는 게 아닌가 문득 의심이 들었다. 그때부터

이모리는 꿈 일기를 쓰기 시작했다. 그리고 무서운 진실을 깨달았다. 꿈속에서 그는 항상 도마뱀 빌의 시점으로 세상을 보고 있었다.

빌이 살고 있던 곳은 이상한 나라라는 세계다. 아무래도 그 세계의 주민 중 몇몇은 지구에 이모리 같은 아바타라가 있는 모양이다. 전공이 같은 대학원생 구리스가와 아리도 이모리와 같은 처지로, 지금 이상한 나라에서 심각한 말썽에 휘말린 상태다.

그리고 빌 또한 심각한 말썽에 휘말렸다. 그렇다기보다 그는 언제나 말썽을 달고 다니며, 지금도 말썽의 한복판에 있다. 어째선지 이상한 나라를 떠나 다른 기묘한 세계를 헤매다 뭔가 거칠어 보이는 소년들과 그보다는 조금 차분한 소녀로 이루어진 일행과 만난 것이다.

하지만 지금 이모리가 궁금한 건 방금 전 꾸었던 꿈속에서 빌이 어떻게 되었느냐가 아니다.

자기 자신에 대해서다.

나는 지금 어떤 상황인가?

서 있는지 누워 있는지조차 분명치 않았다.

진정하자. 일단 상황부터 파악하는 거야. 뭐가 보이지?

그래. 갈색 뭔가다. 김이 피어오르고 있다. 그리고 뺨이 뜨겁다. 즉 뭔가 고온의 물건이라는 뜻이다. 냄새로 판단컨대 음식 같다. 아마도 고기류, 스테이크 같은 것인 모양이다.

입술에 따뜻한 액체가 닿아 있다. 시험 삼아 핥아보자 소스 같은 맛이 났다. 역시 스테이크인가. 하지만 그런 것치고는 뭔가 이상하다.

이모리는 잠시 생각하다 위화감의 원인을 알아차렸다.

거리다. 너무 가까워서 초점이 맞지 않는다. 대체 왜 이런 요리에 바싹 붙어 있는지 의문스러웠다.

조금 떨어져서 전체적인 모습을 확인하는 편이 좋을 듯했다.

하지만 몸이 말을 안 들었다.

혹시 병에 걸렸다거나 그런 건 아닐까?

이모리는 조금 불안해하면서도 오감을 활용해 어떻게든 정보를 모으려 애썼다.

그러자 방금은 뜨거워서 몰랐지만 다른 감각도 느껴졌다. 오른쪽 뺨이다. 아프다. 아픈 곳은 두 군데. 푹 찔린 듯한 통증과 찢어진 듯한 통증이 느껴졌다.

이건 뭘까?

이모리 생각으로는 눈앞의 고기 요리와 이 통증에 무슨 연관성이 있는 것 같았다. 하지만 그게 구체적으로 무엇인지에 대해서는 아직 생각이 미치지 않았다.

그러고 나서 고기 요리보다 먼 곳으로 시선을 옮겼다.

몇몇 남녀의 얼굴이 보였다. 이모리와 나이가 비슷한 젊은이들이었다. 아는 사람인지 아닌지는 금방 판단이 되지 않았다.

아무래도 기묘했다. 왜 아는 사람인지 아닌지 판단이 안 되는 걸까? 아는 사이라면 바로 아는 사이라고 인식할 테고, 그 반대도 마찬가지다.

즉 어느 쪽으로도 판단이 안 된다는 건 바로 누구인지 알아볼 정도의 사이는 아니지만, 기억 속 어딘가에 파묻혀 있는 얼굴이라는 뜻이다.

"누구야?" 바로 위이자 오른쪽에서 여자 목소리가 들렸다.

흠. 흥미롭다.

이모리는 생각했다.

보통 좌우는 수평 방향이고, 상하는 수직 방향이다. 그런데 왜 자신은 오른쪽이 위라고 판단했을까?

좌우 판단은 자신의 몸을 기준으로 행한다. 반면 상하는 물리적인 중력을 기준으로 판단한다. 드러누워 있을 때 머리 방향에 책이 있더라도 '위에 책이 있다'라는 표현은 별로 사용하지 않는다.

한편 인간은 이석기관으로 중력의 방향을 가늠한다. 따라서 설령 눈을 감고 있어도 어디가 위고 어디가 아래인지 알 수 있다.

즉 현재 몸의 오른쪽이 위쪽과 대응하는 셈이다. 그 말인즉슨 지금 자신은 몸 오른쪽을 위로 향한 자세다.

그렇구나. 나는 몸 왼쪽을 댄 채 누워 있는 것이다.

하지만 그런 것치고는 기묘한 느낌이 든다. 하반신은 수직을 유지하고 있는 듯한 기분이다. 물론 어디까지나 그런 기분일 뿐, 확인한 건 아니다. 그저 신체 감각이 그렇게 알려주고 있을 따름이다. 뭐, 신체 감각을 믿지 않겠다면 몸 오른쪽이 위쪽이라는 것도 믿을 필요는 없을지도 모르겠다.

"이 녀석…… 혹시 이모리인가?" 남자 목소리가 들렸다.

아무래도 아는 사이인가 보다. 하지만 이모리라고 여기는 확실한 증거는 없는 모양이다. 최근에 자주 만난 건 아닌 듯하다. 이건 이모리 자신이 그들에게 품고 있는 인상과도 부합한다. 즉 아주 오랫동안 만나지 않은 지인이라는 뜻이다.

동창회.

이모리의 머릿속에 그런 단어가 떠올랐다.

맞다. 동창회다.

이모리는 그제야 기억이 선명해졌다.

그는 초등학교 동창회에 참석하고자 고향 근처로 돌아왔다. 하나 고향은 아니다. 고향에서 몇 시간 떨어진 곳에 있는 온천 마을이다. 어른이 된 후로는 다들 다른 지역에 뿔뿔이 흩어져 살았으니 동창회는 1박 예정이 낫겠다고 판단한 모양이다.

거기까지 생각해내자 다양한 일들이 뒤이어 떠올랐다.

이모리는 동창회에 참석하겠다고 했지만, 그 사실을 까맣게 잊어버리고 말았다. 현실에서는 학회 준비를 위한 실험으로 바빴고, 꿈속에서는 빌이 여러 세계에서 얼빠진 모험을 펼쳤기 때문이다. 그런 까닭에 사흘 꼬박 밤을 새워 실험 데이터를 뽑은 날 아침에야 동창회에 가야 한다는 생각이 났다.

이모리는 비틀거리면서도 열차를 타고 온천 마을로 향했다.

그날 오후, 기적적으로 목적지에서 잠이 깨어 휘청휘청 개찰구로 나왔을 때, 이모리는 거의 이틀간 아무것도 먹지 않았다는 사실이 떠올랐다.

날씨는 맑았지만 주변이 온통 눈으로 뒤덮인 역 앞에는 레스토랑으로 보이는 건물이 딱 하나 있었다.

이모리는 빨려 들어가듯 그 가게로 향했다.

밖은 얼어붙을 것처럼 추웠지만, 가게로 들어가자 온도와 습도가 한여름 해안처럼 느껴졌다.

밤샘으로 인한 피로, 허기, 급격한 기온 상승에 따른 혈압 하강 때문에 이모리는 빈혈을 일으켰다.

그리고 정신을 차리자 엎드린 채, 눈앞에는 고기 요리가 있고, 뺨에서는 통증이 느껴지고, 주변에서 오래 못 만난 지인이 자신을 들여다보는 상황이었다.

추리는 한순간에 끝났다.

분명 빈혈을 일으켜 테이블석에 푹 엎어진 것이다. 그리고 마침 그 자리에 동창회 참석차 여기로 온 동창생들이 있었고, 이모리는 그들이 먹던 고기 요리 접시에 얼굴을 처박은 것이다. 이로써 오른쪽이 위를 향한 것도 설명이 된다.

간단한 추리다.

이모리는 자신의 추리력에 만족했다. 동시에 일말의 불안감도 느꼈다.

그것만으로 전부 설명이 될까? 뺨에 느껴지는 이 통증은 뭐지?

이모리는 손으로 뺨을 만져보았다.

미끈한 액체가 느껴졌다. 손으로 만져보기만 해서는 소스인지 피인지 구별이 되지 않았다. 그리고 액체 말고 딱딱한 것이 손끝에 닿았다. 하나는 빗 모양이고 또 하나는 날붙이 모양 같았다. 둘 다 이모리의 뺨에 상처를 입힌 것 같았다.

"악!" 이모리는 소리를 질렀다. 그것들을 만진 순간 뺨의 통증이 심해졌다.

"꺅!" 머리 위에서 비명이 들렸다. 아까 "누구야?" 하고 말한 사람인 듯했다.

"도모코, 뽑아!" 다른 여자가 말했다.

아무래도 이모리의 뺨을 공격하고 있는 건 도모코라는 여자인 모양이다.

도모코? 누구지?

이모리는 초등학교 동창생들의 얼굴을 떠올렸다. 하지만 이름을 들어도 번쩍 떠오르지는 않았다. 도모코라는 이름 자체가 그리 드물지 않은 편이라 이름과 사람이 잘 연결되지 않는 것이리라. 애당초 뺨에 뭔가 박힌 상태에서 기억을 더듬는 것 자체가 어려운 일이기도 하다.

"어? 아. 나이프랑 포크를 뽑아야지."

그렇구나. 이건 나이프와 포크다. 고기를 자르려던 순간에 내가 쓰러진 거겠지.

이모리는 납득했다.

"잠깐만!" 남자가 말했다. "갑자기 뽑으면 출혈이 심해질지도 몰라."

"에이. 그렇게 야단스럽게 굴 정도는 아니잖아."

"아니야. 만에 하나 혈관을 꿰뚫었다면 큰일 날지도 모른다고. 이모리…… 너, 이모리 맞지?"

"응. 맞아. 넌 누구야?"

"스라이야. 스라이 도리오. 기억나?"

이 목소리는 어쩐지 귀에 익었다.

"아. 생각나는 것 같다." 이모리는 대답했다.

"이거 장난치려고 그런 거야?"

"으음. 고기를 자르려던 순간 접시에 얼굴을 처박은 걸 말하는 거라면, 장난이 아니야. 순전히 사고지."

"어떤 상황이면 이런 사고가 발생하는 건데? 도무지 모르겠군."

"하지만 남에게 장난을 치려고 자기 얼굴에 상처를 입히는 사람이 있을까?"

"그것도 말이 안 되긴 해."

"빈혈일 거야."

"딱 이 타이밍에 맞춰서 빈혈을 일으켰다고?"

"아무래도 안 믿기지? 하지만 그거야. 난 가끔 엄청난 우연과 맞닥뜨리곤 하거든."

"아, 그런 사람이 있지."

"그런데 난 어쩌면 돼?" 나이프와 포크를 쥔 여자가 말했다.

"애는 다루이야. 다루이 도모코. 기억나?" 스라이가 물었다.

"응. 성씨랑 함께 들으니 기억이 좀 돌아오네." 이모리는 대답했다.

"접시 위에 누워 있으면 이야기하기 힘드니까 일단 일어설까."

"응, 그러자."

"잠깐만. 도모코, 나이프와 포크를 살짝 놔."

나이프와 포크가 이모리의 뺨 위에 쓰러졌다. 각각의 *끄트머리*가 피부 밑에서 살을 밀어 올리는 것이 느껴졌다.

이모리는 테이블을 손으로 짚고 몸을 일으켰다.

오른쪽 뺨에 꽂힌 나이프와 포크가 아래로 늘어져 덜렁덜렁했다.

가게 내부는 본 기억이 났다. 역시 아까 들어온 가게다. 입구는 레스토랑풍이지만 내부는 그렇게 세련되지 않았다. 어쩐지 허름한 식당의 정취가 느껴졌다.

"무슨 일 있으십니까?" 안쪽에서 다가온 종업원 같은 남자가 이모리를 보고 눈을 부릅떴다. "뭐야, 이건!"

"다들 걱정 마." 이모리는 말했다. "상당히 아프지만 숨도 제대로 쉬어지고 말도 할 수 있어. 큰 혈관과 신경은 다치지 않은 거겠지. 피부가 뚫린 정도일 거야. 살짝 빼면 별다른 문제는……."

"야, 그 꼴은 뭐야?" 입구에서 맹하니 얼빠진 목소리가 들리더니 머리를 금색으로 물들이고 귀와 코에 주렁주렁 피어스를 한 젊은 남자가 들어왔다. 일부러 그런 건지 그냥 귀찮아서인지 옷 매무새도 아주 단정치 못했다.

"저 녀석은 히다 한타로야." 스라이가 말했다.

"쟤는 기억나." 이모리가 대답했다.

"히다다!" 여자들이 저마다 기쁜 듯이 말했다. "요즘 어떻게 지내?"

"나? 난 지금 하이퍼 미디어 크리에이터로 활동하고 있어." 히다가 대답했다.

"그게 뭔데?"

"몰라. 하지만 멋지잖아!"

"어쩐지 짜증이 확 치미네." 스라이가 말했다.

이모리는 동의하고 싶었지만 물론 지금은 그럴 상황이 아니었다. 어떻게든 피해를 최소화하면서 나이프와 포크를 뽑을 방법을 생각하는 중이었다.

"그나저나." 히다가 물었다. "그거 패션이야? 예이!"

물론 이모리는 "예이!" 하고 받아주지는 않았다. 지금 특이한 상황이기도 했지만, 원래 그는 그런 식으로 말하는 타입이 아니었다.

"아니. 못 믿을지도 모르지만 우연히 이런 꼴이 된 거야."

"이야, 그렇구나……. 너, 누구더라?"

"이모리인데."

"누구?"

"이모리 겐. 기억 안 나?"

"아. 기억 안 나."

"나는 두드러지게 눈에 띄는 편이 아니었으니 어쩔 수 없지."

"무슨 소리야." 스라이가 말했다. "나는 기억했는걸."

"넌 누군데?" 히다가 스라이에게 물었다.

"……스라이."

"흐음. 그런 이름이구나." 히다는 여자 쪽을 보았다. "오! 도모코, 히지리, 유리코!"

"히다, 우리를 기억하는구나."

"당연하지. 같은 반 친구를 어떻게 잊어버리겠어."

"우리는 잊어버렸잖아?" 스라이가 핀잔을 주었다.

"너희들도 같은 반이었던가?"

"그래."

"흠." 그러거나 말거나 히다는 별 흥미가 없는 듯했다. 히다가 다시 이모리를 보았다. "그런데 너 이름이 뭐랬지?"

"이모리."

"그거, 신상 피어스야? 엄청 크네."

"아니. 이건 피어스가 아니야. 이제 이걸 뽑으려고……."

"내가 해줄게." 히다가 순식간에 나이프와 포크를 잡아 뺐다. 신중하게 뽑아낸 게 아니다. 이모리의 피부가 찢어져라 아무렇게나 잡아챘다.

가게에 피보라가 일었다.

이모리는 정신이 아득해졌다.

히다는 천진난만하면서도 사악한 웃음을 지었다.

3

일행은 해안에 내려섰다. 피터가 일부러 속력을 유지한 채 모래밭에 착륙하는 바람에 모래가 잔뜩 튀어 올랐다.

다른 소년들과 웬디는 속력을 줄이려고 노력했지만, 역시 모래밭에 처박히고 말았다.

"케에엑! 나 모래 먹었어!" 빌이 비명을 질렀다.

"도마뱀은 모래를 먹는구나." 피터는 감탄한 듯 말했다.

"안 먹어!" 빌은 반박했다.

"하지만 방금 네 입으로 모래를 먹었다고 했잖아. 그럼 도마뱀은 모래를 먹는 거 아니야?"

"내가 그런 말을 했어?" 빌은 고개를 갸웃했다.

"무슨 말을 했는데?"

"내가 모래를 먹는다고."

"글쎄. 뭐랬더라?" 피터도 고개를 갸우뚱했다. "그래서 그게 뭐 어쨌는데?"

"……딱히 아무것도 아니야."

"그럼 쓸데없는 소리를 해서 날 귀찮게 하지 마!" 피터 팬은 빌을 걷어찼다.

빌은 근처의 나무줄기에 쾅 부딪쳤다.

"아야야. 상처가 벌어졌어." 빌은 서글프게 푸념했다.

"잡아먹히지 않은 것만 해도 다행인 줄 알아." 피터는 불쾌한 목소리로 말했다.

"피터." 웬디가 머뭇머뭇 불렀다. "빌도 동료로 끼워주는 거지? 걔는 누가 뭐래도 길을 잃고 헤매는 중이었잖아."

"내 부하 중에 짐승은 한 마리도 없어. 모두 인간 아이야. 이질적인 녀석은 동료로 삼지 않아."

"그럼 나도 동료가 아니야? 나 말고는 전부 남자애인걸."

"그…… 웬디는 내…… 우리 엄마가 돼주기로 약속했잖아. 그러니까 여자라도 상관없어."

"그럼 내가 여자로서는 첫 번째로 피터의 동료가 되는 거네?"

"그렇지."

"그럼 빌도 그럴 수 있잖아."

"이 녀석은 여자가 아니야."

"그런 뜻이 아니라."

"그럼 엄마가 돼주는 건가?"

"뭣? 내가?" 빌의 눈이 동그래졌다. "하지만 못할 것도 없지. 노력은 해볼게." 빌은 단념하고 말했다.

"앗? 엄마?" 그런 목소리와 함께 이곳저곳의 나무줄기에 뚫린 구멍에서 작은 소년들이 우르르 기어 나왔다.

"얘들이 우리가 이 섬을 떠난 뒤에 새로 생긴 동료야?" 웬디가 물었다.

"응." 피터는 자랑스럽게 대답했다.

"전부 미아야?"

"물론이지."

"이름은 뭐니?" 웬디는 제일 어려 보이는 소년에게 물었다.

"내 이름은 제임……."

"이 녀석은 5번이야!" 피터가 고함을 질렀다.

너무나 시퍼런 서슬에 5번이라고 불린 아이는 울음을 터뜨렸다.

"피터, 왜 그래?" 웬디는 놀란 표정이었다.

"간단해. 이름을 외우는 건 아주 귀찮은 짓이지. 오래전부터 그렇게 생각했어. 열심히 외워본들 금방 잊어버리거든. 그러니까 이름은 폐지하기로 했어. 이 녀석은 5번. 그걸로 충분하잖아?"

"하지만 번호로만 부르면 너무 삭막해. 물론 번호를 붙이는 건 상관없지만, 점호 때만 번호를 쓰고 평소에는 이름으로 부르면 되잖아."

"아니, 안 돼. 평소에 이름으로 부르는 게 귀찮단 말이야. 오히려 점호 때만 번호 말고 이름을 쓰는 게 낫겠지. 내가 말하는 게 아니라 이 녀석들이 알아서 말할 거니까."

"하지만 그러면 몇 명이 있는지 모르잖아."

"그건 상관없어. 몇 명이 있든 알 게 뭐야."

"그럼 왜 점호를 하는 건데?"

"글쎄, 왜 점호를 하는 걸까. 그나저나 지금까지 점호를 한 적이 있었나?"

"그야 나는 모르지."

"그럼 다른 녀석에게 물어보자. 야, 슬라이틀리!" 피터는 신경질적으로 불렀다. "너, 점호가 뭔지 알아?"

"응. 물론 알지." 슬라이틀리는 의기양양하게 대답했다. "인원이 제대로 모였는지 확인하기 위해 한 명 한 명……."

"나는 모르는데." 피터는 슬라이틀리를 노려보았다.

"응?"

"내가 모르는 걸 넌 안다 그거냐?"

"어, 그게 나는 런던에 살았으니까 학교에서 이것저것……."

"오호. 런던에 살던 녀석은 나보다 아는 게 많고 대단하다는 거로구나."

"아니, 그런 말은 아니야." 슬라이틀리는 땀을 삐질삐질 흘렸다.

"야, 이제 나보다 대단하니까 내 부하가 아니라는 거야? 그럼 여기 네버랜드에는 필요 없는 사람이라는 거네." 피터는 허리에 찬 칼집에서 단검을 뽑았다. "넌 이제 어른이라는 뜻이야."

슬라이틀리는 몸을 부들부들 떨기 시작했다. "아니야. 피터, 내가 어른이라니 그럴 리가 없잖아."

"하지만 넌 내가 모르는 걸 많이 알잖아?"

"아니야. 이 섬에서 제일 박식한 건 피터야. 나는 네 발끝에도 못 미쳐."

"하지만 넌 내가 모르는 점호가 뭔지 알잖아."

"아니야. 그런 걸 어떻게 알겠어."

"아까 안다고 했잖아?"

"안다고? 그런 말을 했었나?"

"했어." 빌이 대답했다. "슬라이틀리가 그렇게 말하는 걸 내가 똑똑히 들었어."

"쉿!" 슬라이틀리가 빌을 째려보았다.

"이 도마뱀은 네가 그랬다는데." 피터는 단검을 슬라이틀리의 목에 댔다.

슬라이틀리는 침을 꿀꺽 삼켰다. "아니야. 이 도마뱀이 착각한 거야."

"야, 착각했냐?" 피터는 단검을 슬라이틀리의 목에 댄 채 빌에게 물었다.

"어디 보자, 어땠더라?" 빌은 고개를 갸웃거렸다. "착각할 때 자기 스스로 착각이라는 걸 알려나?"

"자기 스스로는 절대로 모르지." 슬라이틀리가 다급히 말했다. "피터, 고작 도마뱀이 하는 말을 곧이듣는 거야? 설마. 난 네가 아주 현명하다는 걸 알아. 그러니까 그러지 않을 거라고 믿어."

"흠." 피터는 곰곰이 생각했다. "확실히 도마뱀 말을 곧이듣는 건 바보 같아."

피터는 슬라이틀리의 목에서 단검을 치우고 칼집에 넣었다.

"그런데 무슨 이야기를 하는 중이었더라?"

"슬라이틀리가 점호 이야기를 하는 중이었어." 빌이 가르쳐주었다.

"점호가 뭔데?"

"인원수가 맞는지 확인하는 거야."

"네가 그걸 어떻게 알지?" 피터는 빌에게 따져 물었다.

"아까 슬라이틀리한테 들었어."

피터는 슬라이틀리를 보고 다시 단검을 뽑았다.

"그 도마뱀이 멋대로 지껄이는 거야!" 슬라이틀리는 빌을 가리켰다.

"어느 도마뱀?" 빌은 고개를 돌려 뒤쪽을 보았다. "도마뱀은 없는데."

"봐, 그 도마뱀은 자기가 뭔지도 모를 만큼 멍청해. 말에 신빙성이 없어."

피터는 빌을 가만히 바라보다가 말했다.

"그딴 건 나도 알아. 날 누구라고 생각하는 거야? 이 섬의 대장, 피터 팬이라고." 피터는 단검을 다시 칼집에 넣었다. "그런데 무슨 이야기를 하는 중이었더라."

빌이 뭐라고 말하려 하자 웬디가 입을 막았다. " 네가 잃어버린 소년들의 이름을 폐지하고 번호를 사용하는 건 좋은 생각이라는 이야기였어."

"나도 그렇게 생각하던 참이었어." 피터는 자랑스럽게 말했다. "너는 몇 번이 좋아, 웬디?"

"난 번호로 불리기 싫어."

"왜? 편리한데."

"……편리하지만 난 내 개성을 소중히 아끼고 싶어."

"그럼 존, 마이클, 슬라이틀리 등등에게 번호를 붙이자. 쌍둥이는 그럴 필요가 없지만."

"왜 쌍둥이는 별개로 취급하는 거야?"

"녀석들은 쌍둥이니까. 쌍둥이라고밖에 부를 방법이 없거든."

"피터한테는 쌍둥이라는 개념이 없어." 슬라이틀리가 빌의 귓전에 속삭였다. "쌍둥이에게 각자 다른 번호를 주어야 하는지 같은 번호를 주어야 하는지 판단이 안 되는 거야. 그래서 쌍둥이에게는 번호를 붙이기 싫은 거지."

"나랑 쌍둥이에게만 번호가 없다니 불공평해. 다른 아이들도 이름으로 불러줘."

"아까 번호로 부르는 건 좋은 생각이라고 했잖아."

"번호로 부르는 건 물론 좋은 생각이야. 하지만 이름으로 부르는 게 더 좋은 생각이거든."

"그렇구나. 앞뒤가 맞아." 피터는 납득했다. "하지만 이미 번호를 붙인 녀석들은 어쩌지? 번호로 부르는 게 편리해서 녀석들의 이름은 완전히 잊어버렸는데."

"본인들한테 물어보면 되지 않을까?"

"녀석들도 이미 자기 이름을 다 잊어버렸어." 피터는 입술을 삐죽 내밀었다.

정말로 그런지, 피터의 독단적인 생각인지, 아니면 잃어버린 소년들이 피터가 무서워서 그렇게 말하는 건지 웬디는 판단이 서지 않았지만 일단 피터 팬에게 맞추어주기로 했다.

뭐, 이곳 아이들도 분명 번호로 불리는 데 익숙해졌을 테니 그렇게 서운하지는 않겠지.

웬디는 그런 생각으로 스스로를 납득시켰다.

숲속에서 신음소리가 들렸다.

"저건 무슨 소리야?" 빌이 물었다.

"신음소리. 분명 누군가가 죽어가고 있는 거야." 피터가 귀에 손을 대고 대답했다.

"농담하는 거야?"

"농담? 왜 이럴 때 농담을 해야 하는 건데?"

"이럴 때라니, 어떤 때?"

"근처에서 수많은 사람들이 죽어가고 있을 때."

"무슨 자연재해라도 일어났어?"

"재해지만, 자연은 아니야."

"그럼 인적재해라는 건가?"

"그게 무슨 뜻이야?"

슬라이틀리는 무심코 대답하려다가 황급히 자기 입을 틀어막아서 화를 면했다.

"나도 잘 몰라. 그냥 말해본 것뿐이야." 빌은 솔직하게 대답했다.

"지금 숲속에서 살육전이 벌어지고 있어."

"왜 그런 일이?"

"글쎄. 서로 죽이는 걸 좋아하는가 보지."

"누구랑 누가 서로 죽이는데?"

"해적들과 붉은 피부족."

"안 말려도 돼?"

"왜 말려야 하는데? 녀석들이 좋아서 하는 짓인걸."

"실은 좋아하지 않는데 어쩔 수 없는 사정이 있는지도 모르잖아."

"그렇다고 말릴 마음은 없어."

"왜?"

"나는 살육전을 좋아하거든." 피터는 씩 웃었다.

"피터는 피에 굶주려 있어." 슬라이틀리가 빌의 귀에 속삭였다.

"좋아, 다들 가자!" 피터가 소년들에게 외쳤다.

"어디로?" 빌이 물었다.

"당연히 싸움터지."

"살육전이 벌어지고 있는데?"

"그러니까."

"구경하러 가는 거야? 위험할걸?"

"구경? 천만에. 참가하러 가는 거야."

"뭐에 참가하는데?"

"살육전."

"살육전 놀이?"

"아니. 진짜 살육전."

"그랬다가는 죽을지도 몰라."

"당연하지."

"죽는 게 무섭지 않아?"

"죽는 게 무서우냐고? 무슨 소리야? 죽는 건 엄청난 대모험이라고! 그렇지, 애들아?"

피터가 대뜸 물어보자 소년들은 부리나케 고개를 마구 끄덕였다.

"자, 봐." 피터는 의기양양한 얼굴로 말했다. "다들 목숨을 걸고 싸우고 싶은 거야."

"하지만 곧 날이 저물 거야."

"밤이 낫지."

"어째서?"

"밝을 때 가면 우리가 왔다는 걸 녀석들이 알아차릴 거 아냐. 아, 녀석들이란 해적들과 붉은 피부족이야. 하지만 어두워진 후에 몰래 접근하면 녀석들은 상대의 목숨을 노리는 데 정신이 팔려 경계를 소홀히 할 테니 우리가 다가가도 모르겠지."

"그래서 어쩌려고?"

"뒤에서 살그머니 다가가서 녀석들의 멱을 따버리는 거야."

"그랬다가는 죽어."

"상대방은 그렇겠지? 우리는 무사해."

"그런 짓을 했다가는 살인자가 돼."

"뭣? 너도 지금까지 사람 몇 명쯤은 죽여봤을 거면서?"

"설마! 난 사람 죽인 적 없어."

피터는 한순간 여우에게 홀린 듯한 표정을 지었다가 느닷없이 웃음을 터뜨렸다. "얘들아. 다들 들었어? 이 녀석, 사람 한 명도 못 죽여봤대." 그리고 빌의 등을 철썩철썩 두드렸다.

소년들은 일제히 빌을 손가락질하며 비웃었다.

"미안해. 경험이 없어서." 빌은 어쩐지 사람을 죽여본 적 없다는 게 미안해져서 어찌할 바를 몰랐다.

"뭐, 괜찮아. 누구나 태어날 때부터 살인자는 아니니까." 피터는 너무 웃어서 흐른 눈물을 손가락으로 닦았다. "그럼 오늘 첫 경험 해볼까?"

"아니, 사양할게. 그런 첫 경험은 다음번에 해도 돼."

"그렇게 미루기만 하면 영원히 첫발을 못 내디뎌. ……뭐, 오늘은 넘어갈까. 우리가 싸우는 걸 잘 견학해둬." 피터는 숲속으로 달려갔다.

소년들도 뒤따랐다.

"놔둬도 돼?" 빌은 웬디에게 물었다.

"남자애들은 말려도 안 들으니까." 웬디는 체념한 투로 말했다. "하지만 피터 말고 다른 애들은 사실 그렇게 내켜하지 않아. 그나마 다행이지."

"내키지 않는데 왜 피터를 따라가?"

"피터와 함께 죽이는 쪽에 서느냐, 피터에게 죽임을 당하는 쪽에 서느냐 둘 중 하나니까."

"궁극의 선택이네. 나는 둘 다 싫지만, 꼭 한쪽만 고르라면 역시 죽이는 쪽이려나?" 빌은 말했다. "그런데 방금 피터가 견학하라고 했는데 가야 할까?"

"나랑 같이 가자. 혹시 누가 다치면 응급처치를 해야지."

빌과 웬디는 피터를 뒤따라 서둘러 숲속으로 향했다. 몇 분 나아가자 앞쪽에서 떠들썩한 목소리가 들려왔다. 대부분 남자 어른의 목소리였지만, 이따금 새된 목소리도 섞여 있었다. 나무들 사이로 햇불 같은 불빛도 어른거렸다.

둘은 살그머니 다가가 나무 뒤편에서 싸움터를 훔쳐보았다.

그림으로 그린 듯한 해적들과 머리에 깃털 장식을 한 적동색 피부의 사람들이 격렬하게 싸우고 있었다. 제일 앞줄에서는 단검과 도끼로 싸움을 벌였고, 뒤편에서는 총알과 화살을 적들에게 퍼부었다.

"저 사람들 서부극에서 봤어." 빌이 말했다.

"그러게. 그들은 붉은 피부족이라고 불려." 웬디가 대답했다.

"왜 아메리카 인디언이나 네이티브 아메리칸이라고 안 불러?"

"저 사람들은 미국 출신도 인도 출신도 아니라서가 아닐까? 하지만 호칭에 관해서는 그렇게 신경 쓸 필요 없어. 저 사람들은 자기들을 '인디언'이라고 불러도 별로 개의치 않을걸."

"해적들은 인종이 다양한 것 같네."

"해적은 피터와 잃어버린 소년들이 대부분 죽였는데 다시 끌어모은 모양이네. 모르는 사람들뿐이야. ……앗. 저기 아는 사람이 있어."

"누군데?"

"스미. 아일랜드 사람이래. 상냥하게 생겨서 아이들에게도 호감을 샀지만, 아무렇지도 않게 남을 죽이는 무서운 사람이야."

"굉장하네. 피터랑 똑같아."

"그러고 보니 그러네. 그는 엄청난 살육전에서 어찌어찌 살아남는 데 성공했나 보다."

스미의 머리 위로 사람 한 명이 천천히 내려왔다. 단검을 움켜쥔 채 눈을 번뜩이고 있었다.

"피터, 힘내!" 빌은 무심코 응원했다.

웬디는 황급히 빌의 입을 막았다.

스미는 재빨리 위를 보고 땅에 누웠다.

피터는 움직임을 멈췄다.

스미는 위쪽을 향해 총을 쐈다. "죽어라, 모두의 원수, 피터 팬!"

"그거 쏘기 전에 해야 하는 대사 아니야?" 피터 팬은 간신히 총알을 피한 것 같았다.

"말하고 나서 쏘면 네가 도망칠 거잖아." 스미는 다시 총을 쐈다.

피터는 하늘로 날아올라 밤의 어둠 속으로 숨어들었다.

"제기랄! 횃불로 하늘을 비춰라!" 스미는 일어서며 외쳤다.

"그건 무리야." 스미 옆에 있던 해적이 말했다. "횃불의 빛에는 지향성이 없으니까 서치라이트처럼은 사용할 수 없어."

스미는 그 남자의 이마를 총구로 눌렀다.

"무슨 짓이야?" 남자는 총구를 잡고 치우려고 했지만 꿈쩍도 하지 않았다.

"스타키, 내게 말할 때는 존댓말을 사용해. 그리고 스미 선장님이라고 불러."

"선장님은 후크잖아?"

"후크는 피터에게 죽었어. 다른 놈들도. 살아남은 건 나랑 너뿐이라고. 게다가 넌 붉은 피부족에게 붙잡혀서 노예가 됐었어."

"맞아. 하지만 오늘 구하러 와줬잖아?"

스미는 말없이 총구로 스타키의 이마를 더 세게 눌렀다.

"구하러 와줬잖아요?" 스타키는 말투를 고쳐서 다시 말했다.

"널 구한 건 겸사겸사야. 난 그 후로 전 세계를 돌며 동료를 모아 해적단을 재결성했어. 그리고 이 섬의 지배권을 빼앗기 위해 돌아온 거야. 그런데 마침 피터가 섬을 비웠더군. 그래서 일단 붉은 피부족을 몰살하기로 한 거지."

"그건 힘들겠는데. ……힘들겠는데요."

"붉은 피부족을 너무 얕봤어. 이 자식들, 인간치고는 제법 밤눈이 밝아서 우리의 불빛을 알아차렸지 뭐야. 그래서 치고 박고 싸우는 중에 널 발견해서 겸사겸사 구해준 거지. 고마운 줄 알아."

"……감사합니다." 스타키는 마지못해 감사를 표했다.

"그런데다 저 망할 놈까지 돌아와 버렸어." 스미는 하늘을 날아다니는 형체가 없는지 열심히 살펴보았다. "저놈이 없어서 붉은 피부족 섬멸 작전을 실행한 건데. 계획이 완전히 어그러졌어."

"하지만 피터와 붉은 피부족도 사이가 그렇게 좋지는 않잖아요?"

"예전에 내가 족장의 딸인 타이거 릴리를 죽이려고 했을 때 피터가 구해준 적이 있었지. 그 후로 붉은 피부족은 피터에게 호의적이야."

"그럼 협공을 받을지도 모르잖아! 스미, 좀 더 신중하게 행동해야 했어!"

스미는 말없이 스타키를 쳐다보며 천천히 총을 겨누었다.

"앗!" 스타키는 자신의 실수를 깨달았다.

"나한테는 존댓말을 쓰라고 했을 텐데?"

"죄송합니다, 선장님. 일부러 그런 건 아니에요. 그만 말이 잘못 나왔습니다. 왜, 옛날에 저랑 선장님은 아주 친한 친구 사이였지 않습니까. 그래서 그만 친근한 말투가 나오는 거예요."

"난 친구 없어."

"후크 선장과는 친했는걸요."

"놈은 쓰레기였어. 생각만 해도 역겨워. 널 생각해도 역겹기는 마찬가지지만."

"살려주세요, 선장님." 스타키는 눈물을 흘렸다.

다른 해적들은 붉은 피부족과 싸우느라 바쁜 와중에도 스미와 스타키의 대화에는 흥미를 느낀 것 같았다.

"움직이지 마. 가만히 있어." 스미는 한쪽 눈을 감고 조준했다. "빗나가면 안 돼."

"힉!" 스타키는 엉겁결에 머리를 감싸 안고 웅크려 앉았다.

"움직이지 말라고 했잖아! 이 꼴통아!"

총소리가 났다.

비명소리가 울려 퍼졌다. 하지만 중년 남자가 아니라 어린아이의 목소리였다. 그 소년은 괴로워하며 땅바닥을 뒹굴었다.

"네 뒤에 있었어, 스타키. 네가 움직이면 조준하기 힘드니까 가만히 있으라고 한 건데, 생난리를 치기는."

스미는 동료 해적의 손에서 횃불을 낚아채 소년의 몸 쪽으로 던졌다.

불빛 속에 소년의 모습이 떠올랐다.

"뭐야, 피터 팬이 아니잖아." 스미는 혀를 찼다.

총알은 소년의 명치 부근에 명중한 것 같았다. 상처와 입에서 흐른 피로 온몸이 새빨갛게 물들었다.

"이것들이 감히." 피터가 스미 앞에 내려섰다.

"겁도 없이 우리 앞에 모습을 드러내다니 역시 어린애로군." 스미는 우쭐대며 말했다. "얘들아, 모두 피터를 노려라."

십 수 자루의 총이 일제히 피터를 겨냥했다.

"끝이다, 피터." 스미는 승리감에 취해 말했다.

"그 말을 그대로 돌려줄게."

"오기 부리기는……"

남자들의 비명소리가 밤의 어둠 속에 울려 퍼졌다.

해적들 뒤에서 소리도 없이 접근한 잃어버린 소년들이 몇몇 해적의 목을 딴 것이다.

순식간에 혼란이 퍼져나갔다.

붉은 피부족은 버거운 상대지만, 전술은 정통적이고 예상 가능한 유형이었다. 하지만 피터의 작전은 어른의 상식에 얽매이지 않는다. 너무나 무턱대고 행동에 나서는 까닭에 늘 예상을 뛰어넘는다.

"후퇴해라!" 스미는 달리면서 명령했다. "애새끼들과 붉은 피부족을 동시에 상대하는 건 너무 불리해. 오늘은 작전상 후퇴다."

해적들은 스미와 스타키를 앞질러 바람처럼 달아났다. 두 사람은 걸음아 날 살려라 헐레벌떡 부하들을 쫓아갔다. 그 뒤에는 목이 베인 해적들의 시체가 널브러져 있었다.

붉은 피부족은 승리의 함성을 질렀다.

"누가 총에 맞은 거야?" 웬디는 쓰러진 아이에게 달려갔다.

"이 녀석은 8번이야." 피터 팬이 말했다. "스미 같은 놈의 총에 맞다니, 아주 멍청이로군."

"어떻게 응급처치를 해야 할지 모르겠어. 슬라이틀리, 어떻게 해야 하는지 알아?"

슬라이틀리는 말없이 고개를 저었다. 감기나 복통 정도라면 돌팔이 의사처럼 별것 아니다, 누워서 쉬는 게 최고라는 식으로 얼버무릴 수 있겠지만, 이 정도로 심한 총상이라면 어린아이들로서는 손쓸 방도가 없다.

"나, 바느질할 줄 알아. 상처를 꿰매면 살릴 수 있지 않을까?" 웬디가 말했다.

"겉만 다친 게 아닌걸. 몸속의 장기를 다쳤다면 피부를 꿰매본들 헛수고야."

"우리로서는 치료를 할 수 없다는 거야?"

"그런 셈이지."

"그럼 어른 의사가 있는 곳으로 데려가자."

"아마도 8번은 이제 못 날 거야."

"그럼 다 함께 옮기면 어떨까?"

"그럼 오랜 시간 찬바람을 맞아야겠지. 그리고……."

"그리고?"

"어쨌거나 앞으로 몇 분 안에 어딘가로 데려가기는 불가능해."

"앞으로 몇 분……." 그 말에 웬디는 흠칫 놀랐다.

8번의 얼굴에서는 완전히 핏기가 가신 뒤였다. 피는 계속 줄줄 흘러나오고 있었지만, 점차 그 기세가 약해졌다.

"8번, 정신 차려."

"……랄프……." 8번이 희미한 목소리로 말했다.

"랄프라니?"

"……내 이름…… 마지막만큼은 그렇게 불러줘……."

"그렇구나. 알았어. 안심해. 네 상처는 분명 금방 나을 거야, 랄……."

"8번이야!" 웬디의 목소리가 들리지 않을 만큼 피터가 크게 말했다. "그 녀석의 이름은 8번이라고! 내가 붙인 것 말고 다른 이름으로 부르는 건 용납할 수 없어!"

웬디는 놀라서 피터의 얼굴을 보았다. 다시 8번 쪽으로 시선을 돌렸을 때 그는 이미 숨을 거둔 뒤였다.

"그는…… 랄프는 죽었어, 피터." 웬디는 흐느끼며 말했다.

"랄프가 누군데?"

"이 아이."

"그 녀석은 8번이야."

웬디는 더 이상 피터의 말을 거스르지 않고 8번의 머리를 살짝 쓰다듬었다.

"8번이 죽었으니 복수전을 해야겠군." 피터가 활기차게 말했다.

"하지만 해적은 이미 도망쳤는걸." 컬리가 말했다.

"젠장! 이 비겁한 놈들!" 피터는 욕을 내뱉었다. "나는 아직 한 명도 못 죽였는데!"

"어쩔 수 없지. 해적은 도망쳤으니까." 웬디는 피터를 타일렀다. "오늘은 일단 돌아가자."

"아니. 해적이 도망쳤어도 죽일 수 있어." 피터는 재빨리 공중으로 날아올라 붉은 피부족 사이에 착륙했다. "자, 한판 붙어보자!"

"피터, 그만둬!" 웬디는 소리를 질렀다. "붉은 피부족은 친구잖아."

하지만 웬디의 말이 끝나기도 전에 피터는 붉은 피부족 세 명을 죽였다.

붉은 피부족들은 무섭게 화를 냈다. 일제히 무기를 들고 소년들과 대치했다.

"그렇게 나와야지." 피터 팬은 입술을 핥았다.

4

"이제 정신은 멀쩡해졌어?" 스라이가 물었다.

"응, 이제 괜찮아." 이모리는 대답했다. 뺨에 특대형 반창고를 붙인 모습이 딱해 보였다.

이모리가 기절한 식당에서 미니버스로 2, 30분 거리에 있는 온천 여관에서 동창회가 막 시작된 참이었다. 아직 연회장 여기저기에서 누가 누구인지 서로 확인하는 단계였다.

이모리와 스라이는 이미 통성명을 마쳤으므로 다른 동창생들보다 한발 먼저 가까워졌다. 두 사람은 수십 명이 있는 연회장의 구석 자리에서 이야기를 나누었다.

"이게 몇 년 만이지? 10년은 넘었지?" 스라이가 말했다. "이모리, 취직했어?"

"아니. 난 대학원생이야."

"그렇구나. 생각해보니 우리는 딱 학생과 사회인이 뒤섞여 있는 연령대네."

"뭐, 요즘은 사회인이면서 학교에 다니거나 일단 취직했다가 그만두고 대학으로 돌아오는 사람도 있지만, 학생과 사회인의 비율이 비슷한 건 지금 시기뿐일지도 모르겠네. 넌 어느 쪽이야?"

"난 대기업에 취직했어." 스라이는 기쁜 듯이 말했다. "오늘 모두에게 직장을 물어보려고 하는데, 아마 우리 회사급의 회사에 취직한 사람은 없을 거야."

"자기 입으로 말하는 건 상관없지만, 남의 직장을 억지로 알아내려고 하는 건 좀 그런데."

"왜? 다들 소꿉친구인걸? 초등학교 동창회잖아."

"소꿉친구니까 더 그렇지. 초등학교, 특히 공립 초등학교는 신기한 곳이거든. 장래의 정치가, 변호사, 의사, 대학교수, 아르바이트생, 무직자, 은둔형 외톨이, 그리고 더 나아가 범죄자가 한 교실에서 공부하고 운동장에서 놀곤 하지."

"그러고 보니 그러네. 어른이 되면 저마다 다른 범주에 소속돼서 그런 관계성은 사라져."

"20대쯤 되면 제각각 다양한 문제를 끌어안게 돼. 그렇지만 동창회에서는 어린 시절 소꿉친구로 되돌아가지. 거기서 현실의 굴레를 상기시키는 질문을 하는 건 너무 배려 없는 짓이야."

"확실히 그렇게 생각할 수도 있겠네."

"그 밖에 더 설득력 있는 의견이 있을까?"

"초등학생이라도 인간관계는 있었잖아?"

"응. 그야 그렇지. 어린아이라도 사회성은 있으니까."

"동창회에 현재의 사회적 지위를 반영하지 않는다면 어린 시절의 관계성이 되살아날 거야."

"그건 너무 극단적인 의견 같은데."

"하지만 그게 진실일 테지. 아까 레스토랑풍 식당에서 네가 갑자기 테이블에 쓰러졌을 때, 잠시 누구인지 못 알아봤어."

"나도 너희들이 누군지 생각이 안 나더라."

"그런데 일단 너를 이모리라고 인식하니까 방금 전까지의 위화감은 날아가고, 이제는 네가 이모리로밖에 안 보여."

"나도 그래. 아까 마주쳤을 때는 낯선 젊은이 무리였는데, 이제는 다들 초등학생 때랑 똑같은 얼굴로 보여."

"이건 분명 뇌의 속임수야. 요전에 우리 아버지한테 들었는데, 오랜만에 동창회에 참석했더니 중년 아저씨랑 아줌마들뿐이라 한순간 잘못 찾아왔나 싶더래."

"본인도 아저씨잖아?"

"일단 그건 제쳐놓고, 아무튼 잠시 이야기를 해서 누가 누구인지 알았지. 그랬더니 사람들 얼굴이 초등학생 시절과 똑같이 보이더라는 거야. 그래서 저마다 너는 하나도 안 변했다, 하고 서로 젊다며 칭찬하게 된다나 봐."

"실제로는 나이에 걸맞게 늙었지만 뇌가 보정을 해서 젊어 보인다는 건가. 즉 누가 누구인지 확정되면 혼란을 피하기 위해 뇌가 당시의 정보를 찾아서 연결한다는 거로군."

"그런 거지. 그리고 용모뿐만 아니라 당시의 인간관계에도 그러한 효과가 생기는 게 아닐까 싶어."

"인간관계?"

"누가 리더라든가, 어느 파벌에 속해 있었다든가."

"초등학생한테 그런 게 있어?"

"야, 학교 다닐 때 어떻게 생활한 거야? 분명히 있었어."

"기억이 잘 안 나는데."

"이모리 너는 그런 문제를 초월했었는지도 모르겠다. 하지만 대부분의 초등학생에게 학급 내 역학관계는 중요한 문제였어."

"부모님의 직업 같은 걸로 정해지는 건가?"

"드물게 그럴 때도 있지만, 대개 부모와는 독자적으로 구성되지. 성격이나 체력 따위로 대장이 결정되고, 그 주변에 힘의 피라미드가 형성돼."

"어쩐지 동물원의 원숭이 산 같네."

"인간도 영장류니까. 어른들 사회도 대체로 그래."

"동물로서 타고난 본능일까?"

"직접적으로는 그렇겠지만, 좀 더 근원적인 문제야. 물리나 수학으로 결정되는 거겠지."

"개개의 원자가 에너지 준위를 낮추려고 하면 저절로 결정을 구성하는 것과 비슷한 느낌인가?"

"그래. 그런 느낌이야. ……네 말 무슨 뜻인지 통 모르겠지만."

"그게 무슨 문제인데?"

"초등학생 시절의 인간관계가 되살아나면 개인적으로 난처해."

"네 지위의 문제야?"

스라이는 고개를 끄덕였다. "나는 소심해서 늘 졸개 취급을 당했어. 난 당시부터 능력이 있었지만, 나보다 능력은 떨어져도 체력과 기력만큼은 넘치는 녀석들 밑에 깔려 지냈지."

"체력과 기력도 일종의 능력 아닌가?"

"초등학생 때는."

"어른에게도 체력과 기력은 필요해."

"그럴지도 모르지만, 초등학생에게는 특히나 중요한 요소야. 아무튼 초등학교 때 나는 졸개였어. 그게 중요해."

"즉 현재 상태를 중시하지 않으면 과거의 인간관계가 되살아나서 졸개 취급을 당하지 않을까 걱정된다 그거야?"

"단적으로 말하자면 그런 셈이지."

"너무 지나친 걱정 아닐까?"

"꺄악!" 연회장 반대편에서 비명이 들렸다.

이모리와 스라이는 무슨 일인가 싶어 일어섰다.

남자 한 명이 새빨갛게 물든 채 쓰러져 있었다.

"저거 피야? 아니면 장난으로 케첩을 뒤집어쓴 건가?" 스라이가 중얼거렸다.

"좀 보고 올게." 이모리는 사람들 사이를 누비며 현장으로 다가갔다. "무슨 일이야?"

"모르겠어." 다루이 도모코가 말했다. "이야기를 하고 있는데 야기하시(八木橋)가 갑자기 괴로워하더니 먹은 걸 게웠어. 그러고 느닷없이 피를 토하더라고."

이모리는 쓰러진 남자의 목에 손을 댔다.

이미 맥박은 뛰지 않았다.

"술도 마셨어?"

"두세 잔 단숨에 들이켰어."

"빨리 구급차 불러." 이모리는 심폐소생술을 시작했다. "그리고 여관 사람에게 AED가 있는지 물어봐."

"인공호흡도 필요해?"

"아니, 그건 하지 말자. 인공호흡은 가슴 압박에 비해 중요성이 낮고, 피를 토했으니까 감염될 위험성도 고려해야지."

잠시 후 여관의 안주인 같은 사람이 왔다.

"뭔가 필요한 거라도 있으신지요?" 안주인은 느긋한 말투로 싹싹하게 물었다.

"여기에 AED는 없습니까?"

"어." 안주인은 어리둥절한 표정이었다.

"제세동기요. 없나요?"

"술의 상표인가요?"

"없으면 됐습니다." 이모리는 여기에 AED는 없을 거라 체념했다. "여관 손님 중에 의사는 안 계실까요?"

"어, 공교롭게도 오늘 묵으시는 손님은 여러분뿐이라서요."

맙소사. ……그래. 이것도 물어봐야 한다.

"여기 있는 사람 중에 의학 전공 없어? 간호사라도 괜찮아."

아무도 움직이지 않았다.

뭐, 어쩔 수 없나.

"야기하시, 괜찮을까?" 도모코가 걱정스럽게 물었다.

"야기하시는, 이 사람 이름?"

"응, 맞아."

"……."

"왜?"

"얘는 기억이 안 나. 우리 반이었나?"

"응. 물론이지. 야기하시의 이름이 뭐 어쨌는데?"

"아니야. ……우연일 거야."

잠시 후 구급차가 와서 일정한 소생조치를 취한 후 야기하시를 실어 갔다. 구급대원이 대놓고 말하지는 않았지만, 소생조치에 별 효과가 없었다는 건 명백했다.

"오늘은 눈이 안 내려서 다행이네요." 안주인이 말했다. "눈이 내릴 때마다 치우기는 하지만, 폭설이 쏟아지면 며칠은 옴짝달싹도 못 하거든요."

"어, 그래요?" 보이시하게 머리를 짧게 자른 여자가 목소리를 높였다. "혹시 오늘밤에 눈이 오면 내일 못 돌아갈 수도 있다는 거예요?"

그녀는 분명 도라야 유리코다.

이모리는 점점 생각이 났다.

같은 반이었지만 이야기를 해본 기억은 거의 없다. 하기야 여학생들과는 대부분 대화를 해본 기억이 없지만.

"인터넷으로 일기예보를 알아보면 되잖아?" 누군가가 스마트폰을 꺼냈다. "어, 전파가 안 잡히네."

"그럴 리가 있나. 아까는 전파가 잡혔잖아. 구급차도 불렀고…… 어라? 진짜네."

"나도 그래."

"나도."

동창생들이 먹통이 된 휴대전화를 붙들고 차례로 하소연했다.

"사장님, 여기 휴대전화를 못 쓰나요?"

"그럴 리 없는데요. 잠깐만요." 안주인은 천천히 연회장을 나서서 근처에 있던 종업원에게 뭔가 물었다.

"아무래도 지금 휴대전화가 안 되는 모양이네요. 근처에서 무슨 사고가 났는지도 모르겠어요."

"사고라니 무슨 사고요?" 유리코가 말했다. "눈보라가 치는 것도 아니고 지진도 없었는데요."

"이 근처에는 기지국이 비교적 적어요. 예를 들면 눈사태로 기지국이 피해를 입었을지도 모르죠. 낮에는 제법 따뜻했으니까요."

"엇? 여기 눈사태가 일어나나요?"

"아니요. 옛날에 발생한 적이 있었을 뿐, 매년 발생하는 건 아닙니다만……."

"여관 전화는 어떤가요? 유선전화는 있겠죠?"

"그게 유선전화랑 케이블TV는 낮부터 연결이 되지 않아서……."

"왜 그렇게 중대한 일을 말하지 않은 거예요!" 유리코가 화를 냈다.

"죄송합니다. 그때는 휴대전화가 정상이라 알려야 할 정도의 일은 아니라고 생각했어요."

"뭐, 어쩔 수 없지." 이모리는 말했다. "전기는 들어오니까 오늘 밤은 여기에 묵고 내일 일찍 떠나면 될 거야."

"그건 그렇고 동창회는 어떻게 할 거야?" 50대로 보이는 남자가 말했다. 당시 담임이었던 후쿠 가기오다. 조금 취한 것 같기도 했다.

그렇다. 오늘은 후쿠 선생님도 참석했다.

뱃속 깊은 곳에서 불쾌감이 치밀어 올랐다.

이모리는 좋고 싫고로 사람을 가리는 편이 아니었지만, 후쿠만은 별개였다. 그는 노골적으로 일부 학생만 예뻐했고, 가끔 체벌도 가했다. 마음먹고 고소했다면 이겼을지도 모르지만, 당시 초등학생들에게는 그만한 지혜가 없었다.

그는 성적이 좋거나 부모의 지위가 높은 학생만 편애한 것이 아니었다. 이모리가 보기에는 공통점이 전혀 없어 후쿠의 변덕으로밖에 느껴지지 않았다.

그는 '예뻐하는' 학생에게 미리 시험 내용을 유출한 듯 평소 수업 태도만 봐서는 부자연스럽게 그들의 점수는 높았다. 결과적으로 그가 편애하는 그룹은 성적이 좋아졌지만, 그것은 결과이지 원인이 아니다. 또한 청소나 급식 당번 같은 의무도 면제해주었다. 물론 후쿠는 그들을 우대하는 이유를 나름대로 꾸며냈다. 학생들의 투표로 정했다(투표 결과를 집계하는 사람은 후쿠다)는 둥, 제비뽑기로 정했다는 둥, 나중에 균형이 맞도록 다른 일을 시킬 생각이라고 주장하는(실제로는 실행하지 않는다) 둥.

신기하게도 편애를 받은 일부 학생은 당초에는 즐거워 보였지만, 점점 표정이 어두워졌다.

중학생이 되었을 때 한 학생이 자살했다. 그는 후쿠의 편애를 받았는데, 그것과 관련이 있는지는 결국 알 수가 없었다.

"야기하시가 저렇게 됐으니 연회를 계속할 상황은 아닌 것 같은데요." 이모리는 말했다.

"응?" 후쿠가 이모리의 얼굴을 빤히 들여다보았다.

"넌 누구야?"

"이모리인데요."

"……아, 이모리구나. 생각났다." 후쿠는 착 달라붙을 듯한 눈빛을 이모리에게 던졌다. "옛날부터 반항적이었지."

물론 이모리는 반항적인 아이가 아니었다. 오히려 처음에는 후쿠가 마음에 들어 한 적도 있었다. 그 증거로 후쿠는 자신이 주관하는 특별활동에 몇 번이나 이모리를 불렀다. 하지만 결국 이모리는 한 번도 가지 않았다. 단순히 마음이 내키지 않거나 까맣게 잊어버렸기 때문인데, 그러다 보니 후쿠는 더 이상 이모리를 부르지 않았다. 이모리는 편애받지 못하는 그룹에 속하게 됐다.

"녀석은 구급차에 실려갔잖아. 이제 괜찮겠지." 후쿠는 큰 소리로 말했다.

"야기하시는 구토를 한 후에 느닷없이 피를 토했습니다. 구토로 소화기관에 압력을 받아 점막이 찢어졌을 우려가 있어요. 소위 말로리바이스 증후군*일 가능성이 크다고 봅니다. 보통은 큰 탈 없이 끝나지만 야기하시는 출혈이 너무 심했어요."

"그래서 뭐 어쩌라고?"

그는 이미 맥박이 뛰지 않는다고 말해야 할까?

---

* 구토 따위로 식도나 위 점막이 찢어져 대량의 피를 토하는 증상.

이모리는 망설였다. 여기서 그 사실을 지적하면 동창생들이 동요하리라. 애당초 아마추어인 이모리가 사망 선고를 할 수도 없는 노릇이다. 어디까지나 죽은 것 같은 느낌이 들었을 뿐이다.

이모리는 아무 말도 않고 후쿠를 노려보았다.

두 사람 주위에 험악한 분위기가 흘렀다.

"헤이, 헤이, 헤이, 헤이! 그만! 그만!" 히다가 두 사람 사이에 끼어들었다. "연회가 싫은 사람은 방에서 자면 되지. 즐기고 싶은 사람만 즐기자고."

히다는 사람들을 배려해 분위기를 누그러뜨린 게 아니다. 단순히 분위기를 읽지 못했을 뿐이다. 하지만 히다 덕분에 이모리와 후쿠의 대립은 더 이상 심해지지 않고 끝났다.

"그도 그렇군." 후쿠는 말했다. "총무, 그러면 되겠지?"

"네." 이카케 히지리가 일어섰다.

그러고 보니 그녀가 이번 동창회의 총무였다.

"저어, 이런 상태로 연회를 계속하기도 좀 그러니까요." 히지리는 피로 물든 다다미를 보았다. "일단 자리를 일단락 짓고, 연회장이나 각각의 방에서 다시 2차를 진행하는 건 어떨까요?"

"그럼 난 연회장에서 연회를 계속할게." 후쿠가 말했다.

몇몇 동창생들이 일어서서 자기들 방으로 향하려 했다.

"다자와, 무라스기, 잇폰마쓰, 니렌 지로, 너희들은 남아." 후쿠가 지시했다.

그들의 표정이 흐려졌다. "하지만……."

"남으라고 했잖아. 너희들에게 해야 할 이야기가 있어."

그들은 잠시 우두커니 서 있었다.

"안 들려?"

네 사람은 터벅터벅 후쿠 쪽으로 향했다.

스라이는 그들의 모습을 냉랭하게 바라보았다.

"뭔가 하고 싶은 말이 있는 모양이군." 이모리는 스라이에게 말했다.

"너야말로 무슨 일 있어? 야기하시만 얼굴이 창백한 게 아닌 것 같은데."

"그건 방에 가서 이야기하자. 우리 같은 방이었지?"

두 사람은 연회장을 나서서 객실로 향했다.

방에는 두 사람 외에도 니렌 지로의 쌍둥이 형인 니렌 이치로가 있었다. 그리고 히다도 같은 방을 쓸 터였지만, 그는 아직 연회장에 있는 듯했다.

"단도직입적으로 말할게." 이모리는 말을 꺼냈다. "네버랜드라는 말을 듣고 짚이는 구석 없어?"

스라이는 놀란 듯한 표정으로 이모리의 얼굴을 가만히 바라보다가 얼어붙은 것처럼 입을 꾹 다물었다.

너무 갑작스러웠나. 하지만 충격을 받은 것으로 보아 이모리의 짐작은 들어맞은 것이리라.

이모리가 다시 질문하려고 입을 열었을 때였다.

"응, 알아. 최근에 늘 둘이서 이야기하고 있지."

대답한 건 스라이가 아니라 니렌 이치로였다.

5

팅커벨은 기분이 언짢았다.

없어져서 속이 시원했던 그 여자가 돌아왔기 때문이다.

대체 뭣 때문에?

물론 내게서 피터를 빼앗으려고.

그 여자는 대체 왜 자기한테 그런 권리가 있다고 생각하는 걸까?

팅크는 짜증을 풀기 위해 반짝반짝 빛을 내며 피터 팬과 잃어버린 소년들의 은신처인 지하 기지를 어지러이 날아다녔다.

기지를 지하에 지은 이유는 적에게 들키지 않기 위해서였다. 하지만 이제 해적과 붉은 피부족도 이 기지의 존재를 다 안다. 그러니 지하에 사는 장점은 별로 없다. 오히려 침수나 붕괴 등 단점이 더 많지만 피터가 지하 생활에 집착하는 탓에 여태 그들은 여기 살고 있다.

그리고 기지 벽에 네모나게 판 작은 구멍이 팅크 전용 방이었다. 커튼으로 가려놓아 사생활은 보장된다. 또한 방에는 그녀 전용의 작은 침대까지 있었다.

팅크는 요정이라 높은 나무 위에 숨어서 잘 수도 있으므로, 굳이 지하에서 지낼 이유는 전혀 없었다. 하지만 팅크는 일부러 이 방에 살았다. 여기에서 지내면 피터와 특별한 관계임을 실감할 수 있기 때문이었다.

팅크는 자신이 피터의 실질적인 아내라고 생각했다.

인간에게 아내가 어떤 의미인지 완벽하게 아는 건 아니었지만, 인간이 한 쌍을 이루어 아이들을 키운다는 정도는 알고 있었다. 잃어버린 소년들이 아이들이라면, 피터는 아버지고 팅크는 어머니인 셈이다.

아무튼 피터는 잃어버린 소년들 중에서는 특별한 존재다. 그러니까 그가 아버지이자 남편이라는 건 일단 틀림없으리라. 그리고 이 기지에서 여자는 팅크 하나뿐이니까 잃어버린 소년들의 어머니이자 피터의 아내 자리는 두말할 필요도 없이 팅크의 차지였다. 얼마 전까지는.

무슨 영문인지 피터는 웬디라는 그 건방지고 영악한 여자를 다시 네버랜드에 데려오기로 마음먹었다.

물론 피터가 웬디의 부모님과 그런 약속을 했다는 건 알고 있었다. 하지만 그 약속을 이행하기까지는 아홉 달이나 남았으니 그 전에 피터가 약속을 깡그리 잊어버릴 것이라고 팅크는 대수롭지 않게 여겼다.

그런데 대체 뭐가 어떻게 잘못됐는지 피터 팬은 어느 여름날에

뜬금없이 웬디를 떠올리고 말았다. 그리고 약속한 시기가 내년 봄이라는 건 떠올리지 못했다.

"큰일이야, 팅크! 그 여자애, 웬디를 데리러 가야 해!"

팅크는 너무 놀란 나머지 데리러 가기로 약속한 날은 아직 멀었어, 인사치레로 한 말을 곧이듣는 건 덜떨어진 애들뿐이야 등등 피터를 말릴 말이 금방 떠오르지 않았다. 팅크는 어떻게든 피터를 쫓아가는 것이 고작이었다.

처음에 피터는 팅크가 자신을 앞지르려는 줄 알고 전속력으로 날아가려 했다. 피터는 경주에서 지는 걸 정말 싫어했다.

당황한 팅크는 경주를 하려는 게 아니다, 네 뒤만 따라가겠다. 그러니 좀 천천히 가달라고 부탁했다.

피터는 잠시 생각한 후, 그럼 전속력은 내지 않겠지만 뒤처져도 기다릴 마음은 없다고 쌀쌀맞게 대꾸하고서 런던으로 향했다.

피터는 정말로 기다릴 마음이 없는지 뒤도 한 번 돌아보지 않고 하늘을 날아갔다. 다만 무턱대고 최대속력을 내지는 않았으므로 요정 중에서 특히 속력이 빠른 팅크는 겨우 따라갈 수 있었다.

그런데 피터는 런던과는 전혀 다른 방향으로 날아갔다.

아아. 이러면 걱정할 필요 없겠네.

팅크는 안도했다.

피터는 웬디가 어디 사는지 전혀 기억하지 못하는 거야. 그래도 만약을 위해 피터가 찾기를 포기하고 네버랜드로 돌아갈 때까지 감시하도록 하자.

피터는 정처 없이 세계를 몇 바퀴나 돌았다. 그리고 이만 포기하겠구나 싶었을 무렵, 어째선지 갑작스레 웬디네 집을 발견했다.

팅커벨은 돌아오는 여행길이 몹시도 괴로웠다.

왜냐하면 피터와 웬디가 실로 즐거워 보였기 때문이다.

하지만 좋은 일도 있었다. 일찍이 피터 곁에 있다가 달링 일가에 양자로 들어간 아이들도 따라온 것이다. 그렇다고 팅크가 그들을 아주 좋아하는 건 아니다. 오히려 늘 바보 같은 짓만 하는 인간 아이들을 경멸했을 정도다. 하지만 그 어리석음이 팅크에게는 호재였다. 그들은 팅크의 거짓말에 속아 웬디를 거의 죽일 뻔했기 때문이다. 그러니 또 비슷한 방법을 사용하면 이번에야말로 웬디를 없앨 수 있을지도 모른다.

"팅크, 왜 기지를 혼자 날아다니는 거야?" 지상의 나무줄기로 이어지는 구멍을 통해 방으로 들어온 피터 팬이 신기하다는 듯 물었다.

너랑 웬디 사이가 질투 나서 부글거리는 기분을 달래려고 그랬다고는 도저히 말할 수 없었다.

"건강을 위해 잠깐 운동하는 거야."

"흐음. 요정도 건강을 걱정하는구나."

"당연하지. 요정도 병에 걸리기는 싫으니까."

"왜 병을 싫어하는데?"

"병이 나면 죽을지도 모르니까."

"이야. 요정은 죽는 게 무서워?"

"당연하지."

"그렇지만 요정은 반쯤 죽은 거나 다름없지 않나?"

"아니야. 우리도 멀쩡히 살아 있어."

"하지만 요정은 유령이나 좀비의 동료잖아."

"누가 그딴 소리를 했어?" 팅크는 약간 발끈해서 따졌다.

"누가 그랬는지는 잊어버렸어. 하지만 맞잖아."

"아니야. 전혀 아니라고. 넌 이해해줄 거지, 피터?"

"아니. 모르겠는데. 사람 하나를 죽이기는 꽤나 어려워. 훈련하지 않으면 반격당할 우려도 있어서 아주 고생이지. 뭐, 나는 한순간에 급소를 노릴 수 있지만. 하지만 그런 살인 기술을 숙련하려면 엄청 노력해야 해. 수많은 사람을 죽이며 연구를 거듭했기에 가능한 일이야. 그에 비해 파리나 모기, 요정을 죽이는 데는 훈련이 거의 필요 없어. 양손으로 짝 때리면 끝이지. 즉 무슨 말이냐 하면 벌레는 인간보다 죽이기가 쉽다는 뜻이야. 다시 말해 살아 있지만 반쯤 죽은 거나 마찬가지인 셈이지."

"요정은…… 난 벌레가 아니야."

"조그맣고 날개가 달렸는걸."

"피터, 내 팔다리를 봐! 그리고 이 얼굴을! 벌레 팔다리와 얼굴로 보여?"

"어디 보자, 너무 작아서 안 보이네. 좀 더 가까이 와볼래?"

"좋아, 알았어." 팅커벨은 기쁜 마음으로 피터의 얼굴을 향해 다가갔다.

피터가 손을 재빨리 움직였다.

팅크는 피터를 의심하는 마음이 털끝만큼도 없었다. 하지만 요정의 본능이 한순간 그녀의 몸을 지배했다. 그녀는 피터의 손을 피해 아래로 쑥 내려갔다.

그래서 피터는 팅크의 몸뚱이를 잡지는 못했다. 대신에 손이 팅크의 얇고 투명한 날개를 스치고 지나갔다.

팅커벨은 날개가 네 개지만, 그중 두 개는 방향키 정도의 역할밖에 못 했고, 추진력은 커다란 날개 두 개가 담당했다. 그 커다란 날개 중 한 장이 밑동 부근에서 휙 꺾이고 말았다. 그리고 다른 하나는 한가운데가 뎅강 잘려나갔다.

팅크는 몸을 가누지 못하고 바닥에 떨어졌다. 몸무게가 가벼워서 별 충격을 받지 않았지만, 날개를 잃었다는 정신적인 충격은 컸다.

"피터, 어째서?" 팅크는 서글피 물었다.

"너, 요즘 너무 시끄러워. 핑핑 날아다니며 웬디에게 시비를 걸지?"

웬디, 역시 그 여자 탓이었어!

팅크는 피가 거꾸로 솟았다.

지금 당장 그 여자에게 따끔한 맛을 보여주겠어!

팅크는 날아오르려 했다. 하지만 다친 날개로는 10센티미터쯤 떠오르는 게 고작이었다. 그리고 바로 떨어졌다. 다시 날아오르려 했지만 또 떨어졌다.

팅크는 붕붕, 하고 불쾌한 날갯소리를 내며 바닥에서 괴롭게 몸부림쳤다.

"다 죽어가는 파리처럼 시끄럽네." 피터 팬은 내뱉듯이 말했다. "역시 벌레 맞잖아."

"피터, 도와줘. 요정은 날개를 잃으면 살 수가 없어." 팅크는 날기를 포기하고 바닥에 엎드렸다.

"그럼 이제 틀린 거 아닌가? 하나는 잘려나갔고, 다른 하나도 떨어지기 직전이야."

"친구들이 있는 곳에 데려다줘. 망가진 지 얼마 되지 않았으니 마법 의사라면 치료해줄 수 있을지도 몰라."

"뭐? 지금? 지금은 안 되겠는데."

"왜?"

"이제부터 아이들을 훈련시킬 거거든. 인어의 만에서 고기잡이 특훈이야."

"그거, 얼마나 걸리는데?"

"글쎄. 지쳐서 못 움직일 때까지 할 거라서."

"그럼 몇 시간이나 걸리잖아. 그랬다가는 날개를 못 쓰게 돼. 당장 친구들이 있는 곳에……."

"날개, 날개 더럽게 시끄럽네. 어차피 요정은 눈 깜짝할 새에 죽는데 뭘 그것 가지고 그러냐. 그딴 것보다 빨리 인어의 만으로 가야 해. 대장이 지각하면 본보기가 못 되거든."

"피터!" 팅크는 애원하듯 외쳤다. 하지만 피터에게 그 목소리는 닿지 않은 듯했다.

피터의 머릿속은 그 얄미운 웬디와 부하 소년들로 가득해. 내가 거기에 들어갈 여지는 없어.

틴크는 새삼 절망했다.

그녀를 뒤덮은 빛이 점점 약해졌다.

안 돼. 이대로 가면 난 사라질 거야.

틴크는 잘려나간 날개를 찾았다.

날개는 수십 센티미터 떨어진 곳에 있었다.

틴크는 일어서서 터벅터벅 걸어갔다. 평소는 날아다니므로 걸을 일은 좀처럼 없다. 그래서 얼마 안 되는 거리인데도 제법 지쳤다. 게다가 지금은 꺾인 날개가 바닥에 질질 끌린다. 그 또한 심한 통증을 유발했다.

틴크는 끙끙 앓는 소리를 내며 잘려나간 날개가 있는 곳에 도착했다.

날개를 살짝 집어 들었다.

이미 시들했다. 빛은 아예 사라졌고, 투명도도 잃어가고 있었다.

자칫하면 늦을지도 모른다.

아무튼 이걸 들고 친구들에게 가야 해. 숲속을 얼마나 걸어야할까? 내가 견딜 수 있을까? 아아. 그 전에 지하 기지에서 땅 위로 나가야 해. 하지만 날 수가 없는데 어떻게?

"뭐야. 꼬락서니하고는." 머리 위에서 비웃는 듯한 목소리가 들렸다.

"피터! 인어의 만에는 안 가?"

"마음이 바뀌었어." 피터는 틴크 옆에 앉았다.

"나를 친구들에게 데려가 줄 거야?"

"왜 그래야 하는데?" 피터는 팅크가 들고 있던 날개 조각을 억지로 빼앗았다. "이거 안 붙겠지?"

"붙여보지 않으면 모르지."

"모르기는." 피터는 날개 조각을 엄지와 검지로 비볐다.

날개는 순식간에 가루가 되어 바닥으로 부슬부슬 떨어졌다.

팅크는 너무나 충격을 받아 목소리도 나오지 않았다.

피터가 픽 웃었다.

날개였던 가루는 공기 중으로 흩어져 금세 사라졌다.

"봐, 이제 절대로 안 붙겠네."

"왜 이런 짓을 하는 거야?" 팅크의 눈에서 눈물이 또르르 흘러내렸다.

"이유는 없지 않으려나?"

"내가 웬디에게 뭔가 말할 것 같아?"

"말할 작정이잖아?"

"절대로 말 안 해. 나도 같은 생각이니까."

"같은 생각? 그게 무슨 소리야?"

"난 네가 웬디를 어떻게 생각하는지 알아. 나도 너랑 똑같다는 거야."

"네 생각도 나랑 똑같다고? 도저히 안 믿기는데."

"믿어줘, 피터."

"팅크, 네 날개를 좀 보여줄래?"

"뭘 어쩌려고?"

"네가 날 믿지 않는다면 나도 널 믿지 않겠어."

"……알았어. 좋아." 팅크는 잠시 망설인 후에 대답했다.

"이쪽 날개는 이상한 방향을 향하고 있네."

"밑동이 꺾였어. 하지만 이 날개는 아직 살아 있어. 그러니까 부목을 대면 분명히……."

"한쪽만 있어서는 별 소용없잖아?"

"아니야. 연습하면 한쪽만으로도……."

"정말로? 날개 하나로 날아다니는 요정을 본 적 있어?"

"……본 적은 없어. 그렇지만 열심히 연습해서……."

"헛수고야."

"가능성은 없지 않아. 난……."

피터는 팅크의 꺾인 날개를 잡고 단숨에 떼어냈다. "봐, 가능성이 없어졌어."

"피터……." 팅크는 소리 내어 울었다. 방울소리처럼 아름다운 음색이었다.

"울음소리가 예쁘네." 피터는 검지로 팅커벨의 머리를 쓰다듬었다.

"난 이제 못 날아."

"아직 날개가 두 개 남아 있는걸."

"이렇게 작은 날개로는 못 날아."

"포기하는 거야? 팅크답지 않네."

"이 날개로도 날 수 있다고 생각해?"

"열심히 노력하면 날 수 있을지도 모르지."

"나, 열심히 할게." 팅크는 웃음을 지었다.

"웃으니까 좋아 보인다. 하지만." 피터는 팅크에게 남은 작은 날개 두 개를 잡았다. "이러면 포기할 수밖에 없겠지." 피터는 날개를 둘 다 떼어냈다.

팅크는 말문이 턱 막혀 아무 소리도 내지 못했다.

새가 날개를 소중히 아끼듯이, 요정도 자신의 날개를 아주 소중히 여긴다. 몸이 작은 요정은 날개가 없으면 이동하기도 여의치 않다. 또한 인간과 대등하게 이야기를 하기도 힘들다. 인간의 눈높이까지 솟아올라야 겨우 알아차리기 때문이다. 땅을 걸어 다녔다가는 언제 짓밟힐지 모른다. 그런데도 요정의 날개는 몹시 얇아서 망가지기 쉽다. 그리고 한 번 잃으면 다시는 재생되지 않는다. 따라서 요정에게 날개는 생명이나 다름없다.

그런데 지금 팅커벨은 그 소중한 날개 네 개를 전부 잃고 말았다.

"너무해. 너무해, 피터."

"날개는 쓸데없어, 팅크. 너한테는 다리가 있잖아. 여기저기 빨빨거리며 뛰어다니면 되지. 그리고 몸무게가 가벼우니까 높이뛰기도 제법 잘 하지 않을까?"

"난 달려본 적도 뛰어올라 본 적도 없는걸."

"그럼 시험 삼아 한번 달려봐. 여기서 저기 벽까지만."

팅커벨은 생각했다.

피터의 말에도 일리가 있어. 날개는 이미 없어졌는걸. 이제 와서 자꾸 아쉬워한들 어쩔 도리도 없어. 그러기보다 남은 팔다리를 얼마나 활용할 수 있느냐가 중요해.

팅크는 고개를 끄덕이고 벽을 향해 달렸다.

피터는 한 걸음 만에 팅크를 앞질러 팅크의 눈앞에 발꿈치를 내려놓았다.

멈추지 못하고 피터의 발꿈치에 부딪친 팅크는 튕겨나가 바닥 위를 몇 바퀴나 굴렀다.

피터는 깔깔 웃었다. "꼴이 말이 아니네."

"장난은 그만둬." 팅크는 불평을 내뱉었다.

"장난치는 건 요정의 특기면서." 피터는 주눅 드는 기색 하나 없이 대꾸했다. "자, 이번에는 뛰어올라 봐."

"이제 절대로 장난치지 마. 알았지?"

피터는 고개를 끄덕였다.

"맹세해?"

"맹세할게." 피터는 가슴에 십자를 그었다.

팅크는 십 수 센티미터쯤 뛰어올랐다. 인간의 키에 비하면 아주 낮았지만, 팅크 자신이 상상했던 것보다는 상당히 높았다.

혹시 연습하면 더 높이 뛰어오를 수 있을지 몰라.

팅크는 쪼그려 앉았다가 힘을 주어 다시 펄쩍 뛰어올랐다.

20센티미터 가까이 도달한 순간 피터가 손바닥으로 찰싹 때렸다.

팅크는 1미터도 넘게 날아가서 벽에 쾅 부딪쳤다. 한순간 벽에 들러붙은 것이 아닌가 싶었지만, 다음 순간 그녀는 벽에서 바닥으로 떨어졌다.

팅크는 낙법조차 사용하지 못했다.

온몸이 너무 아팠다. 팔도 다리도 제대로 움직이지 않았다. 그저 아파서 움직일 수 없는 건지, 아니면 뼈가 부러졌기 때문인지 판단이 되지 않았다.

"피터……." 팅크는 잠긴 목소리로 간신히 말을 꺼냈다. "장난은…… 치지 않겠다고…… 했잖……아."

"장난 아니야. 아까 그건 진심이었어."

"진심이라니……, 무슨 소리야." 팅크는 기침을 했다. 피가 잔뜩 튀어나왔다.

"진심으로 죽일 작정이었다고."

"어째서……?"

"웬디에 대해 나불대고 다닐까 봐 싫어."

"무슨 소리야? 난 네 편이라고, 피터!"

"못 믿겠어. 입에서 나오는 대로 지껄이는 건지도 모르지."

"참말일지도 모른다……고는…… 생각 안 해?"

"생각해."

"그럼 도와줘…… 지금 당장 마법 의사에게……."

"넌 참말을 하고 있을지도 몰라. 하지만 거짓말을 하는 건지도 모르지."

"믿어줘, 피터!"

"네 말이 거짓말이라고 치자." 피터는 손끝으로 팅크의 몸을 집으며 말했다. "네가 죽으면 깔끔하게 해결돼. 하지만 네가 살아 있으면 그 일을 모두에게 떠벌려서 골치 아파질지도 몰라."

"절대…… 안 그래…… 왜냐하면 난…… 참말을 하고 있으니까……."

"네 말이 참말이라고 치자." 피터는 코를 후볐다. "그럴 경우 네가 살아 있어도 곤란할 일은 없어."

"그래. 그러니까……."

"그리고 네가 죽어도 그건 마찬가지지."

"무슨…… 소릴 하는 거야?"

"즉 네 말이 거짓말이든 참말이든 일단 죽이면 안전하다는 뜻이야."

"너답지 않은…… 말투네."

"난 요 몇 달 동안 제법 영리해졌어." 피터는 칼집에서 단검을 뽑았다.

팅커벨은 비명을 질렀다. 네버랜드 전역에 울려 퍼질 만큼 큰 소리였지만, 고작 몇 초 만에 멈췄다.

피터가 내리친 단검이 팅커벨의 몸뚱이를 꿰뚫었기 때문이다.

6

"큰일이야! 다들 빨리 일어나!"

이모리는 누군가가 외치는 소리에 잠에서 깼다.

현재 상태를 파악하는 데 잠시 시간이 걸렸다.

여기는 어디지?

그는 방에 누워 있었다. 유카타* 차림이다. 그리고 실내에는 유카타를 입은 젊은 남자가 이모리 말고도 네 명 있었다. 그중 한 명이 일어나서 다른 사람들에게 소리를 친 것이다. 다른 사람들은 이모리처럼 이부자리에 누운 채 서 있는 그를 올려다보고 있었다.

아아. 생각났다. 여기는 온천 여관이고, 우리는 동창회에 참석하려고 여기에 왔지. 연회가 끝난 후에 하룻밤 묵고 돌아갈 예정이었어.

---

* 목욕 후 또는 여름에 입는 무명 홑옷.

그 사실이 떠오르자 같은 방에 있는 남자들의 얼굴과 이름이 일치하기 시작했다.

심각한 표정으로 서 있는 남자는 스라이 도리오다. 그리고 이부자리에 누워 있는 사람은 히다 한타로와 니렌 이치로, 지로 형제다.

"조용히 좀 해." 히다가 성가시다는 듯 말했다. "날 샐 무렵까지 마셔서 머리가 아프다고."

이모리는 생각났다. 이 방에 다섯 명이 자기로 했는데, 히다와 지로는 밤늦게까지 돌아오지 않았다. 그래서 이모리, 스라이, 이치로는 먼저 자기로 했다.

그나저나 잘도 푹 잤군.

이모리는 자기 자신에게 감탄했다.

방으로 돌아온 후 이모리 일행은 엄청난 발견을 했다.

이모리가 스라이에게 네버랜드 이야기를 꺼내자 이치로가 먼저 반응했다. 그리고 자신들 형제가 네버랜드에 있는 쌍둥이의 아바타라라고 고백했다.

그 말을 듣고 스라이도 마지못해 자기가 슬라이틀리의 아바타라임을 인정했다.

이모리도 자기가 빌의 아바타라라고 밝혔다. 그리고 어제 병원에 실려간 야기하시는 네버랜드의 '8번'이 아니겠느냐는 추측을 내놓았다.

덧붙여 네버랜드의 누군가가 죽으면 지구에 있는 아바타라도 죽는다는, 자신이 발견한 법칙에 대해서도 설명했다.

두 사람은 대번에 이해하지는 못한 듯했다. 아니, 이해하고 싶지 않았는지도 모르겠다. 아무튼 현재 상황에 대해 분석과 토론을 하는 사이에 셋 다 까무룩 잠이 든 것 같았다.

그 후에 지로와 히다도 방에 돌아온 것이리라.

"느긋한 소리나 하고 있을 때가 아니야." 스라이는 창백한 얼굴로 몸을 부들부들 떨었다.

"왜 그래? 숙취냐? 여관 종업원한테 말해서 약이라도 얻어먹든지." 히다가 놀리듯이 말했다.

"히지리가 크게 다쳤어. 죽었을지도 몰라."

히지리?

이모리는 누구인지 금방은 떠오르지 않았지만, 잠시 생각하다 같은 반이었던 이카케 히지리임을 알아차렸다.

일단 침착하자. 혼란에 빠지는 게 제일 좋지 않아. 지금까지 휘말린 사건에서도 혼란은 대개 좋지 않은 결과로 이어졌어.

이모리는 천천히 심호흡을 했다.

좋아. 진정됐다.

히다, 이치로, 지로 모두 어리벙벙한 얼굴이었다. 아직 사태가 파악되지 않은 것이리라. 물론 이모리도 사태를 파악한 건 아니지만, 어쨌든 문제를 해결하기 위한 마음가짐만은 갖추었다.

일단 히지리가 살아 있는지 확인하는 게 먼저다. 그리고 만약 살아 있다면 목숨을 살리는 걸 최우선으로 삼아야 한다.

"히지리는 어디 있어?" 이모리는 동요한 스라이에게 물었다.

스라이는 떨리는 손가락으로 창밖을 가리켰다.

이모리는 일어서서 창문으로 다가갔다.

바깥은 사방이 은세계였다. 밤사이에 눈이 더 내려 쌓인 것 같았다. 하지만 히지리는 보이지 않았다.

"어디 있는데?" 이모리는 다시 물었다.

"아래쪽. 비스듬히 밑에 있는 울타리."

그들의 방은 2층이고, 울타리는 바깥 지면에 설치되어 있다. 이모리는 창문 아래를 자세히 보려고 창틀에서 몸을 내밀었다.

히지리를 발견했다.

이모리는 히지리와 눈이 마주쳤다.

히지리는 입을 반쯤 벌린 채 위를 쳐다보고 있었다. 그리고 몸을 똑바로 누인 채 허공에 떠 있는 것 같았다.

빨간색 무늬 하나가 박힌 흰옷 차림으로 팔다리를 각각 다른 각도로 펼친 그 모습이 약간 요정 같아 보였다.

왜 허공에 떠 있는 거지?

유심히 살펴보자 정말로 허공에 떠 있는 건 아니었다. 끝부분이 창처럼 뾰족한 대나무 울타리 중 하나가 히지리의 몸을 등에서 배로 관통한 상태였다.

울타리를 왜 이렇게 위험한 모양으로 만들었을까 싶었지만, 지금 그걸 따져본들 무슨 소용이냐고 마음을 고쳐먹었다. 아마 디자인을 우선한 것이리라. 울타리 높이가 2미터 50센티도 넘으니 설마 누가 꼬치구이처럼 될 줄은 상상도 못 했을 것이다.

"구해야 해." 이모리는 말했다.

"아마 죽었을 거야."

"그래 보이지만 확인할 때까지는 장담할 수 없어." 이모리는 몸을 더 내밀어 건물 외면과 주변 상황을 확인하고 다른 사람들에게 지시했다. "휴대전화가 아직도 먹통인지 확인하고, 만약 연결되면 구급차를 불러줘. 그리고 여관 사람에게 사고가 발생했다고 알리고."

"넌 어쩌려고?" 히다가 귀찮다는 듯이 말했다.

"어떻게든 히지리를 구해봐야지."

"어떻게?"

"관찰해보니 창문에서 울타리 위로 내려갈 수 있을 것 같아."

"그랬다가는 울타리가 쓰러지지 않을까?" 스라이가 걱정스럽게 말했다.

"그건 그것대로 상관없어. 그러면 쓰러진 울타리에서 히지리를 구해내면 되지."

"쓰러지지 않으면?"

"울타리를 타고 히지리 쪽으로 갈 거야."

"그런 곡예사 같은 짓을 할 수 있겠어?"

"모르겠지만 해보는 수밖에. 그것 말고 히지리를 구할 방법은 없어."

"시간을 들이면 좀 더 안전한 방법으로 구할 수 있지 않을까?"

"그때는 이미 늦을걸."

"벌써 늦었을지도 몰라."

"그럴지도 모르지만, 함부로 판단할 일은 아니야." 이모리는 그렇게 말하고 울타리로 뛰어내렸다.

맨발이 아닌 편이 나았을지도 모른다.

뛰어내린 순간 이모리는 후회했다.

창 모양으로 생긴 기둥들 사이에는 대나무를 옆으로 얽은 가로대가 있었다.

이모리는 거기에 착지하는 즉시 기둥 부분을 붙잡아 몸을 고정할 생각이었다. 하지만 계획은 크게 어긋났다.

"앗."

창처럼 뾰족한 기둥의 끝부분이 이모리의 오른발 발바닥을 뚫고 발등으로 튀어나왔다.

아픔보다 이거 큰일 났다는 생각이 먼저였다. 그리고 얼마 전에도 비슷한 체험을 했구나 싶었다. 물론 그 당시를 자세히 떠올리고 있을 상황은 아니었다. 지금 어떻게 해야 하느냐가 문제다.

이모리는 오른발만으로 매달리는 꼴이 되고 말았다. 머리를 아래로 향한 채 온몸이 대롱거렸다.

강한 통증이 느껴졌다. 찔린 부분만이 아니다. 발목과 가랑이의 관절이 이상한 방향으로 꺾인 것도 통증의 원인이었다.

"야, 이모리. 괜찮아?" 히다가 말했다.

주관적으로는 전혀 괜찮지 않았다. 객관적으로 보기에도 괜찮아 보이지는 않으리라. 용케도 그런 얼빠진 질문을 하는구나 싶어서 이모리는 오히려 감탄했다.

"보다시피 아주 좋지 않은 상황이야."

"그래서 하지 말라고 했잖아." 스라이가 어이없다는 듯 말했다.

"하지만 다른 선택지가 없었어."

"가만히 도움의 손길을 기다렸으면 그런 험한 꼴은 당하지 않았을 것 같은데?"

"하지만 그럼 히지리를 못 구하는걸."

"지금도 구하지는 못했어."

"그건 결과론이야. ……맞다. 도움의 손길. 구급차는 불렀어?"

"누구 연락한 사람?" 스라이가 돌아보고 물었다.

대답은 없는 것 같았다.

"미안해. 아무도 연락 안 한 모양이야."

"지금 당장 전화해."

"응. 잠깐만 기다려." 스라이는 스마트폰을 꺼냈다. "아쉽지만 아직 전파가 안 잡혀. 너희들은 어때? ……다들 마찬가지야."

"그럼 우리 힘으로 어떻게든 해야겠군."

"잠깐만 있어봐. 여관 사람한테 부탁해서 울타리를 쓰러뜨리든지 하자."

"아니. 머리에 피가 쏠린 데다 통증과 추위로 더는 버티기 힘들 것 같아."

"달랑 유카타 한 장이니 그럴 만도 하지."

"아무튼 발에 꽂힌 대나무만 빼내면 몸을 움직일 수 있을 거야." 이모리는 울타리를 붙잡고 몸을 조금씩 끌어올리기 시작했다.

울타리를 꽉 붙잡고 몸을 고정하면 발을 들어 올려 대나무에서 빼낼 수 있을 것이다.

이모리는 다리에 혼신의 힘을 주었다.

엄청난 통증이 몰려왔다. 어쩌면 뼈까지 다쳤는지도 모르겠다.

이모리는 입술을 깨물고 기합을 넣으며 단숨에 발을 빼냈다.

"됐다!"

기뻐한 것도 잠시, 이모리는 큰 오산을 했음을 깨달았다. 두 손으로 자기 몸을 지탱할 수 있었던 것은 발이 대나무에 꽂혀 고정되어 있었기 때문이다. 즉 방금 전까지 이모리의 몸은 세 지점으로 지탱되고 있었던 셈이다. 그런데 이제 대나무에서 발을 빼내서 갑자기 한 지점이 줄었다. 요컨대 대나무를 잡고 물구나무서기를 한 모습이다. 이모리는 지금까지 살면서 물구나무서기에 성공해본 적이 없었다. 팔 힘만으로 자기 몸을 지탱하기는 불가능했다.

빙글.

이모리의 몸이 반회전해 지금까지 위쪽에 있었던 하반신이 아래로 내려왔다. 어깨 관절에서 뚜두둑 소리가 났다.

어쩌면 갑자기 강한 하중이 가해져 탈구됐는지도 모르겠다.

그렇게 생각한 다음 순간, 이모리는 손가락에 전해지는 충격을 견디지 못하고 울타리를 놓았다.

땅에서 약 2미터 높이였기에 조심하면 크게 다치지는 않을지도 모르지만, 너무 별안간 벌어진 일이라 아무 대비도 하지 못했다.

이모리는 차양 밑이라 눈이 쌓이지 않은 곳에 엉덩방아를 세게 찧었다. 허리부터 등뼈가 와작 부서지는 듯한 느낌이 들었다.

이건 정말 심각한 부상일지도 모르겠다.

그리고 그대로 뒤로 쓰러졌다.

아마 거기에 뾰족한 돌이라도 있었던 것이리라. 머리에 뭔가 박힌 것을 알았다.

"으악!" 이모리는 소리를 질렀다. "머리가! 머리가!"

"뭐야, 아침 댓바람부터?" 옆쪽 이부자리에 누워 있던 히다가 불평했다.

"엇?" 이모리는 몸을 일으키고 뒤통수를 더듬었다. 아프지도 않았고 피도 나지 않았다. 이어서 몸을 더듬었다. 다친 곳은 아무 데도 없었다.

뭐야, 꿈인가.

이모리는 숨을 푹 내쉬었다.

아니. 잠깐만. 전에도 이런 일이 있었는데.

아까 경험한 일에는 꿈과 같은 구석이 전혀 없었다. 아니. 동창회 다음 날 아침, 동창생이 창밖에서 죽었다는 건 꿈 같기는 하지만, 그런 상황 이외에는 현실과 동떨어진 구석이 없었다. 물리적으로도 논리적으로도 타당했다. 그런 꿈도 꿀 수는 있을지도 모르지만……

"스라이…… 스라이는 어디 있어?" 이모리는 창문을 보았다.

스라이는 창밖을 보고 있었다. 그것도 약간 아래쪽을. 딱 울타리 꼭대기쯤일까.

이모리는 절망적인 기분이 들었다.

"스라이!"

스라이가 고개를 돌렸다. 그는 입술까지 새파래져서 몸을 부들부들 떨었다.

"히지리지?" 이모리는 말했다.

스라이는 말없이 고개를 끄덕였다.

"무슨 일이야?" 히다가 일어나며 말했다.

이치로와 지로도 이미 일어나서 서로 얼굴을 마주 보고 있었다.

"히지리가 크게 다쳤어." 이모리는 말했다.

세 사람은 반신반의하며 창가로 다가가 아래를 내려다보았다. 그 순간 거의 동시에 비명을 질렀다.

"너, 나보다 먼저 본 거야?" 스라이가 이모리에게 물었다.

"아니." 이모리는 고개를 저었다.

"그럼 어떻게 알았어."

모두가 이모리를 보았다.

이모리는 그 시선에 무슨 뜻이 담겨 있는지 알아차렸다.

그들은 이모리를 의심하는 것이다. 히지리가 당한 참상에 이모리가 관계된 것 아니냐고.

"아니야. 그런 게 아니라고. 아까 봤어. 스라이보다 나중에."

"뭐라고? 난 1분쯤 전에 비로소 알아차렸어. 그리고 넌 계속 자고 있었고. 예지몽이라도 꿨다는 거야?"

"대강 비슷해. 난 아까 죽었어." 이모리는 기묘하게 들리리라는 걸 알면서 말했다. "히지리를 구하려다 울타리에서 떨어졌지."

"괜찮아? 스스로를 유령이라고 착각하는 거야? 아니면 정말로 엄청 실감나는 유령인가?"

"잠깐만." 이치로가 고개를 갸웃했다. "나도 방금 그런 꿈을 꾼 것 같은⋯⋯."

"설명은 나중에. 그것보다 일단 히지리를 구해야지." 이모리는 여관 밖으로 뛰쳐나갔다.

창문에서 울타리로 이동하는 작전은 아까 실패했으니 소용없다고 판단한 것이다.

여관은 이미 술렁거리고 있었다. 몇 명이 히지리가 어떻게 됐는지 알아차린 모양이다. 밖으로 나가자 울타리에 동창생들과 종업원이 모여 있었다.

울타리를 타고 땅으로 흘러내린 대량의 피가 눈을 새빨갛게 물들였다.

"이 울타리는 쉽게 넘어질까요?" 이모리는 현장에 있던 안주인에게 물었다.

"모르겠어요. 그렇게 튼튼하지 않을 것 같기는 한데⋯⋯."

"사다리는 있습니까?"

"헛간에 있을 겁니다." 종업원 중 한 명이 말했다. "가져올게요."

"사다리가 올 때까지 울타리를 넘어뜨려 보자."

동창생들이 울타리를 밀고 당겼지만 흔들거릴 뿐 쓰러질 낌새는 없었다. 그리고 흔들릴 때마다 히지리의 팔다리가 인형처럼 이리저리 흐늘거렸다.

몇 분 후, 종업원이 사다리를 가져왔다.

이모리는 사다리를 울타리에 걸치고 올라갔다.

히지리를 만져보니 상당히 싸늘했다. 불안정한 사다리 위라서 호흡과 맥박은 잘 알 수가 없었다.

이모리는 몸 아래로 손을 넣어 히지리를 들어 올리려고 했다.

"대나무에서 뽑으면 안 되지 않을까?" 아래에서 스라이가 말했다. "출혈이 심해질 가능성이 있잖아?"

"그럴 가능성은 있지." 이모리는 대답했다. "하지만 구급차를 부를 수 없는 지금 상황에서 이 상태로 놔두는 건 아니라고 봐."

"알았어. 하지만 혼자 들어 올리는 건 위험해. 사다리가 하나 더 있는 모양이니까 나도 올라갈게."

잠시 후 스라이도 올라왔다.

둘이서 히지리의 몸을 받치고 천천히 들어 올려 대나무에서 빼냈다.

출혈은 거의 없었다.

두 사람은 조심해서 천천히 내려와 눈이 쌓인 땅에 히지리를 눕혔다.

"숨은 안 쉬어. 출혈이 거의 없는 걸 보면 심장도 멎은 것 같고." 이치로가 말했다.

이모리는 아무 말 없이 심폐소생술을 실시했다. 가슴을 압박할 때마다 상처에서 피가 나왔다.

"심장 근처에 큰 상처가 있어. 아마도 심장에 연결된 큰 혈관이나 심장 자체가 파열돼서 심장을 압박한들 혈관에는 피가 흐르지 않겠지." 이치로가 냉정하게 해설했다.

하지만 이모리는 잠자코 심폐소생술을 계속했다.

15분이 지나자 이모리는 마침내 손을 멈추었다.

"만족했어?" 스라이가 이모리의 어깨에 손을 얹었다.

"두 명이야. 여기에 온 뒤로 두 명이나 죽었어!" 이모리는 스라이의 손을 뿌리쳤다.

"두 명?" 어느 틈엔가 가까이 와 있던 도모코가 말했다. "무슨 소리야? 혹시 야기하시도?"

"응." 이모리는 정신을 차리고 말했다. "구급차에 실려갈 때 이미 숨을 쉬지 않았어."

"왜 말 안 했어?"

"그…… 동창회를 망치기 싫었거든." 이모리는 고개를 떨구었다.

"너무해……." 도모코는 화난 눈으로 이모리를 쳐다보았다.

너무하다. 그렇다. 친구의 죽음을 비밀로 한 건 너무한 일이다. 하지만 아마추어인 이모리가 모호한 정보를 알려서 모두를 슬프게 하는 것도 너무한 일이 아닐까 싶었다.

"이모리는 이모리 나름대로 우리를 배려한 거야." 스라이가 두둔하고 나섰다. "무턱대고 나무라서는 안 돼."

도모코는 말없이 이모리를 쳐다보다가 살며시 중얼거렸다. "그러게. 내 말이 너무 심했어."

속내와는 명백히 다른 말이었다.

이모리는 가슴이 아팠다. 야기하시와 히지리가 죽은 것보다 더 아팠다.

왜일까?

이모리는 스스로에게 물었다.

그렇다. 도모코는 이모리의 첫사랑이었다. 바로 지금까지 이모리 본인도 잊고 있었다. 아니. 잊어버렸다기보다는 지금 처음으로 알았다고 해야 하리라. 이모리는 자신이 도모코를 사랑했었다는 것조차 몰랐다. 하지만 그 당시 그는 분명 사랑에 빠졌다. 도모코를 만날 때마다 가슴이 두근거렸다.

하지만 첫사랑을 깨닫지 못할 수 있을까? 어쩌면 이건 날조된 기억 아닐까?

이모리는 자신의 기억을 의심했다.

아니. 기억을 의심한들 무슨 소용이랴. 애당초 이 세상과 기억은 우리가 믿어온 것과는 상당히 다른 모양이다. 그러니 기억이 날조됐다는 의혹은 오히려 사소한 일의 범주에 들어갈지도 모른다.

아무튼 가슴이 아픈 이유를 알자 조금 개운해졌다.

"무슨 일 있었나?" 후쿠가 사람들 뒤편에서 들여다보았다.

"히지리가 다쳤습니다." 이모리는 대답했다.

"또 급병인가. 어떤 상태야?" 후쿠는 사람들을 헤치고 다가왔다. "으헉!" 후쿠는 몸을 뒤로 젖혔다. "구급차는 불렀어?"

"전화는 여전히 먹통인 것 같아요."

"그럼 차로 가까운 병원에 가는 수밖에 없겠군."

"그게……" 안주인이 뭐라 말해야 할지 난감하다는 표정으로 말했다. "어젯밤에 폭설이 내려서 차가 전부 눈에 묻혔어요."

"그럼 파내면 되잖아. 일손은 여기 얼마든지 있다고."

"도로도 눈에 파묻혀서 제설차가 오지 않으면 어쩔 수도 없는 상황이에요."

"제설차는 언제 오는데?"

"모르겠어요."

"관공서에 문의하면 되잖아."

"전화가 불통이라……."

"병원까지 짊어지고 가는 수밖에 없나."

"가까운 병원까지 10킬로미터는 돼요. 이런 눈 속에서는 무리가 아닐까 싶은데요. 그리고 만약 더 큰 눈이 내리거나 눈보라가 치면 조난당할 우려도 있어요."

"그러고 보니 역에서 여기까지 올 때도 여관의 미니버스를 탔지. 아주 외진 곳인가?"

"네. 그게 저희 여관의 매력이랍니다."

"이거 완전히 속수무책이로군." 후쿠는 장갑을 낀 오른손으로 머리를 벅벅 긁었다. "히지리는 어떤 상태야? 아주 안 좋나?"

"심장은 이미 멎었어요. 벌써 20분 가까이 지났습니다."

"뭐야." 후쿠는 하품을 했다. "그럼 서두를 필요 없잖아. 완전히 죽었는걸."

"경찰을 불러서 히지리가 죽은 원인을 해명해야 합니다."

"죽은 원인? 살인사건이다, 뭐 그런 소리라도 하고 싶은 거냐?"

"꼭 그렇다는 보장은 없지만요."

"야. 히지리가 다친 이유를 아는 사람 없어?"

몇 명이 손을 들었다.

"뭐야. 많이들 알잖아."

그건 이모리도 의외였다. 현장 부근이 조용했으므로 분명 아무도 보지 않는 곳에서 일어난 사건이라고 믿었다.

"누가 죽였지?" 후쿠가 물었다.

"아니요. 사고예요." 도라야 유리코가 대답했다. "히지리는 방 창문으로 바깥 설경을 보고 있었어요. 그러다 무슨 생각인지 갑자기 창틀에 손을 대고 창밖으로 몸을 잔뜩 내밀더군요. 위험하다 싶었지만 주의를 줄 틈도 없이 히지리는 균형을 잃고 떨어졌어요. 같은 방에 있던 사람들이 전부 다 봤어요."

"그럼 사고가 틀림없군. 그 방에 있던 사람들이 모두 입을 맞추었다면 또 모르지만. 하기야 그만한 인원이 서로 협력했다면 좀 더 그럴싸한 방법으로 죽였겠지."

"자살일 가능성도 있지 않을까?" 히다가 경박한 투로 말했다.

"일부러 남의 눈이 있는 곳에서?" 스라이가 의문을 제기했다.

"자살하는 척하려다가 힘이 너무 많이 들어가서 정말로 죽어버렸다든가."

이모리는 가만히 생각에 잠겼다.

"왜? 아직도 살인이라고 생각하나?" 후쿠가 깔보듯이 말했다.

"밖을 보다가 갑자기 떨어졌다는 게 걸립니다."

"너도 자살을 의심하는 건가?"

"유리코, 히지리가 느닷없이 몸을 내밀었다고 했는데 보기에 부자연스러운 느낌이었어?"

"확실히 부자연스럽게 느껴졌지만, 자살이라는 인상은 아니었어."

"뭔가 거스를 수 없는 힘에 휘말린 느낌?"

"듣고 보니 그런 느낌도 들긴 하는데……. 무슨 말을 하고 싶은 거야? 귀신이나 요괴의 소행이라는 거니?"

몇 명이 비명 같은 소리를 냈다.

"그게 아니야. ……아니지만 상식에서 벗어난 힘이 작용했을 가능성은 있어."

"야, 대체 무슨 소릴 하는 거야? 이상한 약이라도 하는 건 아니겠지?" 후쿠가 이모리를 노려보았다.

"만약 히지리가 아바타라였다면 저쪽 세계에서 본체가 살해당했을 거야. 그렇다면 부자연스러운 상황에서 사고가 발생한 것도 설명이 돼."

"저쪽 세계라니 그게 뭔데?"

이모리는 후쿠의 말을 무시하고 모두에게 말했다.

"네버랜드의 꿈을 꾼 적 있는 사람은 솔직하게 말해주세요. 일단은 상황 파악이 먼저입니다."

7

"한 명도 물고기를 못 잡다니 어떻게 된 거야?" 피터 팬은 지하 기지로 돌아오는 길에 못마땅한 투로 말했다. "인어의 만에는 그렇게 물고기가 많다는데."

"하지만 모두 애썼어." 빌이 달랬다.

"노력이나 의지에는 아무 의미도 없어. 중요한 건 결과라고."

"그게, 문제는 도구가 아닐까 싶은데." 슬라이틀리가 말했다. "나뭇가지랑 돌멩이만 가지고 물고기를 잡으려는 건 아무래도……."

"슬라이틀리, 지금 내가 잘못했다는 거야?" 피터는 슬라이틀리의 목에 방금 전까지 고기를 찌르는 데 사용한 나뭇가지를 들이댔다.

"설마, 그럴 리가 있겠어?" 슬라이틀리는 땀을 줄줄 흘렸다.

"하지만 물고기를 열 마리도 넘게 잡았잖아." 웬디는 꼬챙이처럼 가느다란 가지에 꿴 물고기 십 수 마리를 가리켰다.

"전부 내가 잡은 거지만." 피터는 자랑스럽게 말했다.

"이 정도면 생선 요리를 모두 다 먹을 수 있겠네."

"왜 물고기를 못 잡은 녀석들에게 요리를 베풀어야 하는데? ……잠깐! 조용히." 피터가 모두를 정지시켰다.

"왜 그래, 피터?" 빌이 물었다.

"공기의 맛이 이상해."

빌은 입을 뻐끔거려 공기를 먹었다. "맛이 좀 연하네."

"빌, 피터는 비유를 한 거야." 웬디가 타일렀다. "그렇지, 피터?"

"비유가 뭔데?" 피터는 입을 벌렸다가 다물어 공기를 먹었다. "이건 붉은 피부족의 맛이야."

잃어버린 소년들이 동요했다.

"어쩌지, 우리는 무기를 가져오지 않았는데!" 투틀스가 처량한 목소리로 말했다.

"걱정 마, 나뭇가지가 있으면 충분해." 피터가 손에 든 나뭇가지를 휘두르자 물고기들이 허공을 날아 근처 풀숲에 떨어졌다.

"헉!" 붉은 피부족 두 명이 뛰쳐나왔다. 풀숲에 숨어 있었는데 갑자기 물고기가 날아와서 놀란 것이리라.

그중 한 명은 피터를 향해 똑바로 달려왔다. 습격하려 했는지, 어쩌다 보니 그 방향으로 도망쳤는지 이제는 알 수 없다. 왜냐하면 피터가 내민 나뭇가지가 목에 푹 꽂혔기 때문이다.

"봐, 충분히 무기로 사용할 수 있잖아."

붉은 피부족 남자는 쉭쉭 숨을 쉬려 애썼지만 잘되지 않았고,

결국 눈을 까뒤집으며 그 자리에 쓰러졌다. 피터는 숨이 멎은 걸 확인한 후 나뭇가지를 뽑아 들고 다른 붉은 피부족을 쫓아갔다.

붉은 피부족은 열심히 도망쳤지만, 공교롭게도 밤이라 숲속에서 나뭇가지와 풀에 발이 걸려 원래 속도를 내지 못했다.

반면 피터는 나뭇가지를 피해 숲 위를 날 수 있었다. 그는 붉은 피부족의 머리 위로 내려가서 나뭇가지 양끝을 잡고 남자의 턱에 걸었다.

남자는 재빨리 멈춰서 몸을 뒤로 젖히며 목에서 나뭇가지를 벗겨내려고 몸부림쳤다.

하지만 피터는 그걸 용납지 않았다. 남자의 목에 건 나뭇가지를 꽉 조이며 공중으로 들어 올렸다.

붉은 피부족은 팔다리를 버둥거렸지만 피터는 콧노래를 부르며 20미터 가까이 날아올라 웬디 일행이 있는 곳으로 천천히 돌아왔다.

1분쯤 지나자 남자는 완전히 조용해졌다.

빌에게 미지근한 액체가 떨어졌다.

올려다보자 액체는 붉은 피부족의 사타구니에서 흘러내리고 있었다.

빌은 장소를 옮겼다.

그와 거의 동시에 붉은 피부족이 떨어져 내렸다. 철퍼덕, 하는 둔중한 소리와 함께 30센티미터 가까이 한 번 튀어 올랐다.

만약 빌이 1, 2초만 늦게 자리를 옮겼다면 시체에 짓뭉개질 뻔했지만, 빌은 피터에게 딱히 항의하지 않았다. 그가 무서워서가 아니다. 자기가 위험했다는 사실을 몰랐을 뿐이다.

"나뭇가지 하나로 붉은 피부족을 두 명 죽였어." 피터는 하늘에서 내려오면서 자랑스럽게 말했다.

"피터, 이제 붉은 피부족이 머리끝까지 화를 낼 거야." 웬디는 불안한 듯이 말했다.

"뭐, 괜찮아. 이런 놈들 몇 명이 덤비든 전부 물리칠 수 있어."

"피터는 강하니까 괜찮겠지. 하지만 우리는 그렇게 강하지 않은걸."

"웬디는 걱정 마. 내가 지켜줄게."

"다른 사람들도 지킬 수 있겠어?"

"다른 사람들이 누군데?"

"내 동생들과 잃어버린 소년들, 빌, 팅크 말이야."

"뭐야. 이 녀석들 말이구나. 그렇다면 걱정 없어."

"어째서 걱정 없다는 말이 그렇게 쉽게 나오는 거야?"

"그야 이 녀석들은 죽어도 별로 상관없으니까. ⋯⋯잠깐만. 아직 누가 더 있다!"

피터는 다시 날아올라 지하 기지 부근을 저공비행했다.

스미를 비롯한 해적들이 나무와 바위 뒤편에서 튀어나와 달아났다.

"놈들도 있었구나. 붉은 피부족을 죽이느라 소동을 벌여서 눈치챈 모양이네." 피터 팬은 유감스럽다는 듯이 말했다. "그런데 놈들은 왜 지하 기지에 쳐들어가지 않았을까?"

"붉은 피부족과 해적들은 분명 서로 견제하느라 움직일 수 없었던 걸 거야." 슬라이틀리가 신중하게 말했다.

"정말이겠지, 슬라이틀리." 피터가 노려보았다. "만약 거짓말이면 가만두지 않겠어!"

"거, 거짓말 아니야."

"그럼, 거짓말이라고 증명되면 사형이야."

"피터, 슬라이틀리를 겁주지 마." 웬디가 항의했다.

"겁주기는. 내 결의를 표명했을 뿐인걸."

"괘, 괜찮아." 슬라이틀리는 센 척을 하려는 것 같았다. "그걸 어떻게 증명할 수 있겠어. 목격자도 없는데."

"목격자?"

"그래. 다 함께 고기잡이 훈련을 하러 갔으니까 목격자는 없어."

"다 함께?" 피터는 생각에 잠겼다. "점호를 해야겠군! 번호!"

"하나!" "둘!" "셋!" "넷!" "다섯!" "여섯!" "일곱!" "아홉!" "열!"

"잠깐만. 왜 8번은 대답을 안 하지?"

"그야 스미에게 죽었으니까." 빌이 알려주었다. "잊어버렸어?"

"물론 기억하지. 널 시험한 거야, 빌."

"뭐야, 그랬구나. 피터가 아무 기억도 못 하는 줄 알고 얼마나 불안했다고." 빌은 가슴을 쓸어내렸다.

"번호가 매겨진 녀석들은 모두 있군. 나머지는…… 슬라이틀리!"

"여기."

"투틀스!"

"여기."

"닙스!"

"여기."

"컬리!"

"여기."

"쌍둥이!"

"여기."

"여기."

"대답은 한 번이면 돼!" 피터는 불쾌해져서 쌍둥이 중 형의 머리를 쥐어박았다. 동생보다 가까이 있었기 때문이다.

"내 동생들은 어쩌고?" 웬디가 말했다.

"그랬지 참. 존!"

"여기."

"마이클!"

"여기."

피터는 만족스럽게 팔짱을 꼈다.

"피터." 웬디가 말했다. "아직도 빼먹은 사람이 있어."

"응?" 피터는 언짢아 보이는 웬디의 얼굴을 잠시 들여다본 후 손뼉을 짝 쳤다. "맞다. 하마터면 잊어버릴 뻔했네. 웬디!" 피터는 입을 다물었다.

웬디는 피터의 다음 말을 기다렸다.

그러나 피터는 아무 말 없이 손짓으로 웬디에게 계속 신호를 보냈다.

"응? 뭐? 어쩌라는 거야?"

"그러니까 대답을 하라고. 널 점호하는 걸 깜빡했어."

"아아, 그 소리구나." 웬디는 몹시 실망한 태도로 대답했다. "여기 있어."

"물론 마지막 한 명도 잊어버리지 않았지."

"아아. 잊어버린 척했을 뿐이구나. 다행이야."

"빌!"

"여기." 빌이 의기양양하게 대답했다.

"빌이라고?" 웬디가 끼어들었다.

"엇. 빌도 우리 동료잖아." 피터의 눈이 동그래졌다.

"나도 분명 그런 줄 알았는데. 하지만 웬디는 엄청 놀란 것 같았어." 빌은 서글프게 눈을 내리깔았다.

"그럼 웬디는 널 동료로 여기지 않는다는 뜻이로군." 피터가 쐐기를 박았다. "애당초 웬디는 널 조금 먹었으니까 어쩔 수 없지. 식량과는 친구가 될 수 없어."

"아니야, 빌!" 웬디는 변명했다. "그만 깜빡했을 뿐이야."

"하지만 동생들은 잊어버리지 않았잖아. 그리고 자기 자신도."

"그건 그렇지만, 그건 오래 알고 지낸 사이라서 그렇다고 할까……."

"포기해, 빌." 피터는 빌의 어깨에 손을 얹었다. "결국 넌 도마뱀 나부랭이야. 인간 여자와 친구가 되려는 것 자체가 분수에 안 맞는다고."

"괜찮아. 나도 웬디의 마음을 어렴풋이 눈치채고 있었으니까."

"그러니까 아니래도, 빌. 난⋯⋯."

"그래서 뭐 어쨌다고?" 피터는 빌에 대한 이야기에 이미 흥미를 잃어버린 것 같았다.

"아, 맞다. 잊어버린 사람이 한 명 있다는 이야기였어." 웬디는 겨우 본론으로 돌아간 걸 기뻐했다.

"응, 네가 빌을 잊어버렸잖아?"

"잊어버린 건 내가 아니라 너야."

"너무해, 피터. 날 잊어버리다니." 빌은 입술을 삐죽 내밀었다.

"아니, 넌 기억해. 널 잊어버린 건 내가 아니라 웬디야."

"너무해, 웬디. 날 잊어버리다니." 빌은 입술을 삐죽 내밀었다.

"다람쥐 쳇바퀴 도는 꼴이니까 정답을 말할게. 피터가 잊어버린 건 팅커벨이야."

"팅커벨이 누군데?" 피터가 물었다.

"저요." 빌이 머뭇머뭇 손을 들었다.

"빌, 대답해." 슬라이틀리가 빌에게 발언을 재촉했다.

"자신은 없지만, 팅커벨은 아마 피터의 친구인 요정일 거야. 여기서 만난 요정은 개뿐이라서 기억해."

"흐음." 피터가 말했다. "그렇구나."

"설마 팅크가 기억 안 나?" 웬디는 놀라서 물었다.

"아니, 완전히 잊어버린 건 아니야. 듣고 보니 그런 요정이 있었던 것 같기는 해."

"그렇게 사이가 좋았는데?"

"예를 들어 어느 날 방에 들어온 파리나 모기랑 친해졌다고 치자."

"파리랑 친해진다고?"

"파리가 마음에 딱 와닿지 않으면 바퀴벌레라도 상관없어. 하여튼 친해졌다 치고 일주일 후에 녀석의 이름이 기억날까."

"팅크는 벌레가 아닌걸."

"벌레 비슷한 생물이야. 팔다리는 서너 개 적지만 날개도 달렸겠다, 날개를 떼어내면 금방 죽고 말이야."

"그렇게 잔인한 짓을 하진 않았지?"

"아니. 그렇게 잔인한 짓은 아니야. 녀석들은 날개를 떼지 않아도 어차피 금방 죽는걸."

웬디는 고개를 내저어 피터의 잔인한 말을 머릿속에서 떨쳐내려 했다. "모두가 고기잡이 훈련을 하러 갈 때, 팅크는 기지에 남겠다고 했어."

"왜 규율을 어지럽히는 그런 짓을?" 피터는 희한하다는 듯이 물었다.

"팅크는 마음에 들지 않았나 봐. 그……." 웬디는 뭐라고 말해야 할지 망설였다. "나랑 네가 사이좋게 지내는 모습을 보는 게."

"왜?"

"그건 우리가 마치…… 부부처럼 보이기 때문일 거야."

"부부." 피터는 깔깔 웃었다. "웬디는 내 엄마인데?"

'엄마'라는 말에 웬디는 기분이 약간 상했다. "그러게. 아무튼 팅크는 우리가 정답게 지내는 게 마음에 안 들었던 모양이야."

"흐음. 성격이 별로구나, 그 팅커벨이라는 녀석은." 피터는 그다지 흥미 없다는 듯 말했다.

"맞아. 팅크의 말은 못 믿어." 슬라이틀리도 피터 팬의 말에 동조했다.

"응?" 피터 팬은 뭔가 알아차린 것 같았다. "그래. 생각났다!"

"팅크가 생각났어?" 웬디는 눈을 반짝였다.

"그게 아니라, 슬라이틀리가 거짓말을 했는지 안 했는지 확인해야 해. 만약 팅커벨이라는 녀석이 계속 기지에 있었다면, 슬라이틀리가 거짓말을 했는지 안 했는지 그 녀석에게 물어보면 확실해지겠지!"

슬라이틀리는 손으로 얼굴을 감쌌다.

피터는 서둘러 기지로 향했다.

웬디와 소년들, 빌도 뒤를 따랐다. 그들은 각자 나무줄기에 뚫린 개인용 구멍에 뛰어들었다. 다만 빌은 웬디에게 안겨 지하로 내려갔다.

"팅커벨, 어디 있어?" 피터가 소리쳤지만 대답은 없었다.

아이들이 차례차례 내려왔다.

"팅크를 불렀지만 대답이 없는데." 피터가 말했다.

"어, 그게." 슬라이틀리는 난감한 듯, 하지만 어쩐지 안도한 것처럼 말했다. "팅크는 대답을 안 할 거야."

"무슨 이유로 이 피터 팬의 부름을 무시하는 거야?"

"무시하는 게 아니라 대답을 못 할 거야."

"왜 대답을 못 하는데?"

"팅크는 아마도 죽었을 테니까." 슬라이틀리는 바닥 한군데를 가리켰다.

거기에는 피투성이로 바닥에 쓰러진 팅커벨과 입 주변이 피로 젖은 빌이 있었다.

아이들은 웅성웅성하며 빌과 팅크에게서 거리를 두었다.

하지만 피터는 빌에게 다가갔다.

"빌, 너 팅크를 먹은 거야?" 피터는 눈을 동그랗게 떴다.

"엥? 그럼 안 돼?"

"친구를 먹으면 안 되지." 마이클이 눈물을 글썽거리며 말했다.

"그런 줄은 몰랐어." 빌은 구슬프게 말했다. "하지만 도마뱀은 육식인걸."

"잡아먹은 건 어쩔 수 없지." 피터는 서글서글한 투로 말했다.

"아니야. 잡아먹지는 않았어."

"방금 먹었다고 했잖아."

"조금 뜯어 먹었지만, 잡아먹은 건 아니야. 웬디도 날 먹었지만 잡아먹은 건 아니잖아."

"어디서 발뺌이야. 먹는 도중에 죽었잖아?"

"아니거든. 내가 발견했을 때는 이미 죽은 뒤였어." 빌은 고개를 저었다. "그런데 만약 내가 죽였더라도 먹으면 죄가 아니지? 이상한 나라랑 오즈의 나라에서는 그랬는데."

"네버랜드에서는 딱히 먹지 않아도 죄가 아니야." 피터는 말했다. "다만 내가 용서한다면."

"용서하지 않으면?"

"사형이지." 피터는 씩 웃었다.

"그럼 팅커벨을 죽인 녀석은 사형이겠네."

"어째서?"

"그야, 팅커벨은 네 친구잖아."

"그랬을지도 모르지. 잘 기억은 안 나지만." 피터는 팅크의 다리를 잡아서 들어 올렸다. "뭐, 그냥 넘어갈까. 어차피 버려지는 금방 죽으니까. 이런 건 치우자." 피터는 방구석의 쓰레기통에 팅크를 내버렸다.

"그럼 못 써." 팅크의 시체를 보고 우느라 지금까지 잠자코 있었던 웬디가 말했다. "팅크를 죽인 범인을 찾아내줘, 피터." 웬디는 쓰레기통에서 팅크를 꺼내 손수건으로 곱게 감쌌다.

"왜 그런 귀찮은 짓을 해야 하는데?"

"이렇게 잔인한 짓을 한 범인에게 벌을 내려야지. 그게 인간된 도리야!" 웬디는 울면서도 힘주어 말했다.

"그렇구나. 그럼 빌, 널 사형에 처할게." 피터는 빌의 몸뚱이를 잡았다.

"뭐? 나를? 하지만 나는 팅커벨을 안 죽였는데."

"어떻게 봐도 네가 제일 수상하잖아. 실제로 시체를 먹었고."

"내가 발견했을 때는 이미 죽은 뒤였다고 했잖아."

"누구, 빌이 팅크를 먹기 전에 팅크의 시체를 본 사람?" 피터는 모두에게 물어보았다.

모두 서로 얼굴을 마주 보았지만 아무도 말을 꺼내지 않았다.

"이로써 범인은 너로 결정됐어. 지금부터 사형을 집행한다." 피터는 단검을 뽑았다.

"예이!" 소년들은 박수를 쳤다.

빌은 겁에 질린 나머지 제자리에서 몸을 둥글게 말았다.

피터는 빌의 꼬리를 잡고 단검으로 찔렀다.

"잠깐! 빌은 내가 안고 기지에 들어왔어!" 웬디가 말했다.

"알아." 피터가 대꾸했다. "하지만 데리고 들어왔을 뿐이니까 너한테는 죄가 없어."

"그게 아니라, 우리가 기지에 와서 팅크의 시체를 발견할 때까지 고작 몇 초밖에 안 걸렸잖아. 팅크는 날 줄 알아. 그리고 날렵해. 고작 몇 초 만에 소리도 없이 빌에게 당할 리가 없다고."

"그럼 우리가 돌아오기 전에 혼자 몰래 돌아와서 팅크를 죽인 후, 시치미를 뚝 떼고 우리와 합류한 거야."

"기지를 나선 후로 빌은 내내 나와 함께였어. 그리고 기지를 나설 때 팅크는 살아 있었지. 무엇보다 빌이 그렇게 치밀한 트릭을 사용하다니 말이 돼? 그 정도로 똑똑하다면 모두의 앞에서 팅크의 시체를 먹어서 괜히 의심받지도 않았을걸. 게다가 팅크의 시체를 봐. 배에 일직선으로 상처가 생겼어. 빌의 송곳니나 발톱으로는 이런 상처를 못 내. 누가 날붙이로 가른 거야."

"그래서 뭐 어쩌라고?" 피터는 웬디의 말이 지루해진 것 같았다.

"진범이 따로 있을 거야."

"흠." 피터는 생각에 잠겼다. "진범은 누군데?"

"그건 모르겠어."

"그럼 일단 빌이라고 치고 사형에 처하면 되지 않을까?"

"그런 건 용납할 수 없어. 무고한 도마뱀을 죽이는 셈이니까."

"그건 별로 아무렇지도 않은데. 분명 전 세계에서 매일 무고한 도마뱀이 죽어나가고 있을 테니까."

"피터, 빌 말고 진범을 찾아내줘."

"뭣?" 피터는 놀라서 빌의 꼬리를 놓았다.

그 바람에 단검이 빠져서 빌은 바닥에 떨어졌다.

바닥에 피 웅덩이가 퍼져나갔다.

"이 녀석 말고 진범을 찾아내라니, 어떻게 하면 되는데?"

"증거를 모아서 추리하는 거야."

"증거라니?"

"일단 팅크의 시신이지. 아까 말했듯이 팅크는 날붙이에 맞아 죽었어. 즉 범인은 날붙이를 사용한 거야."

"나이프나 검 같은 날붙이를 가지고 있는 사람, 솔직하게 손들어."

대부분의 소년들이 손을 들었다.

"그럼 모두 자기 앞으로 날붙이를 꺼내봐."

"왜 그런 걸 시키는 거야?" 빌이 힘없이 물었다.

"팅크를 죽인 범인의 날붙이에는 피가 묻어 있을 테니까."

"아하. 피터, 너 정말 예리하구나."

"날붙이만큼 말이지." 슬라이틀리는 그렇게 말하고 혼자 웃음을 터뜨렸다.

"피터, 너도."

"뭘?"

"날붙이를 가지고 있잖아. 모두에게 보여줘야지."

"아, 그렇지. 모두니까." 피터는 들고 있던 단검을 들어 올렸다. 단검에서 피가 뚝뚝 떨어졌다.

"피터, 네가 범인이었구나!" 빌이 놀라서 말했다.

피터 팬은 턱에 손을 대고 생각에 잠겼다.

"뭐 하는 거야?"

"오늘 요정을 죽였는지 생각해보는 거야." 피터는 대답했다.

"그 피는 증거가 못 돼." 슬라이틀리가 말했다. "아까 빌을 찔렀으니까 피가 묻어 있는 게 당연하지."

"과연, 그렇구나. 가끔은 쓸 만한 소리를 한다니까." 피터는 기쁜 듯이 슬라이틀리의 등을 두드렸다. "그런데 범인이 나도 빌도 아이들도 아니라면 대체 누구지?"

"아니. 그 피는 피터가 범인이라는 증거는 아니지만, 피터가 범인이 아니라는 증거도……." 슬라이틀리는 말하다 말고 피터가 자신을 쏘아보고 있다는 걸 깨달았다.

"뭐라고?"

"아니, 아무것도 아니야. 착각이었어." 슬라이틀리는 이마에 맺힌 땀을 닦았다.

"그런데 누가 범인인 것 같아?" 피터가 이야기를 되돌렸다.

"이 상처는 갈고리로 낸 것 아닐까?" 웬디가 의견을 내놓았다.

"갈고리? 갈고리로 이렇게 깔끔하게 벨 수 있다고?"

"후크 선장의 갈고리는 아주 날카로워서 칼처럼 살을 잘 갈랐어."

"후크 선장이 누군데?"

"네가 죽인 해적 선장이야."

"뭐야, 그렇구나. 난 죽인 놈은 잊어버리거든." 피터는 웃었다.

"죽이면 잊어버린다고? ……그럼 결판났네." 슬라이틀리가 말했다.

"뭐가 결판났는데?" 피터가 물었다.

"아니야. 아무것도 결판나지 않았어. 내 착각이야."

"너, 오늘 착각이 엄청 심하구나. 그런데 웬디, 만약 내가 후크를 죽였다면 후크는 범인이 아니지 않겠어?"

"죽인 줄 알았지만 죽이지 않았다면 어떨까?"

"피터, 어때?" 빌이 물었다.

"으음." 피터는 머리를 끌어안았다. "죽였다고 하면 죽인 것도 같고, 죽이지 않았다고 하면 죽이지 않은 것도 같아."

"난 후크 선장이 악어에게 먹히는 걸 봤어." 닙스가 말했다.

"나도." 존이 동의하고 나섰다.

"우리도." 쌍둥이도 말했다.

소년들은 일제히 자기는 봤다고 주장하기 시작했다.

"잠깐. 그럼 누구 후크 선장의 시체를 본 사람, 한 명이라도 있니?" 웬디가 물었다.

소년들은 일제히 입을 다물었다.

"그렇다면……." 피터가 입을 열었다.

"그래. 후크 선장은 죽은 척하고 도망쳤는지도 몰라."

"그런데 후크 선장이 왜 팅커벨을 죽인 건데?" 빌이 물었다.

"좋은 질문이야. 후크 선장이 피터를 독살하려고 했는데 팅크가 저지한 탓일 거야."

"흐음." 피터가 말을 꺼냈다. "팅크라는 녀석, 제법 도움이 됐군."

"그럼 후크 선장은 목적을 달성했으니까 이제 우리에게 접근하지 않겠네." 투틀스가 안도한 듯이 말했다.

"아니. 내 생각에 아직 위험은 물러가지 않았어." 웬디가 말했다. "후크 선장은 분명 우리 모두에게 복수할 작정일 거야."

"어째서?" 컬리가 물었다. "우리는 후크 선장이 피터를 독살하려는 걸 방해하지 않았는데."

"하지만 다 함께 그의 해적단을 몰살시켰지. 스미와 스타키를 제외하고. 후크 선장은 거기에 원한을 품었는지도 몰라."

소년들은 모두 몸을 바들바들 떨었다.

"난 괜찮지?" 빌이 확인했다. "난 해적을 안 죽였으니까."

"그러게. 괜찮을지도 모르겠다. 어쩌면 안 괜찮을 수도 있고. 후크는 네가 여기에 있다는 이유만으로 피터의 동료라고 여길지도 몰라. 원한과 상관없이 도마뱀 따위는 죽여도 그만이라 여길지도 모르고."

"어쩌면 좋지?" 빌도 몸을 바들바들 떨었다.

"걱정 마. 내가 다시 후크를 죽여버릴게." 피터가 기운차게 말했다.

"그래. 좋은 생각이네. 하지만 그래서는 안 될지도 몰라." 웬디는 심각한 얼굴로 말했다.

"무슨 소리야? 후크를 죽이면 전부 해결이잖아?"

"후크가 범인이 아닐 가능성도 있으니까."

"뭐라고? 아까 후크가 범인이라고 네가 그랬으면서."

"후크가 수상쩍긴 하지만, 반드시 그가 범인이라고 단정하진 못하겠어. 만에 하나 후크가 범인이 아니라면 후크 말고 다른 살인귀가 있는 셈이야. 그런데 후크에게만 집중했다가는 돌이킬 수 없는 일이 벌어질지도 몰라."

"살인귀가 뭐야?" 빌은 슬라이틀리에게 몰래 물었다.

"귀신처럼 아무렇지도 않게 남을 죽이는 사람이야." 슬라이틀리는 즉시 대답했다.

그리고 둘은 동시에 피터를 보았다.

"하지만 후크가 아니라면 누가 살인귀인데? 모르잖아. 완전히 속수무책이라고." 피터가 귀찮다는 듯이 말했다.

"정말 어려워. 하지만 속수무책은 아니지."

"어쩌라는 거야?"

"네가 탐정이 되면 돼."

"내가?" 피터가 자기를 가리켜다.

"피터가?" 잃어버린 소년들이 피터를 가리켰다.

"피터가?" 빌도 피터를 가리켰다.

"그래. 너 말이야, 피터." 웬디는 말했다.

"왜 난데?"

"당연히 네가 제일 적임자니까."

"엥?" 슬라이틀리가 목소리를 높였다.

"지금 그건 무슨 의미지, 슬라이틀리?" 피터가 노려보았다.

"어…… 그러니까 피터한테 탐정을 시키려고 해서 놀랐어."

"내가 탐정을 하면 안 되는 이유라도 있냐?"

"음. 그……." 슬라이틀리의 시선이 이리저리 흔들렸다.

피터의 심기를 거스르지 않을 좋은 대답이 없는지 찾고 있는 것이리라.

"그러니까 피터는 탐정답지 않다고 할까……."

"탐정은 멍청하면 못 해. 앨리스, 마드무아젤 드 스퀴데리, 젤리아 잼처럼 머리가 좋아야지." 빌이 말했다.

"걔들은 누구야? 그나저나 내가 멍청하다는 거냐…… 슬라이틀리!" 피터는 빌이 아니라 슬라이틀리에게 따지고 들었다.

"어? 난 그런 말 안 했는데." 슬라이틀리는 겁에 질려서 벌벌 떨었다.

"넌 내가 탐정에 적합하지 않다고 했어. 즉 내가 멍청하다는 뜻이잖아."

"그렇게 말한 건 빌이야. 난 그런 소리 안 했어."

"그럼 말해봐. 왜 내가 탐정에 적합하지 않다고 생각했지?"

"그건 말이지……." 슬라이틀리는 피터의 화를 잠재울 만한 변명거리를 찾으려고 머리를 팽팽 굴렸다. "탐정의 조건에 들어맞지 않기 때문이야."

"역시 멍청이다 그거지?"

"아니야. 내 말은 왓슨이 없다는 거야."

"걔는 또 누구야?"

"늘 탐정 옆에 붙어서 탐정에게 질문하거나 핀잔을 당하는 역할이지."

"왜 그런 녀석이 필요한데?"

"극을 구성하기에 편리하거든."

"내가 탐정을 하려면 왓슨이 필요하다는 거야?"

"그렇지." 슬라이틀리는 간신히 난국을 돌파해 안심한 눈치였다.

"그럼 네가 왓슨이다."

"뭐?"

"네가 나한테 붙어 다니면서 질문하거나 핀잔을 당하면 되잖아?"

"아니. 난 왓슨에는 전혀 어울리지 않아." 여느 때처럼 슬라이틀리는 땀을 줄줄 흘리기 시작했다.

"어째서?"

"왓슨은 늘 무시당하거든. 그러니까 탐정에 비해 영리하면 안 되……."

"뭐라고?"

"탐정과 비교해서 크게 뒤떨어져야 해. 난 피터에 비해 약간 멍청하지만, 왓슨 역할을 하려면 더 멍청할 필요가 있어."

"그럼 어쩌라는 거야?"

어느 틈엔가 피터는 탐정 역할을 맡을 마음이 생긴 모양이었다.

"빌에게 부탁하자." 슬라이틀리는 궁여지책을 생각해냈다.

"내가?" 빌은 놀란 것 같았다.

"넌 왓슨에 안성맞춤이야."

"하지만 내가 할 수 있을까?"

"걱정 마. 네게는 재능이 있어. 그렇다기보다 이건 너밖에 할 수 없는 중책이야."

"슬라이틀리, 잠깐만." 웬디가 작게 말했다. "얼간이는 왓슨 역할을 수행 못 해. 왓슨은 보고자인걸."

"걱정 마. 피터도 빌도 그건 모르니까." 슬라이틀리도 작게 대답했다.

"알았어. 내게는 핀잔을 당하거나 질문하는 재능이 있다는 거로구나." 빌이 말했다. "내가 생각하기에도 그런 재능이 있는 것 같기는 했어."

"그럼 이제 결정됐군." 피터가 선언했다. "내가 탐정이고 빌이 왓슨이야. 자, 수사 개시다. 반드시 범인을 붙잡겠어!"

8

"야, 아까부터 무슨 소리야?" 후쿠가 미간에 주름을 잡았다.

"미안하지만 나도 네 말이 무슨 소리인지 이해가 안 돼." 유리코도 수상쩍다는 듯 말했다.

"우리 중 몇 명은 두 세계에 살고 있어." 이모리는 주눅 들지 않고 말을 이었다.

"그건 비유적인 의미에서?" 지로가 물었다. "진심 어린 세계와 가면을 쓴 세계 같은."

"너희 형은 이미 인정했어. 시치미 떼지 않아도 돼."

지로는 말없이 형을 보았다.

"어쩔 수 없었어. 이모리가 상황을 아주 자세히 파악하고 있더라고." 이치로는 말했다. "더는 우리만의 비밀로 놔둘 수 없겠더라."

"대체 무슨 소리냐니까?" 후쿠가 짜증이 역력한 투로 말했다.

"네버랜드의 꿈을 꾼 적은?" 이모리는 다시 물었다.

"어디라고?"

"선생님은 후크 선장입니까?"

"당최 뭔 소린지."

"예, 아니요로 대답해주세요. 선생님은 후크 선장이죠?"

"어처구니가 없군. 후크는 이미 죽었잖아." 그렇게 말한 후 후쿠는 아차 싶은 표정을 지었다.

"후크가 죽었다는 건 알고 계시는군요."

"응. 애들한테 들었어." 후쿠는 니렌 형제를 가리켰다. "얘들이 놀이하는 이야기를."

"어떤 놀이인가요?"

"꿈을 실제인 척 받아들이는 놀이야. 아니, 어쩌면 놀이가 아니라 진심일지도 모르지만, 그렇더라도 이상한 건 내가 아니라 이 녀석들이겠지."

"너희, 후쿠 선생님한테 네버랜드 이야기를 했어?" 이모리는 니렌 형제에게 물었다.

"아니. 우리는……." 이치로가 말을 꺼내다 말고 갑자기 입을 다물더니 겁먹은 눈으로 후쿠를 보았다.

이모리는 후쿠에게 눈을 돌렸다.

후쿠는 니렌 형제를 무섭게 노려보다가 이모리가 바라보는 걸 알고 눈에 힘을 풀었다.

"선생님께 이야기했어. 쌍둥이에게만 일어나는 신비한 현상이라고 생각했거든." 지로가 뒤이어 말했다.

"정말이야?" 이모리는 다짐을 놓았다.

"그럼."

"후쿠 선생님이 노려봐서 거짓말을 하는 건 아니겠지."

"이모리, 날 모함하려는 거냐?" 후쿠는 분노를 고스란히 드러냈다.

"후쿠 선생님, 그 장갑은 언제부터 끼고 다니시는 건가요?" 이모리는 기죽지 않고 물었다.

"아아. 손을 좀 데어서. 이제 거의 나았지만 장갑으로 흉터를 감추는 게 습관이 돼서 끼고 다니는 것뿐이야."

"장갑을 벗어서 손을 보여주시겠습니까?"

"설마 후크 선장처럼 손이 없을 거라 생각하는 거냐?"

"저쪽 세계에서 누군가 다치면 이쪽 세계의 아바타라에게도 영향이 미칠 때가 있거든요. 법칙은 아직 완벽히 해명되지 않았고 완전히 똑같이 다친다고도 할 수 없지만, 가능하면 후크와 똑같은 상처를 입지 않았는지 확인하고 싶습니다."

"싫어."

"네?"

"왜 드러내기 싫은 흉터를 너한테 보여줘야 하는데?"

"후크라는 증거를 감춘 걸로 받아들여도 상관없다는 말씀이십니까?"

"유도신문이냐? 난 후크가 아니야. 그리고 보여주기 싫은 신체 부위를 네게 보여줄 마음도 없어. 이상이다."

"선생님의 대응은 부자연스럽게 느껴지는데요."

"부자연스럽다고? 그게 생뚱맞게 꿈의 세계가 실존한다고 지껄이는 녀석이 할 소리냐? 누구 말이 더 이상한지 여기에 있는 사람들의 객관적인 의견을 들어볼까?"

이모리는 심호흡을 했다.

감정에 사로잡혀서는 안 된다. 자신이 올바르다는 건 알지만, 아무 증거도 들지 못해서는 설득력이 없다.

이 가운데 아바타라가 더 있다면 사실로 인정받을 가능성이 커질 것이다.

"나랑 스라이, 니렌 형제 네 명 말고 네버랜드에 대해 기억하는 사람 없어?"

동창생들은 서로 얼굴을 마주 보았다. 개중에는 표정이 미묘한 사람들도 있었지만, 그렇다고 인정하거나 손을 들지는 않았다.

"그것 봐. 네버랜드는 그냥 망상이야."

"망상이라면 왜 네 명이 같은 꿈을 꾸는 걸까요?"

"우연이겠지?"

"네 사람이 우연히 같은 꿈을 꿀 확률은 제로에 가깝습니다."

"완전히 일치하는 건 아니잖아?"

"아니요. 이야기를 나눠본 결과⋯⋯."

"서로 이야기를 했네. 말을 하면서 무의식중에 꿰맞춘 거야. 이야기뿐이라면 어쩐지 비슷하게 느껴지는 법이거든. 그러다 저도 모르게 앞뒤가 맞도록 기억을 수정해버린 거라고."

"아니요. 그렇지 않습니다. 네버랜드의 정경도 일치했어요."

"사진이 있는 건 아니잖아? 각자 실제로 어떤 풍경을 떠올리고 있는지 확인할 방법은 없어. 그렇지?"

"저희 네 명뿐만이 아니에요. 제 지인 중에는 수많……."

"네 지인이라……." 후쿠는 반쯤 웃으며 말했다. "애당초 그런 사람들이 실제로 존재하기는 하나?"

"물론이죠."

"그런 사람들이 실제로 존재한다는 걸 지금 증명할 수 있어?"

"대학교에 돌아가면……."

"지금 말이야, 지금. 뭐, 나중에 네가 그런 사람을 내 눈앞에 데려온들 괴짜끼리 잘들 논다는 생각밖에 안 들겠지."

틀렸다. 지금 이 자리에서 다른 아바타라를 찾아내지 못하면 설득력을 얻을 수 없다.

이모리는 후쿠를 바라보았다.

후쿠는 십중팔구 아바타라다. 하지만 본인은 그 사실을 인정할 마음이 없는 모양이다. 우리 네 명 말고도 죽은 야기하시와 히지리도 아바타라였음이 거의 틀림없다. 분명 동창생들 중에도 아바타라가 몇 명 더 있을 것이다. 그들은 후쿠가 무섭거나, 아니면 그 외의 이유로 나서기를 주저하고 있다. 그들을 설득하면 현재 상태를 타개할 기회가 생긴다.

"다들 좀 들어봐." 이모리는 말했다. "이건 긴급사태야. 야기하시와 히지리는 이 세계에서는 병과 사고로 죽은 것처럼 보여. 하지만 실제로는 네버랜드에서 살해당한 거라고. 범인을 찾아내지 못하면 여기 있는 모두가 위험한 상황에서 벗어나지 못해."

"범인을 찾아내면 뭐가 달라져?" 유리코가 물었다.

"범인을 붙잡으면 범행을 계속할 수 없겠지."

"이 세계에서 붙잡아도?"

"그건 의미가 없어. 범행은 이 세계가 아니라 네버랜드에서 벌어지고 있으니까."

"네버랜드에 경찰이나 교도소는 있어?"

"……."

"있느냐고?"

그렇다. 그게 뼈아픈 부분이었다. 이상한 나라와 호프만 우주에는 불완전하나마 사법 제도가 존재했고, 오즈의 나라에는 극히 특수한 형태라고는 하나 정부가 있었다.

그러나 네버랜드는…….

그 섬은 일종의 무정부 상태라고 봐야 하리라. 잃어버린 소년들, 해적, 붉은 피부족은 삼파전을 벌이고, 인간 이외에도 피아가 불분명한 집단이 몇몇 존재하는 모양이다. 그 세계의 범죄는 누가 심판하는가? 피터 팬은 빌의 눈앞에서 몇 명을 죽였지만 아무도 그를 붙잡으려 들지는 않는다. 아니, 해적과 붉은 피부족은 붙잡거나 죽이려고 하지만 그건 별개의 이야기다. 팅커벨 살해 사건에 한정하자면 그건 피터의 세력 범위 내에서 벌어진 일로 추정되므로 심판의 주체는 피터인 셈이리라.

하지만 이모리는 일말의 불안을 느꼈다.

히다를 힐끔 보자 이미 지루해진 듯 여자들에게 차례차례 깐족거리고 있었다.

피터에게 그렇게 중요한 역할을 맡겨도 될까? 아니, 그보다 누가 피터의 결백을 보증한단 말인가.

"조직으로서는 존재하지 않아. 하지만 그걸 대신할 만한 건 있어." 이모리는 겨우 유리코에게 대답했다.

"그게 뭔데? 왕 같은 사람?"

"넓은 의미에서는 왕이려나. 독재자라고도 할 수 있겠지만."

"그 독재자한테 맡겨도 괜찮을까? 혹시 엄청 나이를 먹었다거나 그러지는 않고?"

"아니. 제법 어려."

"그렇구나. 몇 살쯤인데?"

이모리는 한순간 어엿한 성인이라고 거짓말을 할까 싶었지만, 만약 유리코가 아바타라면 거짓말이 바로 들통날 테고, 그랬다가는 앞으로 자신을 믿어주지 않겠다 싶어 마음을 바꾸었다.

"초등학생 정도일걸."

후쿠가 크게 웃었다. "살인범을 초등학생에게 맡긴대."

"초등학생이 아니라 그 정도 나이라는 겁니다."

몇 명이 깔깔 웃었다.

이모리 본인도 자기 말이 터무니없는 소리로 들리리라는 건 알고 있었다.

"그 아이는 믿을 수 있어?" 유리코가 물었다.

거짓말은 할 수 없다.

이모리는 잠자코 고개를 저었다.

"이제 집어치워." 후쿠는 업신여기듯이 말했다. "사장, 이 상황은 언제까지 계속될 것 같나?"

"이 상황이라니요?"

"밖에 나갈 수 없고, 외부와 연락도 안 되는 상황 말이야."

"글쎄요……."

"여기 사니까 대충은 알 거 아니야."

"그렇게 말씀하셔도."

"지금까지 이런 상황이 벌어졌을 때 얼마 만에 해결됐어?"

"지금까지 이런 일은 없었거든요."

"말도 안 돼!" 스라이가 말했다. "혹시 이번 폭설은 대재해 수준인 건가요!"

"난리 치지 마!" 후쿠가 큰 소리로 꾸짖었다. "대재해라면 더 큰 소동이 벌어졌겠지."

"큰 소동이 벌어졌을지도 모르죠. 인터넷과 텔레비전이 안 되니까 저희가 모를 뿐이지."

"여기에 여관이 있는 줄은 알 테니 그렇다면 수색 헬기 같은 게 떴어도 벌써 떴겠지. 하지만 없잖아. 조용하다고." 후쿠는 하늘을 가리켰다. "뭐, 조바심 내본들 뾰족한 수는 없어. 사장, 식료품은 충분하겠지?"

"네. 일주일 정도는 너끈히 버틸 수 있을 거예요."

"그럼 걱정할 필요 없어. 일단 다들 방으로 돌아가자." 후쿠는 모두에게 등을 돌리고 걸음을 옮겼다.

"잠깐만요. 히지리의 시신을 그냥 방치해둘 겁니까?" 이모리는 후쿠의 등에 대고 물었다.

"눈 속에라도 파묻어봐. 그러면 썩지는 않겠지."

후쿠가 떠난 후 동창생들도 여관 종업원들도 하나둘씩 그 자리에서 멀어졌다.

이모리는 시신을 보며 가만히 생각에 잠겼다.

"왜?" 도모코가 말을 걸었다. "뭔가 의문이라도 생겼어?"

두 사람 말고 다른 사람들은 모두 여관으로 돌아간 것 같았다.

"이 시신 자체에 의문은 없어. 애당초 범인은 이 시신에는 증거를 남기지 않았거든. 남겼다면 네버랜드에 있는 팅커벨의 시신 쪽이겠지."

"그럼 그쪽에서 조사하면 되겠네. 그쪽에는 네 분신이 있다며?"

"아쉽게도 그는 아무 도움도 안 돼."

"어쨌거나 이 시신은 조사할 필요가 없는 거지? 그럼 보고 있은들 아무 소용도 없잖아. 얼른 눈 속에 파묻자."

"그걸 생각하고 있었어. 눈 속에 파묻는 게 옳은지 그른지."

"썩는 편이 낫다는 거야?"

"그건 아니야. 다만 시신을 장기간 저온 상태로 놔두면 검시에 영향을 주지 않을까 싶어서. 사후변화가 느려질 테니 사망추정시각이 애매해질 거야."

"사망추정시각은 확실해. 아니면 우리가 거짓말을 했다는 거야?"

이모리는 고개를 번쩍 들었다. "그런 건 아니야."

"그럼 왜 사망추정시각을 신경 쓰는 건데?"

"만에 하나 우리의 증언과 사망추정시각이 어긋나면 성가셔질 것 같아서. 상황이 상황인 만큼 쓸데없이 의심받고 싶지 않아."

"너도 사고라고 생각한다는 뜻?"

"이 세계에서 보기로는."

"역시 진심으로 네버랜드가 있다고 믿는 거구나."

"계속 그렇게 말했는데."

"범인은 누구 같아?"

"그러니까 이 세계에는 범인이 없대도."

"물론 네버랜드 이야기를 하는 거야."

"설마 너도 아바타라······."

"그런 말까지는 안 했어."

"부정은 하지 않는구나."

"지금 내가 너한테 묻는 거잖아. 범인은 누구 같아?"

"글쎄. 다만 적어도 내 분신인 빌은 아니야."

"단정할 수 있어?"

"응. 나와 빌은 기억을 공유하거든. 피터는 빌을 의심했지만, 빌은 범인이 아니야. 빌은 팅크의 시신을 발견하고 뜯어 먹었을 뿐이야. 죽이지는 않았어."

"너, 시신을 먹었구나." 도모코는 섬뜩하다는 듯한 눈으로 이모리를 보았다.

"그건 내가 아니야. 윤리관이 결여된 도마뱀이지."

"하지만 먹고 싶다고 생각한 기억은 남아 있을 거잖아. 뜯어 먹었을 때의 감촉도."

이모리는 고개를 갸웃했다. "적어도 빌이 불쾌감을 느끼지는 않은 것 같아. 그건 어쩔 수 없지. 인간이 아니라 동물이니까."

"그 일에 대해서는 따지고 들어봤자 소용없겠네." 도모코는 순순히 물러났다. "그런데 범인이 누군지는 전혀 짐작이 안 가?"

"범인을 콕 집어낼 만한 근거는 없어. 다만 웬디는……."

"프렌디? 프렌드 말이야?"

"아니, 웬디 말이야. 여자애."

"아. 발음이 묘하네."

묘하다고? 그러고 보니 희한한 이름일지도 모르겠다. 프렌디라고 들리지 않는 것도 아니다. 아니, 지금 그런 건 상관없다.

"웬디는 후크를 의심하는 것 같았어."

"그럼 후크가 피의자인 셈이구나." 도모코는 말했다.

"하지만 빌은 후크와 직접 만난 적이 없어. 그러니 뭐라고도 말 못 해."

"빌은 어떻게 생각하는데?"

"빌은 딱히 생각이 없어. 다만……." 이모리는 말을 머뭇거렸다.

"다만 뭐?"

"나는 빌을 통해 어떤 인물에게 관심을 가지고 있어."

"그 사람이 범인? 누군데?"

"그 인물이 팅크를 죽였다는 증거는 없으니까 대놓고 말하기는 좀 그래."

"의심할 만한 이유는 있는 거로구나?"

이모리는 고개를 끄덕였다. "그 인물은 빌의 눈앞에서 사람을 몇 명이나 죽였거든."

9

"범인을 찾아내면 어떻게 할 거야?" 빌이 물었다.

"어쩌면 좋을까?" 피터는 웬디에게 물었다.

"글쎄. 일단 체포해야겠지."

"그래, 체포다. ……체포는 누가 하지?"

"물론 피터는 알고 있겠지만." 슬라이틀리가 신중하게 말을 고르며 입을 열었다. "경찰이 해야지."

"물론 알고 있었지. 난 누가 경찰이냐고 묻는 거야."

"네가 해도 상관없지 않을까, 피터?" 웬디가 말했다.

"엇? 난 탐정인데?"

"넓은 의미에서는 경찰도 탐정으로 봐도 되지 않겠어?"

"그럼 탐정 겸 경찰이라고 하자."

"이왕이면 형사로 하는 게 어떨까?"

"그거 좋은 생각이야. 탐정 겸 형사로 하자."

"만약 그렇다면 형사만 해도 되는 거 아닐까?" 슬라이틀리가 제안했다.

피터가 슬라이틀리를 노려보았다.

"아니야. 물론 탐정 겸 형사는 멋지지. 난 약칭을 형사로 해도 되지 않겠느냐는 뜻에서 말한 거야."

"그런데 체포한 후에는 어쩌지?" 피터는 노골적으로 불쾌해하며 슬라이틀리의 말을 무시하고 이야기를 이어나갔다.

"나, 알아. 몇 번 봤어. 재판을 하는 거야." 빌이 제안했다.

"재판이 뭔데?"

"체포된 피의자가 유죄인지 무죄인지, 유죄라면 어느 정도 벌을 내릴지 결정하는 회의 같은 거야." 웬디가 설명했다.

"그런 게 필요해? 내가 붙잡았으니까 범인은 당연히 유죄일 테고, 벌도 정해져 있어."

"어떤 벌을 내릴 건데?"

"물론 사형이지."

잃어버린 소년들은 섬뜩한지 일제히 몸을 부르르 떨었다.

"어떻게 사형할 건데?"

"목을 매달까? 아니면 목을 치는 것도 괜찮겠다."

잃어버린 소년들은 다시 일제히 몸을 부르르 떨었다.

"그럼 이렇게 하자. 피터가 탐정이자 형사이자 판사이자 사형 집행인. 반대하는 사람은?"

아무도 웬디의 제안에 반대하지 않았다.

"좋아, 그럼 신문을 시작하겠어." 피터는 상당히 의욕이 넘치는 것 같았다.

"왓슨, 누가 제일 수상하지?"

아무도 피터에게 대답하지 않았다.

"야, 왓슨! 대답해!"

하지만 아무도 대답이 없다.

"너잖아!" 피터는 빌을 걷어찼다.

빌은 바닥을 굴러 벽에 부딪쳤다.

"너무해. 왜 갑자기 발길질을 하는 거야?" 빌은 머리와 허리를 문지르며 피터에게 말했다.

"질문에 대답하지 않았으니까, 빌."

"하지만 피터는 왓슨에게 물었잖아."

"왓슨 하면 너잖아. 이제부터 널 왓슨 말고 다른 이름으로 부르는 녀석이 있으면 즉각 사형이야. 알겠어, 빌?"

"피터, 자살하려고?" 빌은 물었다. "지금 날 왓슨 말고 다른 이름으로 불렀지?"

"누가 제일 수상하다고 생각해, 왓슨?" 피터는 빌의 질문을 무시했다.

빌은 피터의 얼굴을 가만히 쳐다보았다.

"왜 내 얼굴을 보는 거야?"

"난 누가 범인인지 몰라."

"단박에 범인을 딱 맞히라는 게 아니잖아."

"생각해봤는데, 살인은 아주 어려워. 사람을 죽인다니 무서운 걸. 하지만 아무렇지도 않게 살인을 저지르는 사람도 있어. 팅커 벨을 죽인 것도 그런 사람이 아닐까 싶어."

"왜 그렇게 생각해? 팅커벨은 사람이 아니라 요정이잖아? 요정을 죽이는 건 전혀 무섭지 않은걸. 나는 하루에 두세 마리는 죽였어."

잃어버린 소년들이 모두 피터를 보았다.

피터는 시선을 알아차리고 잃어버린 소년들을 보았다.

아이들은 황급히 눈을 돌렸다.

"피터." 마이클보다 조금 나이가 많아 보이는 얌전한 느낌의 소년이 말했다. "하루에 두세 마리라면 오늘도 두세 마리 죽였어?"

"으음…… 너 5번이었던가?"

"3번이야."

"오늘 요정을 몇 마리 죽였느냐고? 그 질문에는 대답할 수 없어. 오늘 침을 몇 번 삼켰는지, 오늘 눈을 몇 번 깜박였는지, 오늘 몇 번 숨을 쉬었는지 대답할 수 있어? 그거랑 마찬가지로 죽인 요정의 숫자는 일일이 기억하고 있지 않아. 그런데 왜 그런 질문을 하는 거지?"

"오늘도 몇 마리 죽였다면 그중에 팅크가 있었어도 이상하지 않을 것 같아서."

슬라이틀리는 부리나케 3번의 입을 막았다.

"슬라이틀리, 모르나본데 말하고 나서 입을 막아봤자 이미 늦어." 웬일로 빌이 다른 사람의 불합리한 행동을 지적했다.

"알아." 슬라이틀리는 3번의 입에서 손을 뗐다. "하지만 막지 않을 수 없었어."

"3번, 내가 범인을 찾아내서 사형에 처하겠다고 한 거 기억해?

사형에 처한다는 건 죽이겠다는 거야."

"응, 기억해."

"넌 내가 팅커벨을 죽였다고 생각해?"

3번은 잠시 생각했다. "꼭 그런 건 아니지만 아마도……."

피터는 재빨리 3번 뒤로 돌아가더니 단검을 뽑아 단숨에 3번의 목을 그었다.

뿜어져 나온 피가 잃어버린 소년들에게 쏟아졌다.

"피터, 무슨 짓이야!" 웬디가 항의했다.

"이건 정당방위야. 3번은 날 죽이려고 했어!" 피터는 큰 소리로 주장했다.

"엥? 무슨 소리야?" 빌은 눈을 동그랗게 떴다.

"3번은 날더러 범인이라고 했어. 즉 나를 사형에 처하겠다는 거지. 난 사형당하고 싶지 않았어. 그러니까 이건 정당방위야."

솔직히 말해 빌은 그 논리가 전혀 이해되지 않았다. 할 수 있는 일이라고는 여기서 비교적 머리가 좋아 보이는 슬라이틀리에게 물어보는 것 정도였다. "슬라이틀리……."

슬라이틀리는 피범벅이 된 채 한눈을 팔고 있었다.

"저기, 슬라이틀리." 빌은 슬라이틀리의 팔을 잡아당겼다.

"응? 뭐야, 빌?"

"3번이 죽었어."

"뭐? 앗! 진짜다!" 슬라이틀리는 눈을 부릅떴다.

"피터가 한 말, 이상하지?"

"무슨 말? 지금 다른 생각을 하면서 한눈을 파느라 전혀 모르겠네."

"피터, 이건 정당방위라고 할 수 없어." 웬디가 구슬프게 말했다.

"엇? 그래? 뭐, 상관없어. 어차피 이 섬에서는 내가 판사니까 내가 유죄라면 유죄야." 피터는 가슴을 폈다. "그것보다 수사를 속행하자."

빌은 살짝 혼란스러웠다.

수사가 뭐지? 아참, 팅커벨을 죽인 범인을 찾는 거였어. 하지만 뭔가 이상한데. 지금 눈앞에서 3번이 살해당했다. 3번 살해사건은 수사를 안 해도 되려나? 아아. 3번을 죽인 범인은 확실하니까 안 찾아도 되는 건가. 하지만 체포는? 재판은? 그건 형사이자 판사인 피터 팬이 결정할 일이니까 나는 상관없나? 하지만 범인이 판사를 맡아도 되려나? 이제 뭐가 뭔지 모르겠다.

"왜 그래, 빌? 뭘 멍하니 있어!" 피터가 호통치듯이 말했다.

"3번 살해사건은 수사를 안 해도 돼?"

"응. 이건 정당방위니까 문제없어."

정당방위? 아아. 잘 모르겠지만 당사자인 피터의 말이니까 틀림없겠지.

"알았어."

"그럼 수상한 녀석부터 신문을 시작하겠어. 누가 제일 수상하지?"

그건 피터다.

빌은 그렇게 말하려다 슬라이틀리가 천천히 고개를 젓는 걸 알아차렸다.

그런 말을 했다가는 너까지 정당방위로 살해당할지도 몰라. 그러니 절대로 그 말을 해서는 안 돼.

빌은 슬라이틀리가 말하려는 바를 기적적으로 이해했다.

"……수상한 건 후크야."

"이 멍청한 도마뱀! 여기 없는 놈의 이름을 꺼내서 어쩌자는 거야!" 피터가 단검을 번쩍 쳐들었다.

단념한 빌은 눈을 감고 머리를 감싸며 몸을 웅크렸다.

"피터, 빌은 왓슨이니까 그래도 돼." 웬디가 도움의 손길을 내밀었다. "빌이 올바른 소리만 하면 네가 나설 자리가 없어지잖아."

"그렇군. 일리 있어." 피터는 피로 물든 단검을 칼집에 꽂았다. "그럼 빌보다 머리가 좋은 녀석에게 물어보도록 하자. 슬라이틀리!"

"왜, 피터?"

"수상한 녀석은 누구지?"

"이 중에는 없어."

"왜 그렇게 단정하는 거지?"

"왜냐니……." 슬라이틀리는 다시 땀을 줄줄 흘렸다. "모두에게 알리바이가 있으니까."

"으음, 과연 어떨까?" 피터는 슬슬 짜증이 나기 시작한 듯했다. 분명 억지로 머리를 쓰려 했기 때문이리라. "알리바이가 뭐지?"

"누군가가 사건 현장에 없었음을 나타내는 증거야." 웬디가 설명했다.

"실은 알리바이는 전혀 없지만." 슬라이틀리가 빌에게 몰래 속삭였다. "애당초 팅크의 사망추정시각을 모르니까 알리바이는 아무 의미도 없어."

"슬라이틀리, 네 말은 뭔가 이상해." 피터가 고함을 질렀다. 놀랍게도 슬라이틀리의 말이 엉터리라는 걸 약간은 눈치챈 모양이었다.

"미안해, 피터. 난 그렇게 머리가 좋지 않아."

"알았다!" 피터가 느닷없이 외쳤다.

"뭘?" 마이클이 겁에 질린 목소리로 물었다.

"범인은 3번이야!"

"어째서?"

"3번이 범인이라면 사형 집행도 이미 끝난 셈이니까. 사건 해결이군."

"맞아, 피터. 넌 대단해." 슬라이틀리는 진범을 가려내기를 포기한 모양이었다. 잃어버린 소년들도 그러한 방향으로 나아가는 데 이의가 없는지 다들 말없이 고개를 끄덕였다.

"안 돼, 피터. 3번이 범인이라는 증거는 없는걸." 웬디는 반대했다.

소년들은 모두 낙담하는 표정을 지으며 고개를 저었다.

"그냥 3번을 범인으로 치고 넘어가도 되잖아." 소년들 중에서 제일 키가 크고 나이도 많은 6번이 모두를 대표해서 말했다.

"야, 웬디를 거짓말쟁이 취급하는 거야!" 피터가 순식간에 단검을 뽑아 6번의 정수리에 꽂았다.

6번은 눈을 까뒤집었다가 검은자위를 보였다가 다시 눈을 까뒤집더니 뒤로 풀썩 쓰러졌다.

모두가 6번을 가만히 바라보았다.

팔다리가 의미 없이 파들파들 떨리다가 점점 움직임이 약해졌다.

"슬라이틀리, 6번은 살 수 있을까?" 빌이 물었다.

"살 수 있을지도 모르지만, 섣불리 살리지 않는 편이 본인을 위해 좋을지도 모르지." 슬라이틀리는 빌에게 속삭였다.

피터는 슬라이틀리를 흘끗 보았지만 딱히 아무 말도 하지 않았다.

"피터, 아이들에게 이런 짓을 해서는 안 돼." 웬디가 타일렀다.

"알아! 대장은 상냥해야겠지! 하지만 가끔 엄격하게 굴지 않으면 통제가 안 된다고!"

"이대로 모두를 하나씩 죽일 작정이야? 범인은 애들이 아니라 분명 후크야."

피터는 웬디를 노려보며 몇 번이고 심호흡을 되풀이했다. 아무래도 화를 억누르려는 듯했다. 웬디는 특별하니까 충동적으로 죽이고 싶지 않은 모양이었다.

"빌, 따라와! 범인은 기지 말고 다른 곳에 있는 녀석이야! 붙잡으러 가야겠어!" 피터는 지하 기지에서 뛰쳐나갔다. 빌은 허둥지둥 나무줄기 속을 내달려 뒤따라갔다.

10

　오후에도 외부와는 연락이 되지 않았다. 이대로 가다가는 오늘 밤도 이 여관에 묵어야 할 것 같았다.

　이모리는 식재료와 연료가 걱정됐지만 총무인 히지리가 죽었으므로 직접 여관 안주인에게 물어보기로 했다.

　"네. 식재료는 아직 일주일 분은 남아 있어요. 현재 전기는 들어오지만, 만에 하나 정전이 되더라도 비상용 발전기가 있고요."

　안주인의 대답에 위화감은 그다지 느껴지지 않았다.

　"여관 사람들이 구조를 요청하러 갈 수는 없겠습니까? 저희들 중에서 지원자를 몇 명 뽑아도 되고요."

　"그게……" 안주인은 난감한 듯 말을 머뭇거렸다.

　"무슨 일 있습니까?"

　"실은 종업원이 두 명 안 보여요."

　"네? 그게 무슨 말씀이시죠?"

　"아마 도움을 요청하러 갔다가 돌아오지 않은 게 아닐까 싶은데요. 손님들이 불안해하실까 봐 지금까지 비밀로 하고 있었습니다만……."

"도움을 요청하러 간다고 했습니까?"

"아니요. 그런 건 아니지만."

"즉 도움을 요청하러 갔다는 건 추측이로군요. 사실은 느닷없이 없어진 거고요."

"멋대로 도망친 건 아닐 거예요."

아하, 손님을 두고 달아났다고 여겨지기는 싫다는 건가. 확실히 도움을 요청하러 간다면 그러겠다고 미리 말할 테니, 느닷없이 모습을 감추는 건 부자연스럽다.

하지만 반대로 말하자면 이 폭설 속에 몇 안 되는 인원으로 달아나는 것도 이상하다. 여럿이서 대피해야 살아날 가능성이 크다. 게다가 이 여관은 비교적 안전하고 쾌적하다. 무리하게 달아날 이유가 없다.

안주인이 아직 뭔가 감추고 있는 걸까, 아니면…….

"알겠습니다. 다만 언제까지고 비밀로 할 수는 없을 겁니다." 이모리는 말했다. "퍼뜨리지는 않겠지만 몇 명에게 알리는 건 괜찮겠죠?"

안주인은 약간 불안한 표정을 지으면서도 고개를 끄덕였다.

이모리는 니렌 형제와 스라이를 방으로 불러 안주인에게 들은 이야기를 전했다.

"즉 피터가 죽었으니까 녀석들의 아바타라도 죽었다는 건가?" 스라이가 의문을 꺼냈다.

"꼭 그렇다고는 할 수 없겠지만 그럴 가능성이 클 거야. 시체가 어떤 상태인지 보면 확실해질 텐데." 이모리는 대답했다.

"이런 폭설 속에 찾으러 갈 수도 없는 노릇이지."

"피터가 죽인 건 두 사람이 넘어." 이치로가 지적했다. "여기서도 좀 더 죽었어야 하는 거 아닌가?"

"네버랜드의 주민 모두에게 아바타라가 존재한다는 보장은 없어. 존재하더라도 반드시 이 여관에 있다고 할 수도 없고."

"즉 어딘가 멀리서 누가 죽었을지도 모른다는 거야?"

"응. 그렇더라도 확인할 방법은 없지만."

"반대는 어때?" 지로가 물었다. "이 세계에서 누군가 죽으면 네버랜드에서도 누군가가 죽나?"

"그렇게 단순하지 않아. 난 이 세계에서 몇 번인가 목숨을 잃을 뻔한 적이 있는데, 확실하게 죽을 만한 일이 발생했을 때는 그 사실 자체가 없어져."

"그게 무슨 뜻이야? 그런 건 물리적으로 불가능할 텐데."

"물리적으로는 불가능하니까 억지로 꿈으로 만들어버리지. 가장 최근에 잠들었을 때의 꿈으로. 깨어나서 바로라면 깨어난 시점으로 돌아가고, 다음 수면이 가까우면 그쪽으로 건너뛰어. 실은 오늘 아침에도 혼자 히지리를 구하려다 울타리 위에 떨어져서 한 번 죽었어."

"누가 죽었다고?" 스라이가 물었다.

"나." 이모리는 담담히 대답했다.

"네가 혼자 히지리를 구하려 한 기억은 없는데."

"그러니까, 그 사실 자체가 내 꿈이 된 거야. 난 똑똑히 기억해. 하지만 꿈은 개인적인 현상이니까 너희 기억에는 남지 않는 거고."

"……그거, 그냥 꿈 아니야?"

"그래. 보통 꿈과 구별이 안 돼. 그러니 유효한 방법인 거겠지."

"아니, 내 말은 백일몽 같은 망상이 아니냐는 거야."

"백일몽이라면 꿈속에서 히지리가 죽은 상황을 본 건 어떻게 설명할래?"

"넌 실제로 히지리의 시신을 보기 전에 꿈속에서 봤다고 생각한다는 거지?"

"생각하는 게 아니라 실제로 봤어."

"그런데 그거, 증명은 할 수 있어?"

"증명? 증명이고 뭐고 실제로 체험했으니까……."

"네게는 명백한 사실이라 증명이 불필요하겠지만, 우리 입장에서는 그저 남의 꿈 이야기야."

"그렇군. 주관적인 체험을 공유하기는 어렵지."

"그럼 증명은 불가능하겠군."

"그렇지도 않아. 간단히 증명할 수 있어."

"그럼 해봐."

"증명하는 건 내가 아니라 너희들이야."

"뭘 어쩌면 되는데?"

"이 창문에서 뛰어내리면 돼. 다만 확실히 즉사하도록 머리부터 떨어지는 편이 낫겠지. 어중간하게 다쳐서 죽지 않으면 꽤나

아플 테니까."

"무슨 소리야? 우리더러 자살하라는 거야?"

"걱정 마, 죽지는 않으니까. 죽었다는 사실 자체가 꿈이 돼."

"농담하는 거지?"

"아니. 진담인데."

"못 해. 만약 네 말이 틀렸다면 정말로 죽는 거잖아."

"실제로 체험해보고 하는 말이니까 틀림없어."

"그러니까, 우리는 '죽었다는 사실이 꿈이 된다'는 그 말을 못 믿겠다고. 일단은 증명을 해줘야지."

"거참, 증명하고 싶으면 일단 창문에서 뛰어내리라고 하잖아."

"일단 그건 제쳐놔도 되지 않겠어?" 지로가 말했다. "그것보다 먼저 해결해야 할 일이 있잖아."

"그도 그렇군." 이모리가 말했다. "일단 증명은 넘어가도 될까?"

"응. 상관없어. 그것보다 어떻게 이 여관에서 살아서 집으로 돌아가느냐가 중요해. 무슨 방법을 써서든 외부에 구조를 요청해야⋯⋯."

"아니. 이 여관에서 달아나도 근본적인 해결은 안 돼."

"어째서? 여기에 갇혀 있다가는 한 명씩 살해당할 거야."

"살인귀는 이 여관에 있는 게 아니야. 네버랜드에 있다고." 이모리의 말에 그 자리의 분위기가 얼어붙었다.

"⋯⋯즉 이 세계에서 아무리 달아나봤자 피터에게서 달아날 수는 없다는 거야?"

"그래. 우리가 이 여관에서 아무리 멀어지든, 네버랜드에 있다는 사실은 변함없으니까."

세 사람은 한숨을 쉬었다.

"그런데 전부터 묻고 싶었는데." 이모리는 말을 이었다. "왜 너희는 또 네버랜드에 돌아가고 싶다고 한 거야? 기껏 빠져나왔으면서."

"그야 우리도 살인귀 곁으로 돌아가고 싶지는 않았어. 우리 손으로 사람을 죽이기도 싫었고."

"그렇다면 왜……."

"웬디가 걱정돼서." 이치로가 말했다.

"하지만 피터는 웬디에게 푹 빠져 있잖아." 이모리는 말했다.

"피터는 변덕이 심해. 별안간 웬디에게 싫증 나서 목을 그어버릴 가능성도 없지는 않아."

"그럼 일단 웬디를 말렸어야 하지 않았을까?"

"웬디도 피터를 사랑하거든. 여간해서는 말이 안 통할 거야. 억지로 말렸다간 우리 몰래 피터와 함께 네버랜드에 가버릴지도 몰라. 우리는 웬디와 피터를 따라가는 수밖에 없었어."

"그랬구나. 이해가 됐어. 그렇다면 문제의 초점은 피터 팬 한 명에게 맞춰져. 그를 제지하면 참극도 멈출 거야."

"하지만 어떻게 제지한담?" 스라이가 말했다. "놈은 싸움 실력이 출중해."

"놈의 아바타라도 이 세계에 있지 않을까?" 지로가 말했다. "그녀석을 제압하면 돼."

"아바타라의 자유를 속박해도 본체의 움직임은 막을 수 없어."

"그렇다면 의미 없나……."

"아니. 무의미하지는 않을 거야." 이모리는 말했다. "피터의 아바타라를 찾아내면, 그 인물에게 피터의 폭주를 제지할 힌트가 될 만한 정보를 끌어낼 수 있을지도 몰라."

"그런데 어떻게 찾아내지?"

"머뭇거릴 시간 없어. 수상쩍은 인물에게 직접 부딪쳐보는 수밖에."

"그 녀석이 자기가 피터라고 자백할까?"

"피터는 잔인한 놈이지만 결코 거짓말은 하지 않아." 이치로가 말했다.

"아쉽지만 본체와 아바타라의 성격과 능력이 일치한다는 보장은 없어. 하지만 우리한테는 이 방법밖에 없겠지. 가령 거짓말을 하더라도, 말과 행동에서 뭔가 얻어낼 수 있을지도 몰라."

"그런데 피터의 아바타라가 누구인지 짐작은 가?" 지로가 물었다.

"확신은 없어. 하지만 분위기상 피터를 연상시키는 인물은 있지."

"그 인물에게 '네가 피터 팬이야?' 하고 물어본다고? 만약 부정하면 어떻게 할 건데? 더 추궁할 거야, 아니면 다른 사람을 찾아볼 거야?"

"그건 실제로 맞부딪쳐봤을 때의 느낌으로 판단하는 수밖에 없겠지. 경우에 따라서는 여기 있는 사람끼리 협의해도 되고."

"그런다고 방침이 정해질까?"

"걱정하기보다는 행동이 먼저야. 일단은 시도해보는 수밖에."

갑자기 방문이 열렸다.

"야. 너희들, 왜 방 안에 처박혀 있냐?" 히다가 들어왔다. "어차피 아무 데도 못 가니까 연회장에 모여서 다 함께 신나게 놀자. 예이."

이모리는 다른 사람들에게 눈짓했다.

셋 다 말없이 고개를 끄덕였다.

"다른 사람들은 연회장에 있어?" 이모리가 물었다.

"전부는 아니고. 그래서 내가 이렇게 돌아다니면서 모으는 거야. 이왕이면 머릿수가 많아야 재미있으니까."

"연회장에서 뭘 하려고?"

"술 마시고 노래도 하고."

"아무리 생각해도 지금은 비상사태야. 술을 마셔서 사고력을 저하시키거나 노래를 불러서 체력을 소모하는 건 좋지 못해."

"뭔 소리래? 어차피 구조대가 올 때까지 여기 죽치고 있어야 하니까 재미있게 노는 편이 이득이지."

"구조대가 오지 않으면 어쩌려고?"

"봄까지 여기 있으면 되지 뭐." 히다는 긴장감 없이 웃었다. "그 동안 내내 부어라 마셔라 속 편하게 즐기는 거야."

"다들 각자의 생활이 있어. 여기서 놀고 있을 수만은 없다고."

"내 인생은 줄곧 부어라 마셔라였는데." 히다는 입술을 삐죽 내밀었다.

"모두 너와 똑같지는 않아."

"그럼 다들 나처럼 살면 되잖아. 무슨 부귀영화를 누리려고 그렇게 아득바득 사냐?"

"식재료는 앞으로 며칠 분밖에 없어." 스라이가 말했다. "만약 구조대가 오지 않는다면 탈출할 방법을 모색해야 해."

"그때는 그때고. 난 현재를 즐길 뿐이야. 인생은 한 번뿐이니까." 히다는 폼을 잡으며 말했다.

"이쪽 세계에서도 저쪽 세계에서도 찰나의 불꽃같은 인생을 살 작정이야?" 이모리는 느닷없이 핵심을 찌르는 질문을 던졌다.

히다는 허를 찔린 듯 말없이 이모리의 얼굴을 들여다보았다.

"어때?"

"무슨 소리인지 모르겠는데."

"너, 아바타라 맞지?" 이치로가 대뜸 히다의 멱살을 잡았다.

"자, 자, 자, 잠깐만. 대체 무슨 영문인지……." 히다는 팔다리를 버둥거리며 날뛰었다.

"이치로, 난폭하게 굴지 마." 이모리가 히다에게서 이치로를 떼어냈다. "히다, 이건 중요한 일이야. 모두의 목숨이 걸렸다고."

"대체 뭐야? 내가 뭘 어쨌다고!"

"너, 피터 팬이지?" 스라이가 물었다.

히다의 안색이 변했다. "……무, 무슨 소리인지……."

"서투른 연기는 집어치워. 이미 다 알아."

히다는 입술을 핥았다. "뭐 어쩌려고? 보복인가? 헛소리하지 마. 난 피터가 아니야."

"그럼 누구인데?" 지로도 분노를 표출했다.

이거 야단났군. 폭력 사태가 벌어질 것 같았다.

이모리는 히다에게 질문한 걸 후회했다.

피터는 예상외로 원한을 많이 샀던 모양이다.

이 세계에서 히다는 피터처럼 싸움 실력이 좋지 않다. 공포에 의한 지배가 역효과를 발휘한 셈이다.

"너, 너희들은 누군데?" 히다는 스라이를 비롯한 세 명에게 물었다.

"말하겠냐! 말했다간 저쪽 세계에서 너한테 보복당할 텐데!" 스라이가 히다의 무릎을 걸어찼다.

히다는 균형을 잃고 그 자리에 쓰러졌다.

폭력 사태가 벌어지는 걸 말려야 한다. 그런데 어쩌면 좋지? 히다에게 그들의 정체를 알려줄까? 그러면 보복이 두려워서 그들은 히다에게 아무 짓도 하지 않으리라.

안 된다. 그들의 정체가 피터에게 알려지면 폭력 사태가 벌어지든 말든 네버랜드에서 심각한 보복이 일어나리라. 최악의 경우 그들이 목숨을 잃을지도 모른다.

그럼 어쩌지? 빌과 달리 잃어버린 소년들은 오랜 세월 원한이 쌓였다. 간단하게는 진정시킬 수 없을 것 같았다.

하는 수 없다. 빌을 희생양으로 삼을까.

다만 빌의 생사가 이모리의 생사에 직결된다는 것이 문제다. 이건 일종의 도박이다.

"난 도마뱀 빌이야." 이모리는 솔직히 털어놓았다.

"뭐?" 히다가 얼빠진 목소리를 흘렸다.

"멍청아! 왜 말하는 거야?" 스라이가 어이없다는 듯 따졌다.

"교환조건이야. 난 정체를 밝혔어. 너도 이제 정체를 밝혀."

"그런 걸 왜 네 멋대로 정해? 난 교환조건에 응할 마음 없어."

"네게는 만에 하나의 사태에 대비한 보험이 있어. 빌을 인질로 잡을 수 있잖아."

"빌에게 인질로 삼을 만한 가치가 어디 있어? 흔해 빠진 도마뱀인걸."

"빌에게는 없지. 하지만 나는 빌과 목숨을 공유해. 너를 배신할 리 없지 않겠어?"

"그런데 정체를 밝히면 나한테 무슨 이득이 있는데?"

"만약 정체를 밝히지 않으면 애들이 분명 널 해코지할 거야."

히다는 오싹하다는 듯한 눈으로 세 사람을 보았다.

"왜 내가 해코지를 당해야 하는데?"

"애들은 널 피터 팬이라고 생각하거든. 오랜 세월 원한이 쌓였어."

"……그렇다면 이 자식들, 잃어버린 아이들 가운데 있는 건가?"

스라이와 니렌 형제의 얼굴에 초조한 빛이 서렸다.

"위험해. 이 자식……." 그들은 살기등등한 태도를 감추지 않았다.

"잠깐!" 이모리는 끼어들었다.

이대로 놔두면 그들은 충동적으로 히다를 죽일지도 모른다. 하지만 죽자마자 그 사실은 꿈이 된다. 따라서 죽였다는 사실뿐만 아니라 히다를 추궁했다는 사실도 없어지고 만다. 그리고 히다는 두 번 다시 네 사람을 가까이하지 않으리라. 하지만 그 사실을 히다에게 알려줄 필요는 없다.

"부탁이야. 폭력은 쓰지 마. 난 피터가 아니야!" 히다는 부들부들 떨었다.

"그럼 누구야!" 지로는 분노로 몸을 벌벌 떨었다.

"그…… 난 아바타라가 아니야."

"뭐라고?" 스라이가 히다의 멱살을 잡았다.

"히다, 아까도 말했듯이 만약 네가 피터라면 네게는 빌이라는 인질이 있어. 그러니 네가 피터라고 해도 걱정할 필요 없어."

"하지만 이 자식들, 피터에게 원한이 있는 모양인데!"

"만약 네가 피터라도 내가 설득해줄게."

"설득에 실패하면?"

"만약 정체를 밝히지 않으면 나는 애들을 설득 못 해. 그러니 정체를 밝히는 쪽에 걸어보는 게 어떨까?"

"알았어! 사실을 말할게! 난 피터 팬이야!"

스라이와 니렌 형제가 원한에 찬 소리를 내지르며 일제히 히다에게 덤벼들려고 했다.

"이번에는 단숨에 죽게 해줘! 못살게 굴지 말고 한 방에!" 히다는 외쳤다.

이모리는 세 사람을 몸으로 들이받았다.

혼자라서 큰 충격을 주지는 못했지만, 어느 정도 제정신이 돌아왔는지 세 사람은 어깻숨을 쉬면서 이모리를 노려보았다.

"방해하지 마."

"잘 생각해. 히다는 피터와 기억을 공유할 뿐 피터 본인이 아니야."

"기억이 똑같다면 동일인물이지."

"기억은 똑같더라도 의사는 별개야."

"그렇더라도 이 자식을 살려둬서는 우리 분이 풀리지 않아."

"안 돼. 애당초 히다를 죽인들 피터 팬은 죽지 않아. 그것뿐인 줄 알아? 또 처음부터 다시 시작해야 한다고."

"무슨 소리야?"

"아까 말했잖아? 난 내가 죽는 체험을 했어."

그들이 화를 못 이겨 히다를 죽여도 본체인 피터는 죽지 않고, 세 사람이 히다를 죽였다는 사실 자체가 꿈이 된다. 그리고 생생하게 남은 기억이 새로운 원한의 씨앗이 될 것이다.

세 사람은 이모리의 말뜻을 겨우 알아들은 듯 더 이상 히다에게 덤벼들려고 하지 않았다.

히다는 바닥에 쓰러진 채 오줌을 지렸다.

"걱정 마. 애들은 널 죽이지 않아." 이모리는 히다에게 말을 걸었다.

적어도 이건 커다란 한 걸음이다. 살인귀의 아바타라가 누구인지 알아냈다. 그가 협력해주면 사건은 손쉽게 해결되리라.

"살려줘."

"물론 살려줄게. 다만 우리한테 협력해줘. 왜 피터는 아무렇지도 않게 살인을 저지르는 거야?"

"그건 그게 나쁜 짓인 줄 몰라서 그래. 피터는 이 세계의 주민이 아니야. 살벌한 네버랜드에 살지. 그곳의 어른들은 예사롭게 아이들을 죽여. 그런 세계이다 보니 살인에 익숙하고 능통해질 만도 하지."

"하지만 피터는 너를 통해 이 세계의 기억을 가지고 있을 텐데?"

"그렇게 따지면 빌도 이 세계의 기억을 가지고 있어. 그런데도 요정의 시신을 뜯어 먹었잖아."

"그건 어쩔 수 없어. 도마뱀의 본능이니까."

"그렇다면 피터에게도 생존본능이 있겠지."

"생존본능과 살육은 관계없잖아."

"공격은 최고의 방어다, 몰라?"

"잃어버린 소년들은 공격을 안 하잖아."

"그런 이치를 따져본들 피터에게 통하겠어? 녀석은 어린애라고!" 히다의 목소리는 거의 절규에 가까웠다. 아마 온 여관에 울려 퍼졌으리라.

들은 사람들은 히다의 절규를 어떻게 해석할까. 아바타라가 아닌 사람들은 무슨 뜻인지 모르겠지만, 네버랜드 주민의 아바타라라면 절규의 내용이 얼마나 중대한지 알아차릴지도 모른다.

"히다, 피터의 살육을 멈출 수 없을까?"

"아마 무리일 거야."

"왜 팅커벨을 죽였지?"

"안타깝게도 그 점은 잘 기억이 안 나. '팅커벨'은 요정 이름이었던가?"

"후크에 대해서는?"

"해적 선장을 죽인 건 어렴풋이 기억나. 아마 그게 후크겠지."

피터는 예상 이상으로 단순하고 돼먹지 못한 인물이라는 걸 알았다. 게다가 다루기가 몹시 까다롭다.

"피터는 빌과 상담해야 한다는 걸 이해했을까?"

"나는 이해했지. 하지만 피터가 이해했을지는 모르겠군."

"마음속에 단단히 담아둬. 난 빌에게 중요한 일을 전할 때는 늘 그래."

"피터가 빌만큼 현명하다면 좋을 텐데."

"웬만해서는 현명하다는 소리를 못 들으니까 분명 빌이 기뻐할 거야."

히다를 통해 피터에게 연락할 수 있게 된 건 행운일까, 불운일까.

이모리는 아직 판단할 자신이 없었다.

11

"설마 네 분신도 지구에 있을 줄이야." 피터는 감탄한 듯 말했다. "너뿐만 아니라 잃어버린 소년들 중 몇 명도 있는 모양이던데."

해가 진 후, 피터와 빌은 숲속을 나아가고 있었다.

"내가 말 안 했던가?" 빌은 물었다.

"글쎄, 잘 기억이 안 나." 피터는 귀찮다는 듯 말했다. "그것보다 그 녀석들은 누구야?"

"그 녀석들이라니?"

"나를…… 아니, 아바타라댔나, 내 분신을 죽이려 한 녀석들."

빌은 대답하지 않았다.

"뭐야? 왜 대답 안 해?"

"이모리가 속으로 강하게 빌었거든. 절대로 그 세 사람의 정체를 가르쳐줘서는 안 된다고."

"그딴 건 신경 쓰지 않아도 돼."

"내가 가르쳐주면 어떻게 할 건데?"

"그 녀석들을 죽여야지."

"그건 안 돼. 이모리가 용납하지 않을 거야."

"네 아바타라는 겁 안 나." 피터는 단검을 빌의 목에 댔다. "1초만에 네 목을 딸 수 있어. 그 녀석들이 누군지 대답해."

"내가 죽으면 이모리도 죽어. 그리고 이모리가 죽으면 히다는 당장 살해당할 거야. 히다는 피터만큼 강하지 않으니까."

"정말이야? 어떤 원리로?"

"모르겠어. 이모리가 그렇게 생각하더라고."

피터는 잠시 생각한 후 빌의 목에서 단검을 치웠다.

"이모리의 말이 무슨 뜻인지 알았어?"

"아니. 이모리가 무슨 생각인지 생각하다가 생각이 너무 지나쳐서 골치 아파졌어. 그래서 생각을 그만두기로 했을 뿐이야. 널 죽이는 편이 나을지 살려두는 편이 나을지 모르겠으니까 일단 살려둘게. 살려두는 게 틀렸다면 나중에 죽일 수 있지만, 죽이는 게 틀렸다면 다시 되살릴 수는 없으니까."

"무슨 말인지 잘 모르겠지만, 피터는 머리가 좋구나."

"뭐, 그렇지." 칭찬을 받자 피터는 조금 쑥스러운지 얼굴이 붉어졌다.

"그나저나 계속 숲속만 걷고 있는데 요정 마을까지는 아직 멀었어?"

"글쎄."

"엇? 모르는 거야?"

"그런 걸 내가 어떻게 알아."

"전에도 요정 마을에 간 적이 있다고 하지 않았어?"

"간 적은 있지."

"그럼 왜 요정 마을이 어딘지 몰라?"

"요정 마을에 가는 길을 어떻게 일일이 기억하냐."

"그럼 요정 마을에 가고 싶을 때는 어떡해?"

"그럴 때는 대강 이쯤이다 싶은 곳에 가서 그 주변을 돌아다니지. 몇 시간쯤 걸어다니다 보면 대개 눈에 띄어."

"그럼 그 '대강 이쯤이다 싶은 곳'에 가자. 어디야?"

"네버랜드 어딘가."

"뭐? '대강 이쯤이다 싶은 곳'도 몰라?"

"안다고 했잖아. 네버랜드 어딘가야."

"그럼 어떻게 찾아가?"

"네버랜드를 온통 돌아다니면 돼. 이 잡듯이 샅샅이 돌아다니면 반드시 나와."

"하지만 네버랜드에는 해적이랑 붉은 피부족도 있잖아."

"그건 네가 가르쳐주지 않아도 알아."

"요정 마을을 찾아내기 전에 해적이나 붉은 피부족과 마주치면 어떻게 해?"

"아무 걱정 없어. 우리가 저쪽보다 빨리 죽이면 그만이지." 피터는 냉혹한 웃음을 지었다.

"이모리는 그런 짓을 그만두는 편이 좋다고 생각해."

"어째서?"

"사람의 목숨은 소중하니까."

"하지만 제일 소중한 목숨은 내 목숨이야. 다른 목숨이 뭔 상관이람."

물론 빌은 피터와 논쟁을 벌일 마음이 없었다. 피터에게 빌이 할 수 있는 일은 거의 없는 거나 마찬가지였기 때문이다. 이모리는 빌이 죽지 않기를 바랐다. 살아 있으면 뭔가 좋은 방법을 찾을 수 있을지도 모르니까.

피터가 손을 눈앞에 휘둘렀다.

"왜 그래?" 빌이 물었다.

"벌레 날갯소리가 시끄러워서." 피터가 대답했다.

"무례하기는. 벌레 아니야." 피터의 얼굴 정면, 10센티미터 정도 거리에서 목소리가 났다.

"피터, 지금 복화술을 한 거야?" 빌이 물었다.

"복화술이 뭔데?"

"입을 움직이지 않고 말하는 기술이야."

"뭐야, 그건? 엄청 어렵게 느껴지는 데 비해 쓸모는 없을 것 같은 특기로군."

"인형이랑 말하는 척할 수 있어."

"일부러 머리가 어떻게 된 것처럼 보이려 하다니, 아주 별나구나."

"뭐 하러 왔지, 피터 팬?" 방금 전 목소리가 말했다. "그 짐승이랑 말하는 것처럼 보이는데, 복화술인지 뭔지를 사용하는 건가? 그런 짓을 하다니 머리가 어떻게 된 거야?"

"아니. 이건 복화술이 아니라 말하는 도마뱀이야." 피터가 해명했다.

"그런데 지금 이건 복화술이야?" 빌이 물었다.

"아니라고 했잖아."

"누가 누구한테 복화술을 쓰고 있는 거야?" 목소리가 말했다.

"아니, 아무도⋯⋯." 피터가 대답했다.

"나도 그걸 알고 싶어. 혹시 내가 복화술로 피터와 모습이 보이지 않는 사람을 대화시키는 건가?" 빌이 말했다.

"'모습이 보이지 않는 사람'이라니, 나 말이야?" 목소리가 말했다.

"물론이지. 투명인간은 한 명밖에 없으니까."

"난 투명인간이 아니야. 그저 네 눈이 안 좋은 거지."

빌은 목소리 주변을 유심히 보았다. 그러자 벌레같이 작은 뭔가가 날아다니고 있는 것이 보였다.

"내 눈이 나쁘다기보다 그냥 어두워서 잘 안 보인 거야."

"짐승은 밤눈이 밝지 않나?"

"난 파충류라서 그렇지도 않아, 벌레 씨."

"난 벌레가 아니라 요정이야."

"그럼 벌레 비슷한 거로군." 피터가 업신여기듯이 말했다. "너희 마을은 이 부근이야?"

"마을이 아니라 왕국이야."

"그건 내 알 바 아니고, 안내나 해."

"무례한 자의 말을 들을 이유는 없어."

다음 순간 피터가 손을 날렵하게 움직였다. 얼마나 빨랐는지 빌은 피터가 움직였다는 것조차 거의 몰랐을 정도였다.

한순간 오른손이 흔들렸나 싶더니 다음 순간에는 요정을 붙잡고 있었다.

요정은 팅크와는 달리 하얀 수염을 기른 늙은 남자였다.

"이야. 요정은 젊은 여자만 있는 게 아니구나."

"당연하지." 늙은 요정이 못마땅하다는 듯 말했다. "인간과 똑같아. 남녀노소가 있지. 캑!"

"'캑'이라니 무슨 뜻이야?"

"내가 손가락으로 이 녀석의 목을 눌렀다는 뜻이야." 피터가 말했다.

"왜 그랬어?"

"내가 언제든지 죽일 수 있다는 걸 이 녀석에게 알려주려고."

"날 죽이면 마브 여왕님이 가만히 계시지 않을 거다." 늙은 요정이 말했다.

"아닐걸. 지금 여기서 목 졸라 죽이고 시체를 버리면 아무 증거도 남지 않을 테니까." 피터는 요정의 목을 살짝 눌렀다. "자, 요정 마을은 어디지?"

늙은 요정은 대답하지 않았다.

"언제까지 버틸 수 있을까?"

"날 죽이면 왕국을 찾아갈 수 없을 거다."

"네가 죽으면 다른 요정을 붙잡을 거야."

"요정이 그렇게 쉽게…… 크헉!"

"'크헉'은 무슨 뜻이야?" 빌이 물었다.

"내가 이 녀석의 몸통을 눌러서 내장이 찌부러졌다는 뜻이야." 피터가 대답했다.

"내장이라니, 구체적으로 어떤 거?"

"아마도 간장이나 신장이겠지. 심장은 아니야."

"심장이었으면 즉사일 테니까."

"괴로워. 살려줘." 늙은 요정이 숨을 헐떡이며 애원했다.

"그럼 마을로 안내해. 목숨을 구할 수 있을지는 모르겠지만, 자꾸 거부하면 고통만 길어질 뿐이야."

"……왕국은 네 쪽에서 볼 때 오른쪽이야."

고통스럽게 숨을 헐떡이느라 안내가 띄엄띄엄 끊어지기 일쑤였지만, 그래도 늙은 요정이 말을 할 수 있는 동안에 요정들의 왕국에 도착했다.

잎사귀가 떨어진 나무들 사이에 버섯 같은 집이 수백 수천 채나 서 있었다. 길 같은 것은 딱히 없었지만, 인간에게는 밀도가 높은 숲이라도 요정에게는 평원과 비슷할 테니 도로는 필요 없는 것이리라.

피터는 늙은 요정을 놓아주었다.

그는 날개를 움직였지만 날지는 못하고 땅에 떨어져 이리저리 몸부림쳤다.

피터는 늙은 요정에게 눈길 한 번 주지 않고 작은 집들로 다가 갔다.

"야, 요정들. 물어보고 싶은 게 있으니까 나와 봐."

하지만 아무 반응도 없었다.

"야! 있는 거 다 알아! 냉큼 나오라니까!"

"온 마을 요정들이 다 집을 비운 것 아닐까?" 빌이 의견을 말했다.

"왜 모두 집을 비우는데?"

"축제라든가?"

"그럼 그럴싸한 빛이 나거나 소리가 들리겠지. 이 녀석들 분명 있으면서 없는 체하는 거야."

"있으면서 없는 체한다면 우리랑 이야기하기 싫은 거야. 오늘은 돌아가자."

"그러면 아무리 시간이 지나도 수사에 진척이 없다고!"

"그럼 어떻게 하지?"

"이렇게!" 피터 팬은 한 작은 집의 지붕 밑을 걷어찼다.

빠직, 하는 메마른 소리와 함께 지붕이 날아갔다.

그곳에는 요정 가족이 살고 있었다. 부부 같은 어른 요정과 아이 세 명이었다.

"봐, 있잖아."

요정들은 서로 다닥다닥 붙어서 피터를 올려다보았다.

"왜 없는 척한 거야? 안 들킬 줄 알았냐?" 피터는 고압적으로 말했다.

"죄, 죄송합니다." 아내로 보이는 요정이 말했다. "그…… 저희하고는 관계없다고 생각했어요."

"왜 그걸 너희 멋대로 정하는데!" 피터는 발끈한 듯 그들의 집을 다시 걷어찼다.

집은 토대에서 붕 떠올라 공중을 날아갔다. 아이들이 집 밖으로 내팽개쳐졌다.

요정 부부는 황급히 날아올라 분담하여 아이들을 붙잡았다. 아무래도 아이들은 아직 잘 못 나는 모양이다. 요정들은 휘청휘청하며 땅에 내려섰다.

"죄송합니다. 용서해주세요."

남편으로 보이는 요정이 말했다.

"안 돼. 안 해줄 거야."

"부디 아이들만이라도 놓아주십시오."

"안 돼. 아이는 인질이다." 피터는 재빨리 저공비행해서 아이 요정 하나를 낚아챘다.

부부는 피터에게 매달려 절절하게 부르짖었다. "용서해주세요. 용서해주세요."

피터는 아이의 머리를 잡았다.

"피터, 그러지 마." 빌이 말했다.

"내게 참견하겠다는 거야?"

"더 이상 계속하면 이모리는 협력해주지 않을지도 몰라."

"이모리가 누군데?" 피터는 아이의 목을 비틀려고 했다.

요정 부부가 피터의 양 손목에 몸을 날렸다. 그 충격에 아이는 공중으로 튕겨 나갔다.

엄마 요정이 아이를 끌어안고 땅을 굴러 그대로 나뭇잎 아래에 숨었다.

아빠 요정도 뒤따라 나뭇잎 아래로 숨으려고 했다.

피터는 마치 일본의 가루타 경기*를 하듯 잽싸게 아빠 요정을 쳐냈다.

아빠 요정은 나무줄기에 부딪쳐 그대로 떨어졌다. 움직일 수 없는 것 같았다.

피터는 엄마 요정이 숨은 부근의 낙엽을 마구 걷어찼지만 엄마와 아이는 찾아내지 못했다.

어느덧 다른 아이들도 사라지고 없었다. 역시 나뭇잎 아래에 숨은 것이리라.

피터는 고함을 지르며 사방의 낙엽을 걷어찼지만, 결국 아무것도 찾아내지 못했다.

"하지만 뭐 이렇게 날뛰었으니 놈들은 나뭇잎 아래서 납작해졌을지도 모르지. 속이 좀 후련하다." 피터는 나무줄기를 보았다. "그리고 한 마리는 도망치지 못했으니까."

나무줄기에 부딪친 요정은 여전히 움직이지 못하는 것 같았다. 피터가 다가가도 그저 몸을 움찔움찔 경련할 뿐이었다.

"물어볼 게 있어." 피터는 요정에게 말했다.

요정은 대답하지 않았다. 아니면 대답을 못 하는 건지도 모르지만 빌로서는 알 수가 없었다.

"대답하지 않는다는 선택지는 없어." 피터는 요정의 배에 손가락을 댔다. "대답하면 고통 없이 끝나."

* 일본의 시조인 백인일수 중 윗 구절을 듣고 바닥에 깔린 아랫 구절 카드를 쳐내는 경기.

"······나가······ 뒈져라." 요정은 입술을 떨며 욕했다. 피터는 요정의 배를 꾹 눌렀다.

"끄악!" 요정의 입과 엉덩이에서 피와 내장이 튀어나왔다.

강렬한 빛이 피터 팬과 빌, 요정을 비추었다. 너무나 밝아서 아무것도 보이지 않았다. 피터도 빌도 얼굴을 가리고 눈부심을 참는 것이 고작이었다.

"무슨 짓을 하는 거죠?" 여자의 엄숙한 목소리가 울려 퍼졌다.

"누구야?" 빌은 물었다.

"나는 요정의 여왕 마브예요. 당신이야말로 누구죠?"

"나는 빌이라고 해. 평범한 도마뱀이야."

"어떻게 말을 할 줄 아는 거죠?"

"그건 모르겠어."

빛은 천천히 빌에게 다가갔다.

"당신은 이 섬의 생물이 아니군요."

"맞아. 이상한 나라에서 왔어. 돌아가는 방법 알아?"

"그런 나라는 못 들어봤어요. 아마도 여기서 아주 먼 곳이겠죠."

"아아. 요정이라면 알 줄 알았는데." 빌은 낙담해서 고개를 떨구었다.

"그걸 물어보러 여기 온 건가요?"

"응."

"아니야, 아니야." 피터가 끼어들었다. "우리는 수사를 하러 왔어. 살해사건 수사."

"인간이 살해당하든 말든 우리가 알 바 아닙니다."

"인간이 아니야. 우리는 팅커벨 살해사건을 수사 중이지."

"팅커벨!"

피터와 빌은 공중으로 들려 올라갔다. 마치 거대한 손에 목을 붙잡힌 것 같았다. 숨을 거의 쉴 수 없었다.

"내…… 우리 팅크를 죽인 건 너희들이냐!"

"……난 아니야……." 피터는 겨우 목소리를 쥐어 짜냈다. "이 녀석이 먹었어." 그는 빌을 가리켰다.

빌의 몸이 쭉 펴졌다. 뚜두둑 소리가 나며 온몸의 관절이 빠지는 것을 알 수 있었다. 이 정도의 고통은 처음이었다. 너무 아파서 정신을 잃을 수조차 없을 지경이었다. 몸이 쭉 늘어나서 두 배 정도로 길어졌다. 근육이 찌직찌직 끊어지고 늘어진 피부 여기저기가 갈라져 피가 흘렀다.

"정말이냐?"

"뭐?" 빌은 되물었다.

"당신이 팅크를 먹었습니까?"

"응. 하지만 살짝 뜯어 먹었을 뿐이야."

빌의 몸은 서너 조각으로 찢어졌다. 숫자가 확실치 않은 건 빌에게 헤아릴 만한 여유가 없었기 때문이다.

몸이 찢어져도 살아 있는 것이 빌의 생명력 때문인지, 고통을 연장시키기 위한 무슨 마법 때문인지는 분명치 않았다.

"쉽게 죽을 생각은 마세요. 팅크를 죽인 대가를 치러야 할 겁니다."

"아니야, 아니야." 빌은 말했다. "난 안 죽었어."

"아까 자백했잖아요."

"뜯어 먹었을 때는 이미 죽은 뒤였어. 나는 시체를 먹었을 뿐이라고."

빌을 잡아당기던 힘이 갑자기 사라졌다. 그 반동으로 수없이 갈라진 빌의 몸은 급속도로 움츠러들어 하나로 뭉치듯이 합쳐졌다.

"으엑!"

빌은 땅에 떨어졌다.

온몸의 관절이 우두둑우두둑, 하는 소리를 내며 통증과 함께 맞춰지는 것이 느껴졌다. 어느 틈엔가 몸은 원래대로 돌아왔다.

"그럼 누가 죽었나요?"

"……그러니까…… 그걸 수사하는 중이라고." 피터는 그렇게 말하는 동시에 땅으로 떨어졌다. "아야야야."

"팅크는 어떻게 살해당했죠?" 마브 여왕은 물었다.

"으음. 어땠더라?" 피터는 고개를 갸웃거렸다.

마브 여왕은 피터는 아랑곳없이 빌에게 물었다. "팅크는 어떤 상태로 죽었나요?"

"배가 갈라졌어. 날붙이를 쓴 것 같아. 날개도 뜯겨 나갔고." 빌은 기억하는 대로 솔직히 대답했다.

"날개는 요정이 목숨 다음으로 소중히 아끼는 것이에요. 오히려 목숨 그 자체라고 해도 되겠죠."

"뭐, 어때." 피터는 귀찮다는 듯이 말했다. "어차피 너희들 금방 죽잖아."

"왜 당신이 수사를 하는 거죠?"

"그야 난 탐정이니까."

"당신이 탐정에 적합할 것 같지는 않은데요."

"그런데 나한테 딱 어울리나 보더라고."

"아까 내 국민을 고문했죠. 왜죠?"

"아아. 그건 수사의 일환이야."

"요정들을 고문하는 게 어째서 수사인가요?"

"누가 범인인지 알아내려 했을 뿐이야. 그런데 그 녀석들이 내 질문조차 들으려고 하질 않잖아."

"요정들은 누구도 당신을 신용하지 않아요. 단 하나의 예외를 제외하고. ……그 예외도 없어졌지만."

"뭐야. 너희들, 내가 살아남을 수 있도록 돌봐줬잖아."

"당신이 가엾었기 때문입니다. 하지만 지금은 후회하고 있어요." 마브 여왕은 빛의 강도를 낮춰 위엄 있는 여왕의 모습을 분명하게 드러냈다. 높은 왕관을 쓰고 장엄한 의상을 차려입었다. "당신, 도마뱀 빌이라고 했죠?"

"응."

"피터에게는 탐정에게 필요한 능력이 없어요. 당신은 어떤가요?"

"난 왓슨에 적합하대."

마브 여왕은 빌의 눈높이까지 내려와서 빌의 눈을 들여다보았다. "피터와 비교해 당신에게 각별히 뛰어난 재능이 있는 건 아닌 듯하군요. 하지만······." 그녀는 눈을 감고 생각했다. "눈동자 속에서 희미한 반짝임이 느껴져요. ······당신은 피터의 수사 방법을 어떻게 생각하나요?"

"잘 모르겠어. 하지만 이모리는 피터가 남을 해치지 말았으면 해."

"이모리라고 했나요?"

"내 아바타라야."

"당신 내면에서 반짝이는 것이 무엇인지 알았습니다. 피터 말고 당신이 탐정이 되세요."

"그건 안 돼." 피터가 말했다. "도마뱀이 탐정이라니 이상하잖아."

"당신은 2와 4조차 구별을 못 하잖아요?"

"누굴 바보로 알아? 그 정도는 안다고."

"쌍둥이는 몇 명인가요?"

"쌍둥이 이야기는 집어치워." 피터는 부아가 치민 것 같았다.

"빌, 쌍둥이는 몇 명이죠?"

"두 명······인가."

"그래요. 한 쌍의 쌍둥이는 두 명이죠." 마브 여왕은 고개를 끄덕였다. "그럼 두 쌍의 쌍둥이는 몇 명인가요?"

"쌍둥이는 쌍둥이야. 그 이상도 그 이하도 아니라고. 한 쌍이든 두 쌍이든 똑같아." 피터가 이야기를 가로막았다.

"봐요, 피터는 2와 4도 구별하지 못한답니다."

"말장난에 놀아날 시간 없어." 피터는 마브 여왕을 노려보았다.

"난 팅커벨이라는 녀석을 죽인 범인을 알아내면 그걸로 족해."

"팅커벨을 죽인 범인을 아는 요정은 나오세요." 마브 여왕은 국민들에게 지시했다.

나서는 요정은 하나도 없었다.

"아무도 모르는 모양인데요."

"숨기고 있는 건지도 모르잖아."

"요정들은 여왕의 명령에 거역하지 않습니다."

"절대로?"

"절대로요."

"진짜 절대로?"

"더 이상 끈덕지게 물어보면 요정족에 대한 모욕으로 간주하겠어요." 마브 여왕은 다시 눈부신 빛을 뿜어냈다.

"쳇. 고생만 더럽게 하고 아무것도 못 건졌네." 피터는 요정들에게 흥미를 잃은 듯 마브 여왕에게 등을 돌려 숲속을 나아갔다. "빌, 어서 수사하러 가자."

"팅커벨을 죽인 범인을 아는 요정은 나오세요. 피터 팬에게는 알리지 않을게요." 마브 여왕이 피터에게는 들리지 않도록 다시 한 번 몰래 국민들에게 지시했다.

요정 왕국이 일제히 반짝반짝 빛나기 시작했다.

빌은 피터를 부르려 했지만 목소리가 나오지 않았다.

"당신 목소리는 내가 봉인했어요."

어째서?

"피터 팬이 들으면 안 되니까요." 마브 여왕은 빌에게만 들리는 목소리로 말했다.

왜 피터 팬이 들으면 안 되는데?

"우리 국민들은 피터 팬을 의심해요. 나도 그렇고요. 현재 시점에서는 아무 증거도 없지만."

피터 팬은 팅커벨을 죽인 기억이 없다고 했어.

"만약 죽였더라도 그저께 점심 메뉴만큼도 기억에 남아 있지 않을 거예요. 피터는 그런 인간이랍니다."

그럼 피터 팬에게 말해야지.

"그건 안 돼요. 당신이 위험해요."

하지만 탐정은 피터 팬이니까 해결할 수 있는 건 그뿐이야.

"당신은 그의 말과 행동에 주의해야 해요. 반드시 뭔가 꼬리를 드러낼 테니까요."

나보고 탐정이 되라는 거야?

"맞아요. 그리고 그 사실을 피터에게 알려서는 안 되고요."

나한테는 어려운 일이야.

"이모리가 당신과 함께해요. 지금 내가 한 말을 단단히 기억해서 이모리에게 전하세요. 그가 반드시 사건을 해결하겠죠."

알았어.

"이제 당신의 목소리를 돌려줄게요."

마브 여왕이 한 말을 기억해야 한다.

빌은 그녀의 말을 기억에 새기려고 무진장 노력하며 서둘러 피터를 쫓아갔다.

12

"종업원뿐만 아니라 동창생도 몇 명 모습을 감춘 것 같아." 스라이가 말했다.

"네버랜드 주민이 사망한 것에 연동해서 아바타라들이 목숨을 잃었더라도 이상할 건 없지. 하지만 묘해." 이모리는 팔짱을 꼈다.

"묘하다니 뭐가?"

"야기하시는 구급차에 실려갔고, 히지리는 시체로 발견됐어. 그 이후의 희생자로 추정되는 사람들의 시체가 없는 건 어째서지?"

"시체가 없는 게 아니라 바깥의 눈 속에 파묻힌 거겠지."

"왜 희생자들은 밖으로 나갔을까?"

"지금은 그런 작은 수수께끼보다 사건 해결을 우선해야 해."

"뭔가 해결해야 하는 수수께끼가 있었나?" 지로가 물었다.

"팅커벨을 죽인 범인을 찾아야지." 스라이가 말했다.

"그건 이미 결정됐잖아." 이치로가 히다를 노려보았다.

"난 안 죽였대도." 히다는 부리나케 말했다.

"어제는 죽였는지 어쨌는지 기억이 안 난다고 했잖아."

"아아. 정확하게 말하자면 죽인 기억이 없다는 뜻이야."

"이게 무슨 정치가의 뇌물 수수 사건인 줄 알아. 사람을 죽였는데 기억이 없다니 무슨 소리야?"

"사람이 아니라 요정이지만. 보통은 '사람을 죽인 기억이 없다'고 하면 '사람을 죽이지 않았다'와 같은 뜻으로 받아들이지 않나?"

"보통은 그렇겠지." 이치로가 말했다. "하지만 피터는 특별해. 팅크를 그냥 벌레로 여긴 모양이니까."

"그래. 벌레야. 벌레를 죽였다고 살인죄라는 건 이상하잖아!"

"팅크는 날개를 제외하고는 인간의 모습이었고, 말도 할 줄 알았어. 벌레로 여긴다면 정신이 나간 거야."

"그럼 피터는 정신이 나간 거겠지. 정신이 나간 인간에게 죄를 물을 수 있나? 게다가 피터는 어린애라고."

"넌 어린애가 아니잖아. 게다가 살짝 맛이 갔지만, 완전히 미친 건 아니야."

"그러니까, 난 피터 팬을 조종할 수가 없대도."

"그럼 손쓸 방도가 없나." 스라이가 아쉽다는 듯이 말했다.

"아니. 피터가 죽었다는 증거가 나올 때까지는 수사를 진행할 필요가 있어." 이모리가 말했다. "피터가 범인이라는 건 단순한 인상일 뿐 아무 근거도 없으니까."

"그럼 피터 말고 진범이 따로 있다는 거야?"

"그런 말은 안 했어."

"그럼 이제 수사는 종결해도……."

"하지만 다른 피의자는 있지."

"누군데?"

"후크야. 웬디도 그를 수상쩍어해."

"그것도 웬디의 인상에 지나지 않잖아?"

"맞아. 즉 현시점에서는 피터와 후크 둘 다 수상해. 그렇다면 후크도 수사해야겠지."

"하지만 애당초 후크가 살아 있기는 한가? 피터가 죽였잖아?"

"어때, 히다? 피터가 확실히 후크를 죽였어?"

"거참, 후크는 기억이 안 난대도." 히다는 울먹이는 목소리로 말했다.

"이 자식, 전혀 쓸모가 없군."

"모두의 의견을 종합하면 후크는 악어에게 먹힌 모양이야. 하지만 반대로 말하자면 죽는 장면이나 시체는 아무도 못 본 거지." 이모리는 말했다.

"죽었다는 증거가 남지 않았을 뿐, 죽지 않았다는 증거도 없잖아?"

"만약 이쪽 세계에 후크의 아바타라가 존재한다면 후크가 죽지 않았다는 증거가 되겠지."

"뭐라고? 그거 정말이야?"

"가정의 이야기야."

"하지만 굳이 그런 이야기를 꺼낸 걸 보니 짐작 가는 구석은 있는가 보군."

"말과 행동이 수상한 인물은 있어. 하지만 그 또한 내가 그런 인상을 품고 있을 뿐이라고 할 수도 있겠지."

"누군데?"

"후쿠 선생님."

니렌 형제가 얼굴을 마주 보았다.

"너희들도 뭔가 짚이는 점이?" 이모리는 물었다.

"아니. 그런 건 아니지만." 이치로가 대답했다. "그 사람이 범인이라도 그렇게 위화감은 없을 것 같다고 할까……."

"흠. 스라이, 네 생각은 어때?"

"나도 후쿠 선생님에게 호감이 있는 건 아니야. 하지만 범인인지 아닌지를 판가름하기에는 결정적인 근거가 없는 것 같아."

이모리는 팔짱을 꼈다. "이러고 있어본들 아무 진전도 없겠지. 아무튼 후쿠 선생님에게 이야기를 들어보자."

일행은 방을 나서서 연회장으로 향했다.

거기에는 십 수 명이 모여 있었다. 동창회에 참석한 인원의 대략 절반이다. 불안하게 이야기를 나누는 사람도, 술을 마시고 큰 소리로 떠드는 사람도 있었다.

후쿠는 남자 몇 명과 함께 책상다리를 하고 앉아 술을 마시고 있었다. 이야기를 하는 사람은 후쿠 혼자였다. 마치 강연회나 연설 같았다. 함께 있는 사람들은 다들 시무룩한 표정이었다. 아무래도 후쿠가 억지로 붙잡아놓은 모양이었다.

"어쩌지? 선생님, 얼큰하게 취한 분위기인데." 스라이가 말했다.

"상관없어. 취한 편이 오히려 낫겠지. 깜빡하고 말실수를 해서 중요한 사실을 털어놓을지도 몰라."

이모리는 연회장을 가로질러 후쿠의 눈앞에 섰다.

"후쿠 선생님. 잠깐 여쭤볼 게 있는데요."

"뭐야? 지금 중요한 이야기 중인 걸 모르겠나? 할 말이 있으면 나중에 와."

"이쪽도 중요한 이야기입니다."

"대체 뭔데?"

"살해사건에 관한 이야기요."

"아직도 망상 타령이냐?"

"잠깐이면 되니까 저희 방으로 와주시지 않겠습니까?"

"왜 굳이 너희 방에 가야 하는데? 꼭 이야기가 하고 싶다면 여기서 듣겠어."

"다른 사람이 들으면 곤란할 것 같은데요."

"곤란하기는 개뿔이. 빨리 말해." 후쿠는 밥공기에 따른 술을 벌컥벌컥 마셨다.

이모리는 잠깐 생각한 후 이렇게 말을 꺼냈다.

"선생님은 후크 선장의 아바타라인가요?"

술을 들이켜던 후쿠가 손을 멈췄다.

이모리 일행도 후쿠 주변에 있던 사람들도 마치 얼어붙은 것처럼 움직임을 멈추고 침묵에 잠겼다.

뭔가 알고 있는 사람의 반응이다. 역시 여기 있는 사람 중 몇 명은 아바타라다.

이모리는 확신했다.

"몇 번을 물어도 대답은 똑같아. 후크는 죽었잖아?" 후쿠는 나지막이 말했다.

"네. 피터가 죽였다는 이야기더군요."

"그것 봐." 후쿠는 다시 술을 마시기 시작했다.

"후크는 팅크를 원망하지 않았을까요?"

"요정을 죽인 죄를 내게 뒤집어씌울 생각이냐?"

"이상하네요. 네버랜드 주민도 아닌 선생님께서 팅크가 살해당한 줄은 어떻게 아시죠?"

"그야 너희들이 그렇게 말했으니까."

"아니요. 저희는 그런 이야기를 한 적이 없습니다."

"그럼 다른 녀석이 말한 거야. 난 그걸 기억하고 있었을 뿐이라고."

"다른 녀석이 누군데요?"

후쿠는 니렌 형제를 보았다.

"팅크가 살해돼 시체로 발견된 후 이 두 사람은 선생님과 이야기를 하지 않았는걸요?" 그 정도로 확신하는 건 아니었지만 이모리는 슬쩍 떠보았다.

후쿠는 다른 제자들을 보았다.

정곡을 찔린 모양이었다.

제자들은 각자 눈을 돌리거나 내리깔았다.

"시끄러워!" 후쿠가 느닷없이 들고 있던 밥공기를 이모리에게 던졌다.

이모리는 제대로 피하지 못해 머리부터 술을 뒤집어썼다.

"이야기는 이제 끝났어! 냉큼 자기 방으로 돌아가."

이모리는 조용히 그 자리에서 물러났다.

나머지 일행도 뒤따랐다.

"결국 성과는 없었군." 히다는 실실 웃으며 말했다.

"아니. 성과는 충분했어." 이모리는 손수건으로 머리와 얼굴을 닦았다.

181

13

"오늘은 붉은 피부족의 마을을 수사하겠어!" 피터는 선언했다.

"그것만은 그만둬, 피터!" 웬디는 진심으로 놀란 것 같았다.

"하지만 수사를 해야 범인을 잡지. 요정 녀석들은 전혀 도움이 안 됐어."

"수사는 못 할 거야. 그들은 네게 원한을 품고 있어."

"어째서? 난 형사 겸 탐정인걸. 반항한다니 이상하잖아."

"붉은 피부족은 그런 건 개의치 않을 거야. 분명 널 죽이려고 들걸. 네가 붉은 피부족을 몇 사람이나 죽였으니까."

"아아. 그거." 피터 팬은 머리를 긁적였다. "그거라면 꽤나 오래 전 일이니까 이미 잊어버리지 않았을까?"

"그저께 일이야."

"이틀 지났다면 괜찮을지도 몰라." 빌이 말했다. "피터라면 분명 싹 잊어버렸을 무렵이야."

"빌, 붉은 피부족은 피터만큼 건망증이 심하지 않아." 웬디가 말했다.

"이야, 기억력이 좋구나."

"응. 특히 자기 부족이 살해당한 일에 관해서는."

"생각났다!" 피터 팬이 외쳤다. "붉은 피부족은 날 죽이려 들지 않을 거야!"

"왜 그렇게 생각해?" 웬디가 체념한 얼굴로 물었다.

"내가 타이거 릴리의 목숨을 구해줬으니까. 타이거 릴리는 분명 녀석들 족장의 딸이었어."

"응, 맞아. 그리고 타이거 릴리는 피터에게 호의를 품고 있고."

"그럼 괜찮겠네." 빌은 안도하여 가슴을 쓸어내렸다.

"괜찮을 리가 없지. 넌 수많은 붉은 피부족의 목숨을 빼앗었어." 웬디가 말했다.

"그러니까, 타이거 릴리를 구해준 걸로 퉁치는 거지."

"그들이 퉁치자고 했어?"

"아니. 내 생각인데."

"그럼 퉁쳐주지 않을지도 모르잖아."

"하지만 어떻게 생각해도 퉁치는 게 맞잖아."

"구해준 건 한 명이고, 죽인 건 여러 명이잖아?"

"다섯 명 정도려나? 하지만 사람 목숨을 저울에 다는 건 좋지 않다고 하잖아."

"나, 알아. 광차 문제지?" 빌이 신바람을 내며 말했다. "다섯 명을 구하기 위해 한 명을 죽여도 되느냐 마느냐는 문제야."

"무슨 소리야?" 웬디의 눈이 휘둥그레졌다.

"신경 쓸 것 없어." 슬라이틀리가 말했다. "이 상황에는 전혀 들어맞지 않는 비유니까."

"광차가 뭐야, 빌?" 1번이 흥미를 느낀 것 같았다.

"글쎄. 피터 팬이라면 알지 않을까?"

1번은 피터에게 다가갔다. "저기, 광차가 뭐⋯⋯."

그가 갑자기 입을 다물어서 웬디와 잃어버린 소년들은 1번을 보았다. 짜증 난 피터가 뭔가 저지른 게 아닐까 싶었기 때문이다.

하지만 이번만은 피터는 무고했다.

1번이 입을 다문 건 화살이 머리를 꿰뚫었기 때문이었다. 화살은 귀 위쪽을 오른쪽에서 왼쪽으로 깔끔하게 관통했다. 1번은 입을 반쯤 벌린 채 그 자리에 쓰러졌다.

피터는 화살이 날아온 방향으로 재빨리 단검을 던졌다.

단검은 활을 든 붉은 피부족의 코에 깊숙이 박혔다. 코와 입에서 피가 펑펑 쏟아졌다. 붉은 피부족은 단검을 뽑으려고 칼집을 잡았지만 금세 힘이 다해 그 자리에 엎어졌다.

그 뒤쪽에서 팔짱을 낀 타이거 릴리가 피터를 쏘아보았다. 그리고 그 뒤에는 붉은 피부족 수십 명이 있었다.

피터 팬은 붉은 피부족 무리를 향해 마치 야수처럼 달려갔다.

붉은 피부족이 피터 팬에게 화살을 퍼부었지만 한 발도 명중하지 않았다.

피터는 쓰러진 남자의 코에서 단검을 뽑은 후, 펄쩍 뛰어올라 타이거 릴리의 뒤편에 착지했다.

"제기랄!" 타이거 릴리가 돌아서려 했지만, 그 전에 피터가 피에 젖은 단검을 그녀의 목에 댔다.

붉은 피부족들이 공격을 멈췄다.

"죽일 거면 냉큼 죽여!" 타이거 릴리가 소리쳤다.

"그래? 그럼……."

"피터, 안 돼!" 웬디가 외쳤다.

"왜?" 피터는 태평하게 물었다.

"지금 붉은 피부족이 왜 널 공격하지 않을까?"

"내가 무서워서?"

"네가 타이거 릴리를 인질로 잡고 있기 때문이야."

"이야, 그렇구나. 그럼 내 마음대로 할 수 있겠네."

"맞아. 하지만 타이거 릴리를 죽이면 또 공격당할 거야."

"그때는 다시 타이거 릴리의 목에 단검을 대면 되지."

"안 돼. 죽은 사람은 인질로 삼을 수 없으니까."

"아하, 그렇구나. 하지만 어차피 난 이 녀석들에게 지지 않을 테니 괜찮지 않을까?"

"피터는 괜찮더라도 나랑 애들은 괜찮지 않아."

"오, 그렇구나."

"나는 상관 말고 당장 피터를 죽여!" 타이거 릴리가 지시했다.

하지만 붉은 피부족들은 망설였다.

"이런 패기 없는 놈들!"

"타이거 릴리가 피터를 좋아한다고 하지 않았어?" 빌이 웬디에게 물었다.

"그랬지. 하지만 지금은 '사랑이 지나쳐서 미움이 백 배'인 느낌인지도 모르겠네."

"사랑이 지나치면 미워진다는 거로구나."

"이야, 그렇구나." 피터가 말했다.

"그런 거 아니야!" 타이거 릴리가 못마땅한 투로 말했다. "난 오빠의 복수를 하러 왔을 뿐이라고!"

"아하, 그렇구나. 마침 한가했는데, 내가 복수를 도와줄까?"

"그럼 지금 당장 네 목을 칼로 그어! 아니면 심장을 찌르든가!"

"왜 그래야 하는데?"

"아마 네가 죽인 붉은 피부족 가운데 타이거 릴리의 오빠가 있었던 거겠지." 웬디가 추측을 입에 담았다.

"오, 그렇구나."

"웬디!" 타이거 릴리가 웬디를 보고 다가가려 했다.

피터는 하마터면 타이거 릴리의 목을 벨 뻔했지만, 간신히 단검을 치웠다.

타이거 릴리는 머리채에 숨겨둔 작은 칼을 꺼내 웬디에게 던졌다.

피터 팬이 튀어나와 간발의 차로 타이거 릴리의 칼을 튕겨 냈다.

"방해하지 마!" 타이거 릴리는 피터를 노려보았다.

"웬디는 상관없잖아. 날 죽이러 온 거 아니었어?"

"물론이야. 하지만 웬디도 죽이겠어."

"어째서?"

"저 여자가 온 뒤로 네가 이상해졌어."

"확실히 피터는 별나지만." 슬라이틀리가 말했다. "그전보다 이상해졌다고 할 수는 없지 않을까." 하지만 너무 작게 중얼거려서 바로 옆에 있는 빌에게조차 들리지 않았다.

붉은 피부족이 활과 도끼를 들고 전투태세를 취했다.

"너희는 끼어들지 마!" 타이거 릴리가 버럭 고함을 질렀다. "웬디, 1대1로 승부를 내자!"

"난 무기를 다룰 줄 몰라. ……그러니까 대결은 대리인에게 부탁할게." 웬디는 피터를 흘끗 보았다.

그때 작은 빛이 숲속에서 나타나 저공비행으로 하늘하늘 빌에게 다가갔다. 빌이 알아차리기를 바라는 듯 딸랑딸랑 방울 같은 소리를 냈지만, 빌은 싸움에 정신이 팔려 빛이 다가온 줄 몰랐다. 그러자 빛은 빌의 바로 옆까지 다가가 귓가에 속삭였다. "빌씨, 마브 여왕님께서 비밀리에 말씀을 전하라고 하셨습니다."

타이거 릴리는 민감하게 요정의 존재를 알아차린 것 같았다.

"팅커벨! 살아 있었냐!" 타이거 릴리는 숨겨놓았던 다른 칼을 던졌다.

작은 칼은 요정을 꿰뚫은 채 쭉 날아가 나무줄기에 꽂혔다.

"팅크!" 웬디는 나무줄기로 다가가 요정의 시신을 확인했다. "이건 팅크가 아니야. 다른 요정이야."

"마브 여왕이 비밀리에 말을 전하라고 했대." 빌이 의기양양하게 말했다.

"왜 마브 여왕이 빌에게 비밀리에 말을 전하는데?" 웬디가 물었다.

"내가 마브 여왕이랑 내통하고 있기 때문이지."

"왜 멋대로 그런 짓을 하는 거야?" 피터 팬이 불만스레 말했다. "나는 못 들었어."

"그건 마브 여왕이 피터 팬을 신용하지 않기 때문이야."

슬라이틀리의 안색이 창백해졌다. 빌의 목숨이 남아나지 않을 것 같아서다.

"이야, 그렇구나." 하지만 피터 팬은 납득한 것 같았다.

타이거 릴리는 멍하니 우뚝 서 있었다.

"다들, 타이거 릴리를 제압해!" 슬라이틀리가 외쳤다.

잃어버린 소년들은 일제히 타이거 릴리에게 달려들어 땅에 꽉 눌렀다.

붉은 피부족들은 어째야 할지 모르고 우왕좌왕했다.

"너희들, 왜 그러는 거야?" 피터가 하품을 섞어서 물었다.

"타이거 릴리가 팅커벨을 죽인 범인이기 때문이야."

"뭐라고?" 피터가 놀라서 목소리를 높였다.

"뭐라고?" 빌도 놀라서 목소리를 높였다.

"어째서 그런데?" 피터가 물었다.

"아까 타이거 릴리가 자백했어." 슬라이틀리가 대답했다.

"빌, 타이거 릴리가 '내가 팅커벨을 죽였어' 하고 자백하는 거 들었어?"

"아니. 하지만 깜박하고 못 들었을지도 몰라. 난 늘 말을 흘려 듣거든."

"'내가 팅커벨을 죽였어'라고 하지는 않았지만 분명 '팅커벨! 살아 있었냐!' 하고 소리쳤어." 슬라이틀리가 설명했다.

"그 두 문장은 하나도 안 비슷한걸." 빌이 말했다. "내가 '슬라이틀리, 살아 있어?' 하고 물어보면 '나는 슬라이틀리를 죽였어'라는 뜻이 돼?"

"빌, 내게 '살아 있어?' 하고 물어본다는 건 내가 죽었을지도 모른다고 생각한다는 거잖아?"

"그렇지. 살아 있을지도 모른다고 생각할 때는 '슬라이틀리, 죽었어?' 하고 물어볼 거야."

슬라이틀리는 어떻게 대답해야 할지 난감한 것 같았다.

"슬라이틀리, 빌의 말에는 일일이 반응하지 않아도 돼. 이야기만 길어지니까." 웬디가 충고했다.

"맞아, 깜박했네. 아무튼 타이거 릴리는 다른 요정을 팅커벨로 착각하고 '팅커벨! 살아 있었냐!' 하고 소리쳤어. 즉 팅커벨이 죽었다고 생각했다는 뜻이지. 그럼 왜 팅커벨이 죽었다고 생각했을까? 타이거 릴리 본인이 팅커벨을 죽였기 때문에 그렇다고 보는 게 자연스러워."

"좋아! 지금부터 타이거 릴리를 사형에 처하겠어." 피터는 단검 끝을 타이거 릴리에게 향했다.

"이거 봐!" 타이거 릴리는 잃어버린 소년들에게 말했다. "죄인으로 심판받고 싶지는 않아! 전사로서 싸우다 죽겠어!"

"타이거 릴리는 싸우고 싶은 모양인데." 빌이 슬라이틀리에게 말했다.

"안 돼. 타이거 릴리는 붉은 피부족 가운데서도 손꼽히는 전사거든. 후크와 스미는 계략을 사용했으니까 사로잡을 수 있었던 거고, 1대1로 맞붙을 수 있는 사람은 피터 정도겠지. 만약 지금 타이거 릴리를 놓아주면 피터가 다가가기 전에 우리가 전멸할 거야."

피터가 타이거 릴리의 목을 단검으로 찌르려고 했다.

"잠깐!" 웬디가 피터를 말렸다. "타이거 릴리를 죽여선 안 돼."

"왜? 이 녀석이 팅크를 죽였는데도?" 피터는 불만스럽게 대꾸했다.

"타이거 릴리가 팅크를 죽였다는 증거는 없어."

"방금 한 마리 죽였는걸?"

"하지만 그건 팅크가 아니었어. 내 부탁은 팅크를 죽인 범인을 찾아달라는 거였잖아."

"하지만 슬라이틀리 말로는······."

"슬라이틀리는 타이거 릴리가 팅크의 죽음을 알고 있었다는 걸 증명했을 뿐이야. 타이거 릴리가 직접 팅크를 죽였다는 보장은 없어."

"그럼 어쩌라는 거야?"

"타이거 릴리에게 물어보자. 만약 걔가 범인이라면 그때 사형에 처하면 돼."

"야, 타이거 릴리." 피터는 직설적으로 물었다. "네가 팅커벨을 죽였어?"

"그딴 거 아무럼 어때."

"웬디, 타이거 릴리가 아무럼 어떻느냐는데." 피터는 단검을 쳐들었다.

"아무럼 어떻기는." 웬디는 말했다. "타이거 릴리, 진실을 말해 줘. 네가 팅크를 죽였어?"

"난 팅크를 죽이지 않았어. 하지만 죽일 기회가 있으면 언제든지 죽일 작정이었지. 그저 어쩌다 보니 죽이지 못했을 뿐이야. 그러니 인정을 베풀 필요 없다. 전사답게 죽게 해다오."

"알았어." 피터는 잃어버린 소년들에게 지시했다. "당장 걔를 놔줘."

"그랬다가는 우리가 죽을 거야."

"걱정 마. 타이거 릴리보다 내가 훨씬 빠르니까, 걔가 너희를 죽이기 전에 내가 걔를 죽일게. 내 칼놀림이 얼마나 빠른지는 알지?"

"응. 하지만 너무 빨라서 우리가 달아날 틈도 없이 말려들 것 같아."

"걱정 마. 너희는 타이거 릴리보다 빠른 나보다 더 빨리 달아나면 돼."

"그렇게 빨리 달릴 수 있다면 애당초 무슨 걱정이 있겠어?"

"피터, 이제 됐어." 웬디가 말했다.

"이 녀석들을 도망시켜줄 대책은 그만 생각해도 된다고? 한꺼번에 난도질해도 된다면 나야 편하지."

잃어버린 소년들이 벌벌 떨었다.

"아니야, 피터. 타이거 릴리를 죽이지 않아도 된다는 뜻이야."

피터는 시시하다는 듯이 단검을 칼집에 넣었다.

"붉은 피부족 여러분, 타이거 릴리는 나중에 보내줄게요. 그러니 오늘은 일단 마을로 돌아가세요." 웬디는 붉은 피부족에게 호소했다.

"타이거 릴리를 돌려준다는 보장이 어디 있나?" 붉은 피부족중 한 명이 말했다.

"제가 보장할게요. 덧붙여 여러분이 지금 당장 돌아가지 않는다면, 그건 제 말을 가볍게 여겼다는 뜻이에요. 그럴 경우에는 타이거 릴리를 피터에게 넘기겠습니다."

피터는 부리나케 칼집에서 단검을 뽑았다.

붉은 피부족들은 서로 이마를 맞대고 상의했다.

"알겠다." 붉은 피부족의 대표가 말했다. "일단 물러가지. 하지만 한 시간 안에 타이거 릴리가 돌아오지 않으면 총공격하겠어."

붉은 피부족들은 물러갔다.

남겨진 타이거 릴리는 뾰로통한 표정으로 가만히 있었다.

"다들 도망치지 못하도록 조심해서 타이거 릴리의 팔다리를 묶으렴." 웬디가 부탁했다.

잃어버린 소년들은 기꺼이 부탁에 따랐다. 그리고 기적적으로 타이거 릴리를 놓치지 않고 포박을 끝냈다.

"타이거 릴리, 너한테 몇 가지 질문이 있는데 대답해줄래?"

"마음이 내키면 대답할게. 일단 질문해봐."

"넌 팅크를 죽이지 않았다고 했어. 정말이야?"

"응. 하지만 기회가 있었다면 망설임 없이 죽였겠지."

"묻는 말에만 대답해. 넌 빌에게 다가간 요정에게 '팅커벨! 살아 있었냐!' 하고 말했어. 왜 그랬어?"

"들었으니 알 텐데. 팅크가 살아 있는 줄 알고 놀랐거든."

"그 후에 넌 요정을 살해했어. 그건 일부러? 아니면 사고?"

"물론 일부러. 팅크가 살아 있다면 빨리 죽여야겠다 싶었어."

"왜?"

"걔는 너무 우쭐거렸어. 마치 자기가 피터의 마누라라도 되는 것처럼."

"팅크가 내 마누라라고?" 피터는 깔깔 웃었다. "요정이 어떻게 인간의 아내 노릇을 하겠어?"

"그리고 너도 마찬가지야, 웬디."

"그래서 날 죽이려고 한 거구나."

"응, 물론이지."

"자백했으니까 이제 사형에 처해도 되지?" 피터는 혀로 입술을 핥았다. "웬디 살인미수죄로."

"안 돼. 이건 어디까지나 팅커벨 살해사건에 대한 수사니까 다른 범죄는 내버려두자."

"쳇." 피터는 아쉽다는 듯이 혀를 찼다.

"넌 그 요정이 팅크인 줄 알고 놀란 거구나."

"응, 놀랐어."

"팅크가 죽었다는 걸 알고 있었다는 뜻이야?"

"확신은 없었지만 아마 죽었을 거라고 생각했지."

"왜 죽었을 거라고 생각했는데?"

"팅크가 내지르는 단말마의 비명을 들었거든."

"그거, 우리가 비밀 기지를 비운 밤에?"

타이거 릴리는 고개를 끄덕였다. "그날 밤, 우리는 너희의 동태를 살피고자 그 지하 기지에 접근했어. 하지만 아이들의 기척이 없더군. 물론 한두 명이라면 기척을 감추고 숨어 있을 가능성이 있겠지. 하지만 덜렁거리고 막돼먹은 너희들 모두가 기척을 감춘다는 건 말도 안 되는 일이었어."

"우리는 고기잡이 훈련을 하려고 인어의 만에 갔었어." 슬라이틀리가 타이거 릴리의 증언을 보충했다.

"그런데 잠시 후에 피터 팬이 돌아오더군."

"내가?" 피터의 눈이 둥그레졌다.

"그때……." 슬라이틀리는 눈을 감고 기억을 더듬었다. "맞다. 분명 피터는 인어의 만에서 혼자 지하 기지로 돌아갔어."

"그랬나?"

"누군가를 집에 잊어버리고 온 것 같다고 했어."

"누군가?"

"그거, 팅크 아닐까?" 빌이 말했다.

"팅크?" 피터 팬은 고개를 갸우뚱했다. "생각났다. 난 팅커벨 살해사건을 수사하는 중이었어."

"분명 넌 팅크를 찾으러 집에 돌아갔던 거야."

"왜 굳이 그런 짓을?"

"친구이기 때문이겠지?"

"내가 벌레랑 친구라고?"

"벌레가 아니라 요정이야."

"피터가 지하로 들어가고 얼마 후에." 타이거 릴리는 피터와 빌의 대화가 끝나기를 잠시 기다렸지만, 아무래도 금방 끝날 것 같지 않았는지 두 사람의 대화를 무시하고 다시 말을 꺼냈다. "피터 팬과 팅크가 뭐라고 이야기하는 소리가 들렸어."

"어떤 이야기였는데?" 웬디가 물었다. "뭔가 말다툼을 했어?"

"내용까지는 몰라. 우리는 귀가 밝지만 동물 정도는 아니니까." 타이거 릴리는 웬디를 노려보며 말했다. "하지만 말다툼을 하는 느낌은 아니었어. 일방적인 느낌이었지. 피터가 비웃었고 팅커벨은 울었어."

"그걸 듣고 어떤 생각이 들었어?"

"고소하더라. 그 요정, 건방졌거든. ……뭐 그 밖에도 건방진 녀석은 있지만."

"팅크가 울었다 그거지?"

"응. 그게 중요해?"

"중요한지 아닌지는 아직 모르겠어. 그러고 나서 무슨 일이 있었어?"

"피터 팬이 기지에서 나와서 인어의 만 방향으로 날아갔지. 그러고는 돌아오지 않았어."

"그날." 웬디는 생각에 잠겼다. "피터는 한번 집에 간다고 하고서 몇 분 후에 인어의 만으로 돌아왔어. ……저기, 타이거 릴리. 단말마의 비명은 언제 들었어?"

"피터 팬이 인어의 만을 향해 날아간 후에."

"설마 그런……." 슬라이틀리가 놀란 듯한 표정을 지었다.

웬디도 눈을 부릅뜬 채 굳어버렸다.

"둘 다 왜 그래?" 빌이 물었다.

"아무것도 아니야." 웬디가 대답했다. "그냥 생각했던 답과 좀 달라서 놀란 거야."

"뭐야, 그 말본새는?" 타이거 릴리가 고함을 질렀다. "내가 거짓말이라도 했다는 거야?"

"혹시 누군가를 두둔하고 싶은 거 아니니?"

"내가 누군가를?" 타이거 릴리는 피터 팬을 힐끗 보았다. "아니. 두둔할 필요는 없어. 충분히 강하니까."

"뭐, 그렇지." 피터는 쑥스러워했다.

"이봐, 질문은 이제 끝났어?" 타이거 릴리가 말했다.

"뭐…… 일단은……." 웬디는 난감한 표정으로 대답했다.

"그럼 나도 질문을 좀 해도 될까?"

"그럼. 뭐든지 물어봐. 아무리 어려운 질문이라도 대답해줄게." 빌이 자신만만하게 말했다.

"피터 팬 말고 인어의 만에서 혼자 집으로 돌아간 사람은 있었어?"

모두가 고개를 저었다.

"맞아, 아무도 돌아가지 않았어. 하지만……." 웬디가 뭔가 말하려 했다.

"얍삽해! 내가 대답하려고 했는데." 빌이 입을 삐죽 내밀었다.

"후후후. 과연." 타이거 릴리는 웃음을 지었다. "잘 해냈구나,

피터."

"엇. 무슨 소리야? 난 아무 짓도 안 했어."

"뭔가 했어?" 빌이 물었다.

"피터가 아무 짓도 안 했다잖아. 끈질기기는!" 쌍둥이 중 동생이 빌에게 호통쳤다. 하지만 피터 팬이 자신을 노려보고 있는 걸 알아차리고 입을 다물었다.

"너희들 요즘 해이해졌구나. 규칙을 지키지 않는 녀석은 채찍질이다." 피터 팬은 허리띠에 걸어둔 채찍을 잡았다.

잃어버린 소년들은 입을 꾹 다물었다.

"질문이 끝났다면 이제 처리해도 될까?" 피터는 웬디에게 물었다.

"안 돼. 붉은 피부족과 약속했으니까 풀어줘야지."

"놈들과의 약속은 무시하면 그만이잖아."

"타이거 릴리를 죽일 이유가 없어."

"팅커벨을 죽인 죄야."

"타이거 릴리는 팅크를 죽이지 않았다고 했어."

"그건 거짓말일 수도 있잖아."

"난 알아. 타이거 릴리는 진실을 말했어. 게다가 얘는 네 무죄도 증언했어."

"내 무죄? 나 의심받고 있었어?"

"슬라이틀리, 피터 팬이 이제 와서 저런 소리를 하네. 처음부터 제일 의심스러웠다고 설명해줘." 빌이 말했다.

슬라이틀리는 콧노래를 부르며 필사적으로 딴청을 피웠다.

"네게는 알리바이가 없었어. 하지만 타이거 릴리의 증언 덕분에 알리바이가 성립했지. 그리고 팅크가 사망한 시각을 알았으니까 그때 인어의 만에 있었던 모두에게도 알리바이가 있었던 셈이야." 웬디가 대신 설명했다.

"굉장해!" 빌이 외쳤다. "그럼 그때 인어의 만에 있었던 인어나 잡힌 물고기들에게도 알리바이가 있겠구나!"

"그래서 뭐가 어쨌다는 거야?" 피터가 물었다.

"물고기는 날거나 걷지 못하니까······." 빌이 설명을 시작했다.

"아니. 물고기는 집어치우고."

"요컨대 타이거 릴리는 네게 유리한 증언을 한 거야." 웬디가 말했다.

"그럼 용서해주자."

"타이거 릴리, 풀어줘도 우리를 해치지 않겠다고 약속할래?"

"난 약속을 지켜. 하지만 해치지 않는 건 지금뿐이야. 다음에 만났을 때는 또 다르겠지."

"그거면 됐어. 모두 타이거 릴리를 풀어줘."

잃어버린 소년들은 흠칫흠칫하며 타이거 릴리를 묶은 줄을 풀었다.

타이거 릴리는 순식간에 펄쩍 뛰어올라 공중에서 회전한 후 착지했다. 그리고 언제 꺼냈는지 작은 칼을 들고 잃어버린 소년들을 향해 방어태세를 갖추었다.

잠깐 긴장이 흐른 후 타이거 릴리는 동료들을 쫓아 뛰어갔다.

14

이모리의 주위는 새하얀 눈으로 덮여 있었다.

이제 내리는 눈 자체는 별것 아니었다. 하지만 1미터 넘게 쌓인 눈이 발을 붙잡아서 고작 몇 미터 걷는 데도 1분 넘게 걸렸다.

물론 이모리가 아무 승산도 없이 무턱대고 설원으로 뛰쳐나온 것은 아니었다. 여관에서 백 미터쯤 떨어진 곳에 위치한 숲에는 눈이 많이 쌓이지 않았을 테니 비교적 걷기가 편하지 않을까 추측했다. 하기야 그 대신에 나뭇가지에서 눈이 떨어질 위험은 있을지도 모르지만, 어쨌든 상황을 살펴보기로 한 것이다.

현관은 눈에 파묻혀 사용하지 못할 것 같았지만, 이카케 히지리의 시신이 발견된 장소 부근의 울타리에 있는 작은 쪽문을 통해 여관 뒤편으로 나왔다. 거기에는 길도 없이 그저 하얀 설원만 펼쳐져 있었다. 이모리는 숲 어귀에 도착하면 바로 돌아올 생각이었다. 하지만 이 상태라면 숲에 다가가기 전에 체력이 한계에 다다를 것 같았다.

이모리는 헉헉 어깻숨을 쉬었다.

땀이 흐른 건지, 눈이 옷 사이로 들어가서 녹은 건지 아무튼 온몸이 흠뻑 젖었다. 가만히 있어도 체온을 점점 빼앗기는 것 같았다.

숲에 도착하기 전에 조난당해서는 우스갯거리도 못 된다. 하지만 아무 수확도 없이 돌아가는 것도 너무 한심하다.

일단 도중까지 눈이 어떤 상태인지만이라도 알아두자.

이모리는 그렇게 결심하고 눈 속에서 발버둥 치며 앞으로 나아갔다.

몇 발짝 나아갈 때마다 눈 속에 푹 쓰러져 시야가 완전히 상실된다. 고생해서 겨우 일어선다. 하지만 몇 발짝 나아가다 다시 눈 속에 쓰러진다.

마치 눈 속에 빠진 것 같았다. 그렇다면 헤엄치는 편이 빠를 것도 같았지만, 물론 그렇지는 않다. 눈은 물보다 훨씬 저항력이 강하므로 헤엄치기는 불가능하다.

그렇게 십 수 미터쯤 나아갔을 때, 숲속에서 뭔가 기묘한 것이 보였다. 검은 점 같았다.

바위 같은 걸까?

확인하려 한 순간, 이모리는 또 눈 속에 엎어졌다. 2, 30초 버둥거리다 간신히 일어서서 아까 보았던 검은 점을 확인했다.

검은 점은 아까보다 커진 것처럼 느껴졌다.

기분 탓인가?

이모리는 점을 향해 나아갔다. 그리고 쓰러졌다가 다시 일어섰다.

검은 점이 더 커졌다.

다가가고 있으니까 커지는 게 당연하지 않느냐고 할 수도 있겠지만, 이모리는 아까부터 1미터도 나아가지 못했다. 그런데도 숲속의 물체가 점점 가까워지는 건 아무래도 부자연스럽다.

이모리는 전진을 일단 멈추고 제자리에서 검은 점을 관찰하기로 했다.

검은 점이 어떻게 생겼는지는 잘 모르겠다. 거리는 백 수십 미터쯤 될까. 그렇다면 실제 크기는…….

검은 점이 또 커졌다. 점점 다가온다.

이모리는 몹시 불안해졌다.

설산을 돌아다니는 동물이다. 크기는 인간 정도, 또는 그 이상이다. 별로 생각하고 싶지는 않지만 인간보다 큰 동물 중에서도 최악은…….

괜찮다. 놈들은 겨울에 겨울잠을 잔다.

이모리는 마음을 진정시키고 다시 한 번 관찰했다.

그것은 네발짐승으로 보였다. 그리고 검고 크다.

큰일 났다.

이모리는 몸을 돌려 왔던 길을, 그래 봤자 고작 10여 미터지만, 부랴부랴 되돌아갔다.

상대편도 이쪽을 발견한 듯 눈을 퍼석퍼석 헤치며 달려오는 소리가 들렸다.

무슨 이유에선가 겨울잠에 실패하는 곰이 있다. 속칭 '노숙곰'

이라고 하는데, 그 같은 곰은 식량 부족에 빠져 극도로 흉포해진다고 한다.

이모리는 뒤편에 곰의 기척을 느끼면서도 어정어정 나아가는 것이 고작이었다. 그것도 모자라 눈 속에 엎어지는 빈도가 늘어난 것 같았다. 반면 곰의 발소리는 설원에 가볍게 울려 퍼졌다.

어정어정.

퍼석퍼석.

어정어정.

퍼석퍼석.

어정어정.

퍼석퍼석.

어정어정.

퍼석퍼석.

곰의 발소리가 급속도로 커졌다. 바로 뒤에서 들렸다.

모 아니면 도라는 각오로 몸을 돌려 곰과 싸울까? 아니다. 걸음을 떼어놓는 것이 고작인 눈 속에서 곰과 싸우다니 자살행위다. ……하지만 과연 곰에게 등을 돌린 채 눈 속을 어정어정 달아나는 건 자살행위가 아니라고 할 수 있을까?

곰에게 습격당한 사람이 목구멍에 팔을 밀어 넣어 곰을 질식사시켰다는 일화를 예전에 어디선가 들었던 것이 떠올랐다. 이대로 뒤에서 공격당해 개죽음당하느니 모 아니면 도라는 각오로 곰과 싸움을 벌여야 살아남을 가능성이 클지도 모른다.

이모리는 도주를 멈추고 돌아서기로 결심했다.

악!

돌아서기 전에 목에 압력이 가해졌다.

이제 틀렸다.

죽는 건 두렵지 않다. 죽는 데는 꽤나 익숙하다. 하지만 아픈
건 싫다. 그렇다면 발버둥 치지 말고 곰이 하려는 대로 놔둬야 빨
리 끝나지 않을까? 아니면 반대로 몸부림을 쳐서 곰을 화나게 만
들어야 일격에 죽여줄지도 모른다.

아아. 하지만 어차피 첫 공격을 받은 뒤에는 고통 때문에 더 이
상 합리적인 판단을 내릴 수 없겠지. 지금이라도 곰에게 부탁해
볼까. 놔달라고. 그게 싫다면 하다못해 한 방에 죽여달라고. 아
아. 이상한 나라나 오즈의 나라처럼 곰에게 말이 통하면 좋으련
만.

"뭘 우물쭈물하고 있어?"

암곰? 아니지, 암놈이라도 곰의 목소리가 이렇게 높을 리 없
다.

이모리는 돌아보았다.

뒤에는 곰이 아니라 도라야 유리코가 서 있었다.

"왜 네가 여기에?"

"그딴 건 됐으니까 빨리 이쪽으로 와. 곰이 지척까지 다가왔
어." 유리코는 이모리의 등을 밀었다.

이모리 혼자서는 거의 움직일 수 없었지만 유리코가 도와주자
신기하리만치 걸음이 가벼워졌다. 하지만 곰의 기척도 점점 가
까워졌다.

결과적으로 이모리는 떠밀리다시피 쪽문을 통과해 울타리 안쪽으로 들어갔다. 동시에 문이 닫히는 소리가 났다. 유리코도 아슬아슬하게 이모리와 함께 울타리 안쪽으로 대피한 것 같았다.

곰이 울부짖는 소리와 함께 쿵, 하고 부딪치는 소리가 울려 퍼졌다.

큰일이다. 이딴 울타리는 금세 망가질 것이다.

다음 순간 유리코가 울타리 근처에 놓여 있던 대나무 빗자루를 집었다. 유리코는 대나무 빗자루 끝부분을 울타리 사이로 내밀어 곰의 눈을 노렸다.

이건 올바른 행동일까? 괜히 곰의 화만 돋우는 것 아닐까?

첫 번째 공격을 받자 곰은 더 크게 울부짖었다. 하지만 두 번째 공격을 받았을 때 곰의 태도에 변화가 보였다. 무턱대고 덤벼드는 것이 아니라 대나무 빗자루를 피하는 듯 움직였다.

유리코가 다시 공격했다.

곰은 뒷걸음쳤다.

"우와아아." 유리코가 고함을 질렀다.

곰은 잠시 움직임을 멈췄다가 느릿느릿 몸을 돌려 숲 쪽으로 돌아갔다.

곰 나름대로 두 사람을 먹이로 삼는 것과 부상을 입는 것을 저울에 달아보고 지금은 물러나야 한다고 판단한 것이리라. 현명한 녀석이다.

"살려줘서 고마워." 이모리는 순순히 감사를 표했다. "그런데 내가 위기에 처한 걸 어떻게 알았어?"

"네가 몰래 여관에서 빠져나가는 걸 보고 뭔가 못된 수작을 부리려는 게 아닌가 싶었지. 그런데 창피한 줄도 모르고 혼자 달아나려는 게 아니겠어? 하지만 어차피 혼자서는 달아날 수 없다는 걸 아니까 가만히 보고 있었지. 그런데 숲에서 곰을 끌어들이질 않나. 살그머니 도망치면 될 것을 버둥버둥 난리를 치는 바람에 곰한테 들키질 않나. 어쩔 수 없이 널 구하러 간 거야."

"여러모로 오해가 있는 것 같네. 난 혼자 도망치려던 게 아니야. 다 함께 도망칠 때의 경로를 찾으려고……."

"비겁자의 변명은 듣기 싫어."

이모리는 변명이 아니라고 말하려다 그 자체가 변명으로 들리리라는 걸 깨닫고 결백함을 주장하는 대신, 마음속에 품고 있던 질문을 유리코에게 던졌다. "너도 네버랜드의 주민이지?"

"……묘한 망상에 날 끌어들이지 마."

"어째 질문에 대답하기까지 시간이 걸렸네?"

"네 엉뚱한 질문에 어떻게 대답할까 망설인 거야. 부드럽게 타이를까, 덮어놓고 고함을 지를까, 아니면 무시할까."

"너도 위험해. 서로 힘을 합쳐 이 난국에서 벗어나자."

"난국이라니, 클로즈드 서클에 갇힌 것 말이야?"

"이쪽의 클로즈드 서클도 심각하지만, 네버랜드 쪽이 더 심각해. 너도 언제 히지리처럼 살해당할지 몰라."

"히지리는 사고로 죽은 걸로 결론이 났잖아?"

"이쪽에서는 그렇지. 하지만 저쪽 세계의 팅커벨은 살해당했어."

"누구한테?"

"그건…… 원한이 있는 인물이겠지. 히지리나 팅커벨에게."

"원한이 있는 인물? 짚이는 구석은 있어?"

"……몇 명쯤은."

"어째 질문에 대답하기까지 시간이 걸렸네?"

"어떻게 대답해야 할지 망설여져서."

"즉 나도 피의자 중 하나인 셈이로구나."

"네 본체가 누구인가에 달렸지. 넌 누구야?"

유리코는 질문에는 대답하지 않고 공허한 시선을 던졌다.

"기회가 있었다면 해치웠을지도 몰라." 유리코가 불쑥 말했다.

"응? 뭐라고?"

"못 들었어? 기회가 있었다면 내가 해치웠을지도 모른다고 했어."

"그, 그러니까 넌 히지리에게 원한이 있었다는 뜻?"

"뭐, 그렇게 볼 수 있을지도 모르겠네."

"지금 이거, 자백이야?"

"아니야. 기회가 있었다면 해치웠을지도 모른다고 했잖아. 잠재적으로는 내가 범인이 될 가능성이 있었지만, 나는 죽이지 않았다는 뜻이야."

"어떤 원한이었는데?"

"……음, 그러니까."

"어째 질문에 대답하기까지……."

"즉시 대답해야 한다는 규칙은 이제 그만두자."

"좋아. 원래부터 그런 규칙은 없었지만."

"원한이라고 할 정도는 아니지만, 걔는…… 그래, 남자에게 너무 친밀하게 굴었어."

"나한테는 친밀하게 군 기억이 없는데……."

"너한테는 그랬겠지. 하지만 히다에게는……."

"반대 아닌가? 오히려 히다가 여자에게 너무 친밀하게 굴지."

"그건 네가 너무 삐뚤게 생각하는 것 아닐까?"

"뭐? 누가 삐뚤게 생각한다고…… 그건 넘어가자. 즉 히지리와 히다가 사이좋게 지내는 걸 보고 질투했다는 거야? 너 히다 좋아해?"

"그렇다고 치고, 왜 그걸 너한테 가르쳐줘야 하는데?"

"안 가르쳐줘도 돼. 하지만 지금까지 대화의 흐름으로 보면 필연적으로 그런 결론이 나와."

"……히다를 좋아하는 것과는 좀 다른데……."

"좋아하는 건 피터야? 너 말고 타이거 릴리가 말이야."

"어째서 내가 타이거…… 그 아무개 릴리라고 생각해?"

"다루이 도모코를 보는 네 눈이 웬디를 보는 타이거 릴리의 눈과 똑같아서. 넌 기회가 있으면 걔도 죽이고 싶은 심정이야. 그렇지?"

유리코는 말문이 막혔다. 그리고 뭔가 말하려고 입을 벌렸을 때 건물에서 사람들이 줄줄이 나왔다.

"방금 뭔가 세게 부딪치는 소리와 으르렁거리는 소리가 들렸는데 무슨 일 있었어?" 동창생들이 이모리와 유리코에게 물었다.

"별일 아니야. 그냥 곰에게 습격당할 뻔했어."

"곰!" 동창생들과 여관 종업원들이 허둥거렸다. "어디 있는데?"

"이미 숲속으로 달아났어."

"눈에 곰이 지나다닌 흔적이 또렷이 남아 있네. 얼마나 컸어?"

"잘은 모르겠지만 2미터는 되지 않았을까."

"야단났군. 울타리를 보강해야 해. 건물의 문은 괜찮으려나."

사람들이 울타리와 문을 보강하기 위해 작업을 시작했다.

진정한 위협은 곰이 아닌데.

이모리는 속으로 중얼거렸다.

맞다. 유리코와 이야기를 하는 중이었지 참.

하지만 유리코는 사람들에 섞여 이미 어딘가로 가버리고 없었다.

15

"인어는 반어인 같은 거야?" 숲속을 걸으며 빌은 피터에게 물었다.

"약간 달라. 반어인은 어디가 인간이고 어디가 물고기라고 확실히 말할 수 없지만, 인어는 허리부터 윗부분이 인간이고 아랫부분이 물고기야."

"그럼 포유류야? 아니면 어류야?"

"어느 쪽도 아니지 않을까? 굳이 따지자면 물고기 쪽이려나?"

"하지만 상반신은 인간 여자랑 똑같잖아?"

"그건 아마도 우연히 그렇게 된 걸 거야."

"병행 진화?"

"그래, 병행 진화. 그런데 그건 뭐야?"

"그거라니?" 빌은 양손을 펼쳤다. "난 아무것도 안 가지고 있어."

"방금 네가 말한 그거."

"방금 내가 뭔가 말했어?"

피터는 고개를 갸우뚱했다. "뭐, 됐어. 생각이 안 난다니 별것 아닌가 보지."

두 사람의 눈앞에 음울한 납빛 수면이 나타났다.

"으스스한 늪이네."

"이건 늪이 아니라 만이야."

"하지만 어쩐지 질척질척해 보이는걸."

"여기는 갯벌이거든. 만조가 되면 바닥에 쌓인 진흙을 인어들이 휘저어서 흙탕물이 생기는 바람에 늪처럼 보이는 거야."

"왜 인어들은 물을 흙탕물로 바꾸는데?" 빌은 만을 잘 들여다보려고 수면에 몸을 내밀었다.

"크학!" 느닷없이 흙탕물 속에서 엄니를 드러낸 알몸의 여자로 보이는 괴물이 뛰어올랐다.

빌은 놀라면서도 쏜살같이 도망쳤다.

피터는 여자의 뒤로 돌아가 두 팔을 제압해 바위터에 꽉 눌렀다.

여자의 하반신은 물고기 그 자체였다. 꼬리지느러미로 바위를 찰싹찰싹 두드렸다.

"왜 인어들이 물을 흙탕물로 바꾸느냐고?" 피터는 대답했다. "이렇게 모습을 감추고 사냥감에게 접근하기 위해서지."

"인어는 육식계열이구나."

"'계열'이라고 할까 평범하게 육식이야."

인어는 귀청이 떨어지지 않을까 싶을 만큼 크게 울어댔다.

"야, 야!" 피터는 단검을 인어의 목에 댔다. "솔직히 말해. 그럼 살려줄게."

인어는 피터를 튕겨 냈다. 그리고 빌을 향해 땅을 뱀처럼 기어왔다.

피터는 수면으로 떨어졌다. 날아오르려 한 순간 다른 인어가 덤벼들었다.

뭍으로 올라온 인어가 빌의 눈앞까지 다가왔다. 인어는 빌보다 빠른 것 같았다.

크아악.

인어는 귀까지 찢어진 입을 크게 벌렸다. 입안에는 가시 같은 엄니가 무수히 돋아 있고, 침이 폭포처럼 줄줄 흘러내렸다.

빌은 꼬리를 절단했다. 잘린 꼬리가 세차게 펄떡거렸다. 빌은 꼬리에서 멀어졌다.

인어는 빌 말고 잘린 꼬리에 관심을 품은 듯했다. 날카로운 손톱으로 찍는 동시에 덥석 물었다.

그 무렵 피터는 물속에서 몸을 재빨리 회전시켜 들고 있던 단검으로 인어의 몸을 베었다.

배에 상처를 입은 인어가 피터를 잡아 누르려 했다.

하지만 피터가 계속 회전하며 단검을 휘두르자 인어의 두 팔이 몸에서 잘려나갔다.

인어는 위를 보고 누운 채 바닷속으로 가라앉았다. 물속에 피보라가 길게 이어졌다.

물에서 튀어나온 피터는 빌의 꼬리를 게걸스럽게 먹는 인어에게 급강하해 등 한복판을 단검으로 푹 찔렀다.

그 충격으로 인어는 빌의 꼬리를 놓았다.

꼬리는 젖은 지면에서 힘없이 팔딱거렸다.

피터 팬은 꼬리 근처에 무릎을 꿇고 관찰했다.

"아아, 빌. 인어한테 거의 다 먹혀버렸네. 아직 움직이니까 죽지는 않은 건가? 하지만 머리도 팔다리도 없어졌으니 지금까지처럼 수사하지는 못하겠다. 그럼 데리고 돌아가기도 귀찮으니 여기에 내버려둘까. 웬디에게는 인어에게 잡아먹혔다고 하면 되겠지. 어차피 도마뱀인데 잡아먹힌들 무슨 상관이람."

"난 아직 살아 있어." 빌은 풀숲에서 느릿느릿 기어 나왔다.

"우와, 꼬리가 없잖아!" 피터는 깜짝 놀랐다.

"응, 잘라냈으니까."

"스스로 잘라냈다고? 왜 그런 짓을?"

"잘 모르겠어. 본능 아니려나?"

"뜬금없이 꼬리를 자르면 안 놀랄 사람이 없을걸."

"놀랐다면 미안해."

"사과할 거면 인어한테 해야지. 꼬리를 너로 착각해서 먹어버린 모양이야. 괜히 헛고생을 시켰네."

"그런가? 내가 미안한 짓을 했네." 빌은 인어에게 사과했다.

하지만 인어는 더 이상 빌에게 관심이 없는 듯했다. 가만히 피터를 바라보며 이를 뿌드득 갈았다. 너무 세게 갈았는지 부러진 엄니가 피와 함께 입에서 흘러나왔다.

"내가 아니라 피터에게 화가 난 모양이야. 뭔가 못된 짓이라도 했어?"

"내가? 내가 뭘 어쨌더라?" 피터는 인어의 등에서 단검을 뽑아 인어의 머리카락으로 피를 닦은 후 칼집에 넣었다.

"어라? 이 인어 피가 나."

"알아. 내가 찔렀거든."

"그럼 분명 그것 때문에 화가 난 거야."

"아아, 그런가. 그렇구나." 피터는 인어의 등에 난 상처를 꾹 밟았다.

인어는 인간인지 괴물인지 알 수 없는 소리로 울부짖었다. 인어는 피터에게 덤벼들려고 했지만 팔이 잘 움직이지 않는 것 같았다.

"어디 보자. 난 널 바다로 돌려보내도 상관없고, 말라비틀어질 때까지 육지에 이대로 놔둬도 상관없어. 만약 바다로 돌아가고 싶다면 수사에 협력해."

인어가 끼익끼익, 하고 소름 끼치는 소리를 냈다.

빌은 무심코 귀를 막고 몸을 웅크렸다. 특수한 음파 공격인 줄 알았던 것이다.

하지만 피터는 대담하게 웃으며 제자리에 서 있었다.

"이게 이 녀석들의 목소리야."

"인어의 울음소리?" 빌은 고통을 참으며 물었다.

"울음소리가 아니라 목소리. 이게 인어의 말이야."

"인어어?"

"아니. 인간의 말. 아마도 성대에 차이가 있어서겠지. 엄청 귀에 거슬리지만 잘 들어보면 인간의 말이야."

빌은 머뭇머뭇 귀에서 손을 떼고 인어의 말을 들어보았다. 뇌를 휘젓는 것 같아서 당장에라도 죽고 싶어질 법한 소리였다.

빌은 눈을 까뒤집고 반쯤 벌어진 입에 거품을 물면서도 어떻게든 인어의 말을 알아들으려고 노력했다.

그러자 신기하게도 끼익끼익, 하는 소리가 말소리로 들려오는 것이 아닌가.

"수ㅅㅏ? 무슨 ㅇ ㅣ ㅇ ㅑ ㄱ ㅣ ㄴ ㅑ."

"팅커벨 살해사건 수사 말이야!" 피터 팬은 거만하게 말했다.

"팅ㅋㅓ벨?"

"그래. 늘 나와 함께 있었던 요정이래."

"그렇구ㄴㅏ. 그 요정인ㄱㅏ."

"알아?"

"ㅇㅏㅁㅏ도."

"누가 죽였는지 가르쳐줘."

"몰ㄹㅏ."

"방금 안다고 했잖아."

"ㄴㅓ한테 붙ㅇㅓ ㄷㅏㄴㅣ던 요정은 알ㅏ. ㅎㅏㅈㅣ만 ㄱ ㅒ를 누ㄱㅏ 죽였는ㅈㅣ는 몰ㄹㅏ. ㄱㅒㄱㅏ 죽은 것도 몰랐ㅇ ㅓ."

"그럼 넌 아무 쓸모도 없군. 거기서 말라비틀어져라." 피터는 떠나려고 했다.

"잠깐."

"뭐야? 범인을 모른다면 볼일은 없어."

"알고 있는 건 뭐든지 말할게. 그러니……."

"그럼 전부 말해."

"뭘 알고 싶은지 가르쳐주지 않으면 뭘 말해야 할지 몰라."

"귀찮아 죽겠네!" 피터는 혀를 찼다.

"그럼 알리바이에 대해서 가르쳐줘." 빌이 말했다. "누가 인어의 만에 훈련을 하러 왔고, 누가 도중에 없어졌는지 알아? 우리는 훈련에 몰두하느라 누가 있었고 누가 없었는지 전혀 기억이 안 나."

"왔던 건 피터팬과 그의 부하 꼬맹이들. 도중에 피터는 한 번 없어졌지만, 금방 돌아왔어. 그 밖의 녀석들은 계속 여기에 있었고, 마지막에는 함께 돌아갔어."

"그거 확실해? 보고 있지 않을 때 누군가 몰래 모습을 감추지는 않았을까?"

"우리는 계속 보고 있었어. 피터팬이 없어지면 식량으로 삼으려고 생각했거든. 하지만 놈들은 조심성이 많아서 결코 부주의하게 물가에 다가오지 않았어. 모두가 너처럼 조심성이 없으면 좋았을 텐데."

"모두가 나처럼? 그건 어려울 거야. 단순히 노력한다고 되는 일이 아니거든. 타고난 재능이 필요해."

"그 말에는 동의한다."

"아이들의 이름은 전부 알아?"

"그딴 걸 어떻게 알아? 하지만 놈들은 있었어." 인어는 대답했다.

"놈들이라니?"

"얼굴이 똑같은 두 사람."

"쌍둥이 말이로구나!" 빌이 말했다. "즉 쌍둥이에게는 알리바이가 있어."

"그게 뭔 상관이람!" 피터는 내뱉듯이 말했다. 피터는 쌍둥이 이야기가 나오면 대개 언짢아한다.

빌은 피터가 쌍둥이라는 개념을 이해하지 못하는 걸 속상해한다는 슬라이틀리의 말을 떠올렸다.

"기억하는 건 그것뿐이야?" 피터는 귀찮다는 듯이 말했다.

인어는 대답 없이 잠자코 피를 조금 토했다.

빌은 인어의 얼굴을 가만히 들여다보았다.

엄니가 돋아서 무서운 인상이었지만, 이렇게 보니 예쁘게 생겼다. 인어는 이미 핏기를 잃은 채 몸을 바르르 떨고 있었다.

"피터, 얘는 더 이상 말을 못 하는 것 같아."

"그럼 내버려두자."

"하지만 약속했잖아."

"약속을 했던가?"

"협력하면 바다로 돌려보내 주겠다고 했어."

피터는 인어와 바다를 몇 번이나 번갈아 보다 중얼거렸다. "귀찮은데."

"하지만 약속인걸."

"내가 멋대로 약속했을 뿐, 이 녀석이 그쪽이 낫다고 여긴다는 보장은 없잖아."

"여기서 말라비틀어지는 거랑 바다로 돌아가는 것 중에서?"

"어느 쪽이 나은지는 알 수 없지."

"당연히 바다로 돌아가는 편이 낫겠지."

"그럼 돌려보내 주자. 하지만 네가 우긴 거야. 이 녀석이 어떻게 되든 네 책임이다." 피터는 조금 떨어진 곳에서 도움닫기를 해서 인어의 배를 힘껏 걷어찼다.

인어는 두세 번 튕기면서 데굴데굴 구르다가 만에 풍덩 빠졌다.

그러자 흙탕물 속에서 수많은 형체가 인어를 향해 다가갔다.

"저건 인어 동족들이야." 피터는 오물이라도 보듯이 인상을 찌푸렸다.

피터가 바다에 빠뜨린 인어가 눈을 부릅떴다. 그리고 도움을 요청하듯 피터를 보았다.

피터는 씩 웃었다.

다가온 인어 한 마리가 다친 인어의 팔을 깨물었다.

다친 인어가 다른 손으로 떼어내려 했지만, 그 손을 다른 인어가 물어뜯었다.

"이거 뭐야? 치료 의식 같은 거야?"

"아니. 그냥 식사야. 이 녀석들 다치거나 병들어서 약해지면 동족에게 잡아먹혀."

"뭐라고? 그런 게 어디 있어?"

"물고기 입장에서는 당연한 일이지."

"하지만 물고기가 아니라 인어인걸."

"인어는 물고기니까."

"그렇구나." 빌은 납득했다. "그리고 먹으니까 죄는 아니겠네."

인어들은 다친 동족의 이곳저곳을 물어뜯었다. 얼굴도 가슴도 배도 꼬리지느러미도. 살을 쩝쩝 뜯어 먹는 소리가 울려 퍼지자 방금 전까지 맥을 못 추던 다친 인어가 또 귀를 막고 싶어지는 괴성을 내질렀다.

"봐, 이렇게 되고 말았어. 네가 책임져." 피터는 귀를 막았다.

다친 인어의 얼굴은 이미 없어졌다. 인어들은 다친 동족의 눈알을 빼 먹고 콧구멍 속까지 혀를 집어넣어 연골을 오독오독 씹었다. 팔도 뼈만 남았고 유방도 마구 파먹었다. 내장과 대량의 피가 바다로 흘러갔다. 그 냄새에 이끌려 인어들이 더 많이 모여들었다. 그래도 먹잇감이 된 인어는 여전히 첨벙첨벙 물을 튀기며 끔찍한 괴성을 질러댔다.

"어떻게 책임을 지면 되는데?"

"저 속에 뛰어들어서 녀석의 목을 찢어발기면 돼. 그럼 거슬리는 목소리가 더는 안 들리겠지."

"그렇구나. 그거 좋은 생각이야." 빌은 바다에 뛰어들려고 했다.

마침 그때 한 인어가 다친 인어의 목을 물어뜯었다.

괴성이 점차 작아졌다.

동맥이 끊어졌는지 분수처럼 뿜어져 나온 피가 피터와 빌을 포근히 감싸듯 적셨다.

인어의 움직임이 멈추자 다른 인어들이 첨벙첨벙 물소리를 내며 뜯어 먹고 잡아 찢어서 시신은 순식간에 너덜너덜해졌다. 마침내 인어들이 흙탕물 속으로 모습을 감추자 핏빛 잔해만이 둥실둥실 떠 있었다.

"앗. 뛰어드는 게 조금 늦은 모양이야." 빌은 머리를 긁적였다.

피터는 혀를 차더니 인어의 만을 뒤로 했다.

16

"어쩐지 인원수가 확 줄지 않았어?" 점심을 먹으러 연회장에 온 이모리는 위화감을 느꼈다.

"이제 듬성듬성하니 허전하네." 스라이가 말했다.

"이렇게 줄었는데 아무도 걱정하지 않는 거야?"

"물론 걱정은 되겠지만 그걸 지적하는 것 자체가 무서운 게 아닐까?" 스라이는 낫토를 밥에 끼얹어서 우걱우걱 먹는 히다를 쳐다보았다.

"왜?" 히다는 자신을 쳐다보는 게 불만인 것 같았다.

"네 탓이야."

동창생들이 히다를 보았다.

"어, 어째서 내 탓인데."

"없어진 녀석들은 너한테 죽은 거야."

모두가 수군거렸다.

"나, 남들이 오해할 소리는 하지 마. 난 아무 짓도 안 했어."

"이 세계에서는 그렇겠지."

"그럼 난 백 퍼센트 무고한 거잖아! 왜 내가 피터 팬이 저지른 짓을 책임져야 하는데? 난 그 녀석을 통제할 수가 없다고!"

이모리는 히다를 의심쩍어하는 동창생들의 모습을 관찰했다. 연회장 밖 복도에서 안주인을 포함한 종업원 몇 명도 히다를 훔쳐보고 있는 듯했다.

그들은 대부분 네버랜드 주민의 아바타라일 것이라고 이모리는 확신했다.

하지만 대부분이 그 사실을 숨기고 있다. 그 이유는 피터에게 자신의 정체를 들키고 싶지 않아서일 것이다. 난처하게도 이제 이모리 일행은 히다의 동료로 여겨지고 있다. 그러니 정체를 물어봐도 더 이상 누구도 가르쳐주지 않을 것이다.

어쩔 수 없다. 일단 정체가 명확한 사람에게 이야기를 듣도록 하자.

이모리는 연회장 구석에서 식사를 하는 둥 마는 둥 이야기를 나누는 니렌 형제를 보고 다가갔다.

이모리가 오는 걸 알고 두 사람은 이야기를 멈췄다.

"이야기 중이었다면 계속해도 돼." 이모리는 말했다.

"아니, 할 말 있으면 해. 우리 이야기는 사적인 내용이라." 이치로가 말했다.

"빌과 피터는 인어의 만에 수사를 하러 갔었어."

두 사람은 얼굴을 마주 보았다.

"뭣 때문에?" 지로가 물었다.

"알리바이를 조사하러." 이모리가 대답했다.

몇 초의 침묵 후 이치로가 입을 열었다. "인어의 증언은 믿을 수 없어!"

"그래! 무슨 말을 했는지 모르지만 놈들은 기껏해야 물고기인걸." 지로가 갑자기 벌떡 일어섰다.

"잠깐만. 뭘 착각했는지 모르지만 너희 알리바이는 입증됐어."

지로는 한숨을 푹 내쉬고 도로 앉았다. "미안해. 신경이 좀 예민해졌어. 알리바이 조사라길래 분명 인어가 적당히 증언을 늘어놔서 우리를 모함했겠거니⋯⋯."

"현재 알리바이가 명확한 사람은 너희 두 명뿐인 셈이야. ⋯⋯엄밀히 말하자면 한 명 더 있지만."

"누군데?" 이치로가 물었다.

"피터 팬."

"그건 이상하잖아."

"하지만 타이거 릴리의 말을 믿는다면 그래."

"진실을 말하지 않은 것 아닐까?"

"물론 그럴 가능성은 있어. 타이거 릴리는 피터에게 호감을 품고 있는 모양이니까."

"그럼 전혀 믿을 수가 없잖아."

"하지만 고의로 거짓말을 할 것 같은 타입으로는 보이지 않았어."

"빌을 속이기는 간단할걸."

"확실히 그럴 가능성은 커. 너희에게 상의하고 싶은 건 앞으로의 수사 방침이야."

"스라이나 다른 사람은 안 되나?"

"어쨌거나 신용할 만한 알리바이가 있는 건 너희뿐이니까. 스라이를 못 믿겠다는 건 아니지만 일단 피의자 중 한 명이라."

"인어의 말은 믿어?"

"인어는 거짓말을 할 이유가 없거든."

"그래서 뭘 묻고 싶은 건데?"

"그때 너희와 피터 이외에 분명히 인어의 만에 있었던 사람이 누구인지 알고 싶어."

"빌은 기억 못 해?"

"물론 빌은 기억 못 해. 그것만은 자신 있게 장담할 수 있어. 웬디가 있었다는 걸 겨우 기억하더군. 그리고 너희 이외의 잃어버린 소년들은 모두 피의자야. 증언은 믿을 수 없어."

"모두에게 증언을 듣고 모순이 없는지 확인하면 어떨까?"

"그 작업을 빌에게 시키라고?"

"빌이 물어보고 네가 하면 되잖아?"

"자세한 내용을 기억하는 건 빌에게 아주 어려운 일이야. 그렇게 불확실한 시도를 하지 않아도 너희 증언을 들으면 그걸로 충분해."

이치로와 지로는 얼굴을 마주 보았다. 그리고 입을 다물었다.

"왜 그래? 뭔가 말 못 할 이유라도 있어?" 이모리는 약간 조바심이 났다.

"말 못 할 이유는 없지만."

"실은 우리도 기억이 잘 안 나."

"쌍둥이는 피터나 빌만큼 얼빠져 보이지는 않았는데?"

"그렇게 주의력이 없지는 않지만, 그날은 긴히 할 이야기가 있어서 내내 둘이서 대화를 했거든."

"긴히 할 이야기라니?"

"그…… 웬디에 대해서." 지로가 말했다.

"야!" 이치로의 낯빛이 바뀌었다. "무슨 소리를 하는 거야?"

"웬디는 네버랜드에 있어서는 안 돼. 웬디에게 피터가 어떤 사람인지 알려줘야 한다는 이야기였어."

"피터가 어떤 사람인지? 그러니까 피터의 정체 말이야?" 이모리는 흥미를 느꼈다.

"그 이야기는 이제 됐잖아." 이치로가 끼어들었다.

"비밀이야?" 이모리가 말했다.

"비밀은 아니지만." 이치로는 말을 얼버무렸다. "너무 꺼림칙한 이야기라 입에 담고 싶지 않아."

"괜찮아. 나……라기보다 빌은 상당히 꺼림칙한 일을 많이 겪어왔으니까."

"다른 잃어버린 소년들은 피터가 줍거나 납치해서 네버랜드에 데려왔지만, 피터만은 달라. 그는 자기 힘으로 켄싱턴 공원에 나타나 요정들에게 키워졌어."

"자기 힘이라니 무슨 뜻이야?"

"그는 처음부터 날 수 있었어."

"미안. 무슨 소리인지 잘 모르겠는데."

"피터는 보통 인간이 아니라는 뜻이야."

엇. 그게 다야?

이모리는 맥이 풀려서 무심코 웃음을 터뜨렸다.

"뭐야. 정신이라도 나갔어?" 지로가 걱정스러운 듯이 말했다.

"아니. 심각한 표정으로 무슨 소리를 하는가 했더니만 이제 와서 피터가 보통 인간이 아니라길래." 이모리는 간신히 웃음을 참으면서 말했다.

"엄청나게 기이한 일로 느껴지지 않아?"

"물론, 지구에서는 그렇겠지."

"네버랜드에서도 그렇잖아?"

"거기에는 요정이나 인어도 있는걸."

"놈들은 곤충이나 어류야. 인간이라고는 할 수 없지. 해적이나 붉은 피부족은 보통 인간이고."

"그러고 보니 네버랜드에 마법사나 마녀, 자동인형, 마법생물은 없는 것 같군."

"지구에도 없어."

"그렇지만 이상한 나라와 호프만 우주, 오즈의 나라에는 있어. 빌이 거기서 지냈으니까 알아."

"빌의 기억을 믿을 수 있을까?"

"너희가 불안해하는 건 이해하지만, 빌도 대강은 기억해. 아니면 생활 자체를 할 수가 없으니까."

"빌이 제대로 생활하고 있는 걸로는 보이지 않지만……. 뭐, 요정이 있으니까 어딘가에 마법사가 있어도 이상하지는 않겠군."

"물론 웬디에게 피터의 정체를 말해줘도 상관없지만, 웬디도 피터가 평범한 아이가 아니라는 건 알고 있을 거야."

"그럼 별 의미 없나……." 니렌 형제는 어깨를 축 늘어뜨렸다.

"웬디를 설득할 방법은 나중에 생각하자. 그보다 지금은 이 대량 살인을 어떻게든 저지해야 해."

"피터 팬을 감금하는 건 어떨까?"

"어떻게 피터를 감금하겠다는 건데?"

"그럼 어떻게 손쓸 방도가 없잖아."

"팅커벨을 살해한 범인을 규명하는 게 한 가지 방법 아닐까 싶어."

"누군지는 이미 알고 있잖아."

"흔들림 없이 완벽한 증거를 손에 넣어야지. 현재로서는 피터가 범인이라는 명확한 증거가 없어. 오히려 제법 단단한 알리바이조차 있지."

"증거가 있으면 어떻게 되는데?"

"피터 본인을 납득시킬 수 있어. 웬디가 자기를 살인귀로 여기는 게 싫어서 살인을 자제할지도 몰라."

"그럴까? 만약 납득하지 않는다면?"

"마브 여왕에게 알릴 거야. 증거를 보고 마브 여왕이 납득한다면 피터를 어떻게 해줄 수도 있겠지. 마브 여왕은 팅커벨을 죽인 범인을 증오했으니까."

"그럼 증거는 제쳐놓고 지금 당장 마브 여왕에게 피터 팬을 어떻게 좀 해달라고 부탁하면 되지 않을까?"

"아마도 여왕은 증거 없이는 움직이지 않을 거야. 만약 그럴 마음이 있었다면 벌써 피터를 어떻게든 했겠지."

"확실히 마브 여왕은 그런 부분에서 엄격한 느낌이야. 대의명분 없이는 움직일 것 같지 않아."

"그래서 너희에게 상의하려는 거야. 지금 수사는 벽에 부딪쳤어. 뭔가 타개책이 없을까?"

"역시 사건이 발생했을 때 현장 부근에 있었던 사람에게 물어보는 게 제일 효과적이겠지."

"하지만 타이거 릴리는 피터의 알리바이를 증명하는 증언을 했어. 그걸 뒤집기는 어렵겠지. 가령 뒤집었다 쳐도 발언을 번복했으니 신빙성이 몹시 손상돼. 그래서는 마브 여왕을 납득시키기가 힘들 거야."

"아니. 타이거 릴리 말고 절대로 피터에게 호의를 품지 않을 놈들 말이야."

"그렇구나, 해적!" 이모리는 목소리를 높였다.

연회장과 복도에 있던 몇 사람이 심기가 불편한 듯 몸을 비튼 것 같았다.

저들은 해적단 단원일 가능성이 크겠군.

이모리는 눈길을 휙 주었다.

그들은 대부분 이모리와 눈을 마주치려 하지 않았다.

하지만 딱 한 명은 이모리와 정통으로 눈을 마주쳤다. 그리고 희미하게 웃은 것 같았다.

여관 안주인이다.

뭔가 하고 싶은 말이 있는 걸까? 아니면 더 이상 파고들지 말고 가만히 놔두라는 걸까. 또는 의미도 없이 반사적으로 웃은 걸까.

생각해보니 안주인은 말과 행동에 미덥지 못한 구석이 많은 것에 비해, 무슨 일이 벌어져도 차분한 것이 어쩐지 찜찜한 측면이 있었다.

아무튼 여관 안주인이 핵심 인물 중 하나임은 틀림없는 듯했다.

17

피터와 빌은 밤의 어둠을 틈타 숲속에 몸을 숨기며 해적선을 향해 나아갔다.

해적선이 시커메서 윤곽은 확실히 보이지 않았지만 창문으로 새어나오는 불빛에 해적선의 형태가 어렴풋이 떠올랐다.

"저게 내 졸리 로저호야." 피터가 딱 잘라 말했다.

"네 것이 아니라 스미 선장의 것이겠지?" 빌은 의문을 제기했다.

"아니. 저건 내 배야. 후크를 죽이고 빼앗았어. 해적의 규칙상 빼앗은 것은 빼앗은 자가 소유해."

"넌 해적이야?"

"응, 그렇지. 형사와 탐정과 판사와 사형 집행인을 겸임하고 있지만."

"저 배가 네 것이라면 왜 스미가 타고 있어?"

"내가 자리를 비운 사이에 스미가 아이들에게서 빼앗았거든."

"뭣?" 빌은 조금 혼란스러워졌다. "스미 선장이 너한테서 빼앗 았다면 스미의 소유 아니야?"

"도둑놈이 훔친 게 도둑놈의 소유가 되다니, 그런 얼토당토않 은 소리가 어디 있어!" 피터는 버럭 화를 냈다. "그런 논리가 버 젓이 통하면 이 세상에서 정의는 사라질 거야."

"그렇지." 빌은 말했다. "그 말을 들으니 안심된다. 그런데 아까 후크에게서 졸리 로저호를 빼앗았다고 하지 않았던가?"

"맞아. 빼앗은 것은 빼앗은 자가 소유하는 게 해적의 규칙이니 까."

"으음." 빌은 눈을 되룩되룩 굴리며 생각했다. "스미는 해적이 아니야?"

"놈은 뱃속이 시커멓고 못돼먹은 해적이지."

"그럼 스미가 훔친 건 스미의 소유 아니야?"

"그건 해적의 야만적인 규칙이야. 그런 규칙은 해적들 사이에 서나 통하지. 놈에게는 세상의 상식을 가르쳐줘야 해!" 피터의 눈이 분노로 타올랐다.

빌은 도무지 이해가 가지 않았지만, 피터와 대화하다 보면 이 야기가 꼬여서 여느 때보다 더 혼란스러워지는 기분이었기에 더 이상은 따지지 않기로 했다.

만약 내가 기억한다면 이모리도 기억할 테니 분명 이치에 맞게 해석해서 기억해주겠지. 그래. 이치에 맞는 해석을 알면 내가 피 터 팬에게 가르쳐주자.

숲에서 모래밭으로 나왔다. 모래밭을 걸으면 발소리가 나므로 피터는 모래에 닿지 않도록 저공비행을 했다. 낮게 나는 이유는 달밤에 너무 높이 날면 보초를 서는 해적에게 들킬 우려가 있기 때문이다. 피터는 만사를 그리 깊이 생각하는 성격이 아니었지만, 이렇듯 실전적인 면에서는 실로 아이디어가 풍부했다.

빌의 몸에도 팅커벨을 뜯어 먹었을 때 묻은 가루가 다소 남아 있었기에 불안정하나마 피터 팬을 뒤쫓을 수 있었다.

그들은 수면에 바짝 붙어 앞바다에 정박한 졸리 로저호까지 날아갔다. 빌은 가끔 물살에 휩싸여 팅커벨의 가루가 점점 씻겨 나갔지만, 간신히 해적선에 도착했다.

피터는 배 바깥쪽을 도마뱀붙이처럼 기어올라 머리만 내밀어 갑판의 동태를 관찰했다.

한 수부가 갑판에서 담배를 피우며 밤하늘을 바라보고 있었다.

소리도 없이 수부 뒤쪽으로 돌아간 피터는 단검을 뽑아 수부의 목을 그었다.

피가 뿜어져 나왔다. 수부는 끽소리도 못 하고 그 자리에 쓰러졌다.

"왜 이런 짓을 한 거야!" 겨우 갑판에 기어오른 빌은 소리를 질렀다.

"왜냐니? 보초를 제거했을 뿐이야. 해적선에 숨어들 때는 늘 이런다고."

"하지만 이번에는 싸우러 온 게 아니라 수사를 위해 이야기를 들으러 온 거니까 보초를 죽일 필요는 없지 않았을까?"

"아차." 피터는 이마를 눌렀다. "그러고 보니 그러네. 괜한 짓을

했나? ……하지만 뭐 해적은 스무 명 가까이 되니까 한 명쯤 줄
어도 맘에 두지 않겠지. 자, 들키기 전에 바다에 던져버리자. 빌,
이 녀석의 다리를 들어."

"내 배에 어슬렁어슬렁 기어들다니 간도 크구나." 피터의 뒤통
수에 총구가 닿았다.

스미가 방아쇠를 당겼을 때 그 자리에 피터는 이미 없었다.

스미는 하늘을 올려다보았다.

"쓸데없이 입방정을 떠니까 그렇지. 지금 같은 때는 아무 말도
없이 방아쇠를 당기는 거야." 피터 팬은 스미를 놀리듯 평영을
하는 자세로 날아다녔다.

"그래, 다음부터는 꼭 그러마. 반드시."

"뭐, 그래도 날 죽일 수는 없겠지만."

스미는 피터에게 총을 몇 발이나 쐈다. 하지만 피터가 간발의
차로 전부 피해서 털끝 하나도 스치지 못했다.

"그렇게 화내지 마, 스미." 빌이 말했다. "원래는 보초를 죽일
생각이 아니었는데, 피터의 평소 버릇이 나와서 그런 거야."

스미는 빌을 가만히 보았다. "넌 뭐야?"

"도마뱀이야."

"말을 하는데."

"난 말하는 도마뱀이야."

스미는 피터를 한 번 보고 나서 말했다. "너, 피터의 동료냐?"

"잘 모르겠어. 피터는 탐정 겸 형사 겸 판사 겸 사형 집행인 겸

해적이고, 난 왓슨이야."

스미는 빌을 보며 잠시 생각에 잠겼다가 별안간 빌의 목을 잡고 들어 올렸다. "야, 이놈들아, 모두 갑판으로 올라와라!"

해적들이 잠이 덜 깬 눈으로 줄줄이 선내에서 나타났다.

스미는 빌을 눈앞에 쳐들었다. "이걸 봐라, 피터!"

"봤어." 피터는 공중에 드러누워 뒤통수에 깍지를 낀 채 편안한 자세로 떠 있었다.

"지금 당장 내려와서 우리에게 항복해. 아니면 이 도마뱀은 죽는다."

"그러든가."

"뭐?"

"도마뱀이 어찌 되든 알 게 뭐람. 죽이고 싶으면 죽여."

스미는 잠시 생각한 후 빌에게 작게 물었다. "'왓슨'은 친구라는 뜻 아니야?"

"아니야. 탐정에게 질문하거나 핀잔을 당하는 사람을 가리켜."

"쳇! 이 녀석은 인질로서 가치가 없어! 이 쓸모없는 것!" 스미는 빌을 내던졌다.

빌은 갑판에 통통 튕기다가 하마터면 바다에 빠질 뻔했지만, 다리에 힘을 주어 겨우 버텼다.

"선장님, 피터랑 놈이 저렇게 말을 맞췄을 뿐, 실은 저 도마뱀을 인질로 삼을 가치가 있는 것 아닐까요?" 스타키가 말했다.

"피터는 몰인정하고 인간말종에다 제멋대로고 건방진 것도 모자라 남의 이야기는 귓등으로도 안 듣고 기억력도 나쁘지만, 거짓말은 하지 않아." 스미는 말했다. "게다가 아무렇지도 않게 사람을 죽이는 놈이 도마뱀을 염려할 리가 있나."

피터는 배 둘레를 수평으로 빙글빙글 날았다.

"총을 가지고 있는 녀석들은 발포해!" 스미가 외쳤다.

하지만 피터가 뱃전과 거의 같은 높이로 날아서 해적들은 총을 수평으로 겨눠야 했고, 어지럽게 날아다니는 피터를 조준하기가 힘들어 잇달아 아군을 명중시키고 말았다.

총에 맞은 해적들이 피를 철철 흘리며 이리저리 뒹굴어 갑판이 피바다로 변했다.

"사격 중지! 사격 중지!" 스미는 피에 미끄러질 뻔하면서 명령했다. "함부로 쏘지 마! 정확히 조준해서 앞에 동료가 없을 때만 쏘란 말이야."

해적들은 발포를 중지했다. 그리고 냉정하게 피터를 조준하려 했지만 피터가 너무 잽싸게 날아다녀서 도무지 총을 쏠 수가 없었다.

"뭐야, 안 쏴? 시시하긴. 그럼 가만히 있을 테니까 쏴봐." 피터는 급상승해 해적들 머리 위 수십 미터 위치에서 멈췄다.

"좋아. 피터가 가만히 있는 동안에 집중 사격해라!" 스미가 호령했다.

"하지만 바로 위라서 쏘기가 힘듭니다. 몸을 너무 젖혔더니 등이 아프네요." 스타키가 불평했다.

"요전에 내가 어떻게 했는지 떠올려봐! 드러누워서 쏘면 되잖아!"

"드러누우라고요?" 스타키는 갑판을 보았다. "피바다인데요."

"그게 뭐 어쨌는데?"

"옷이 피를 먹어서 더러워질 거예요."

"해적이 피를 싫어해서 어디다 써먹냐?"

"하지만 피는 잘 안 지워진단 말입니다."

"에라이!" 스미는 자진해서 드러누우려 했지만 아무래도 결심이 서지 않는 모양이었다. "만약 그 말을 듣지 않았다면 대번에 누웠을 거야. 하지만 듣고 나니 옷이 더러워지는 게 너무 거슬리잖아!"

"어떻게 할까요? 역시 몸을 젖혀서 쏠까요?"

"아니, 잠깐. 좋은 생각이 있어. 서 있는 녀석이 옷을 더럽히면서까지 드러누울 필요는 없잖아. 이미 나자빠진 녀석들이 얼마든지 있어."

"그렇군요. 아군의 총에 맞아서 쓰러진 녀석들에게 쏘라고 하면 되겠군요."

"좋아, 쓰러진 녀석들은 피터를 쏴라! 총 없이 쓰러진 녀석에게는 서 있는 녀석이 총을 빌려줘!"

물론 이미 죽은 자는 명령에 따를 수 없지만, 숨이 간당간당한 사람들도 포함해 나머지는 어떻게든 명령에 따르려 했다. 하지만 팔에 힘이 들어가지 않고 눈도 흐릿한 상태라 제대로 쏠 수 있는 사람은 얼마 되지 않았다. 그들은 피터 팬을 명중시키지 못했을뿐더러 엉뚱한 방향으로 총을 쏘는 바람에 부상을 입은 해적의 숫자가 더 늘어났다.

"그만! 그만!" 스미가 외쳤다. "다친 녀석들에게서 총을 빼앗아! 그리고 머리 위를 향해서 쏴라!"

스타키를 포함해 아직 다치지 않은 해적들은 몸을 잔뜩 젖히고 피터를 쐈다. 하지만 역시 바로 위로 쏘기는 어려운 듯 총알은 대부분 비스듬히 날아갔다.

피터는 팔짱을 낀 채 옴짝달싹도 않고 실실 웃었다.

"놈은 움직이지 않을 모양이야. 조바심 내지 말고 잘 겨눠서 쏴!" 스미는 화가 나서 폭발하기 직전이었다.

살아남은 해적들은 신중하게 피터를 겨냥해서 발포했다.

하지만 그때마다 피터는 아슬아슬하게 피했다. 물론 피터라 해도 총알이 보이는 건 아니다. 방아쇠를 당기는 손가락을 보는 것이다. 어디를 겨누는지는 총구를 보면 알 수 있으므로 발포하는 순간만 몸을 아주 살짝 옮기는 것이다.

몇십 발의 발포가 끝난 후, 피터는 갑자기 해적들의 머리 위에서 멀리 이동했다.

"이제 조준하기 쉬워졌군." 스타키는 기뻐하며 피터를 겨누려 했다.

"잠깐, 스타키!" 스미가 제지했다. "피터의 행동은 모조리 의심하고 봐라! 분명 뭔가 꾸미고 있는 거야."

"놈은 그냥 멍청한 어린애인걸요."

"아니, 놈은 사람을 죽이는 데는 천재야."

"그래 봤자 그저 어린애……."

쏭.

뭔가가 스타키의 코끝을 스쳤다.

"부걱부걱부걱."

스타키의 코가 없어졌다.

그는 얼굴 한복판에 생긴, 피가 솟구치는 구멍을 누르며 절규했다. 콧소리였다.

쓩.

갑판에 구멍이 뚫렸다.

쓩.

한 해적이 정수리에서 피를 내뿜으며 쓰러졌다.

총알이 떨어지고 있었다.

스미는 머리 회전이 결코 느리지 않다. 오히려 빠른 편이리라. 하지만 사태를 파악하기까지 10초는 걸렸다.

처음에는 피터의 부하가 위쪽에서 총을 쏘는 줄 알았다. 하지만 아이들이 총을 사용하는 모습은 본 적이 없고, 어지간히 높은 곳이 아니라면 해적들에게도 보일 것이다.

그렇다면 이 총알은 무엇일까?

물론 아까 해적들이 쏜 총알이다. 위를 향해 쐈다고 총알이 사라지는 건 아니다. 얼마 후에 반드시 떨어진다. 다만 정확히 원래 위치로 돌아오는 것은 아니다. 바로 위로 쏜다고 해도 다소는 어긋나는 법이다. 애당초 엄밀하게 수직 방향으로 쏘더라도 바람과 코리올리 힘*의 영향으로 정확하게 원래 위치로 돌아오지는

---

* 회전하는 물체 위에서 나타나는 가상의 힘. 물체가 휘어나가게 만든다.

않는다. 다만 각도 1도 정도의 오차라면 착지 위치는 대개 수십 미터 범위에 머무른다. 그러니 바로 위를 향해 수십 발을 쏘면 대부분은 바다에 떨어지겠지만, 몇 발은 해적선에 떨어지리라.

"조심해! 총알이 떨어진다!"

말하고 나서야 스미는 아차 싶었다.

당연하게도 해적들이 혼란에 빠졌기 때문이다.

바로 위에서 떨어지니까 몸을 웅크려도 별 의미가 없다. 누군가가 노리는 것도 아니고 순수하게 확률의 문제이므로 이리저리 도망치는 것도 의미가 없다. 의미가 있다면 머리 위를 뭔가로 가리는 것 정도이리라. 하지만 해적은 평소 가방 같은 걸 가지고 다니지 않으므로 기껏해야 양손을 머리 위에 얹는 것이 전부다. 머리카락이 더러워져도 상관없다면 신발을 얹는 방법도 있다.

아무튼 허둥대다 보니 서로 부딪쳐 쓰러지는 사람이 몇 명이나 나왔다. 그리고 쓰러지면 위에서 볼 때 면적이 커진다. 즉 총알에 맞을 가능성이 커진다.

쑹.

절규.

쑹.

절규.

쑹.

절규.

그리하여 희생자가 몇 명 더 늘었다.

주도권이 완전히 상대에게 넘어갔다. 평범한 전투라면 퇴각을 명령할 순간이다. 하지만 여기는 그들의 근거지인 데다 바다 위다. 퇴각은 불가능하다.

스미는 움직일 수 있는 해적이 몇 명이나 되는지 파악하려 했다. 인원수에 따라 펼칠 수 있는 작전이 달라진다. 수가 많다고 해서 유리한 것은 아니다. 가장 중요한 건 더 이상 피터의 책략에 걸려들지 않는 것이다.

"잘 들어라, 절대로 안이하게 발포하지 마. 발포할 때는 잘 생각……"

어느 틈에 다가왔을까. 느닷없이 피터 팬이 해적들 한복판으로 내려왔다.

쏘지 마!

스미는 그렇게 말하려고 했다. 하지만 말을 꺼내기 전에 발포는 끝났다.

피터는 해적들 한복판에 있었다. 따라서 피터에게 명중하지 않은 총알은 다른 해적에게 맞을 공산이 크다. 총을 사용해서는 안 됐다. 주변을 둘러싸고 모두가 칼로 찌르면 피터를 죽일 수 있었을지도 모른다. 하지만 그 전술이 옳은지 그른지는 이제 영원히 알 수 없으리라.

멍하니 서로 눈을 맞추고 있던 해적들이 스르르 쓰러졌다. 쓰러지지 않은 사람은 스미와 스타키뿐이었다. 스미가 총에 맞지 않은 이유는 딱히 없다. 그저 운이 좋았던 것이리라. 스타키가 총에 맞지 않은 것은 납작 엎드려서 갑판에 떨어진 자기 코 조각을 모으고 있었기 때문이다. 이쪽은 특별히 운이 좋다고는 할 수 없을지도 모르겠다.

덧붙여 피터도 멀쩡했다. 총알을 피하려고 움직인 것 같지는 않은 듯했지만, 그건 착각이고 실은 뭔가 엄청난 기술로 총알을 피했을지도 모른다.

하지만 이제 그런 건 아무래도 상관없다.

스미는 갑판을 둘러보았다.

두 사람을 제외하고 해적들은 전부 쓰러져 있었다. 모두 다 죽지는 않았을 수도 있다. 기절했거나 더 이상 다치기 싫어서 죽은 척한 부하들이 몇 명 있을지도 모른다. 하지만 죽지 않았더라도 그런 녀석들은 어차피 쓸모가 없다. 피터 팬에게 대항할 의욕이 꺾였기 때문이다. 쓸모없는 놈들은 처리하는 수밖에 없다. 즉 지금은 시체가 아니더라도 스미가 시체로 만들 테니 실질적으로는 전부 시체다.

"야, 스타키, 일어서! 주워 모아 봤자 네 코는 원상 복구 못 해. 지금은 피터를 죽이는 데만 집중해."

하지만 스타키는 울면서 피가 철철 흐르는 콧구멍을 한 손으로 막은 채, 다른 손으로 시체 사이를 열심히 뒤졌다.

"피터, 다 이긴 성싶으냐? 대체 무슨 원한이 있어서 이렇게까지 하는 거야?" 스미는 주먹을 치켜들었다.

피터는 생각에 잠겼다. "잘 생각이 안 나는걸."

"뭐가 생각이 안 난다고?"

"원한이 있는지 없는지."

스미의 얼굴이 분노로 시뻘게졌다. "그럼 이유도 없이 이 녀석들을 죽인 거야? 대체 뭣 때문에 여기 왔어?"

"뭣 때문에? 어디 보자…… 빌, 뭣 때문이었지?" 피터는 빌을 불렀다.

시체 사이에서 빌이 나타났다. "불렀어?"

"야, 뭘 물고 있는 거야?"

"누군가의 코야. 떨어져 있던데. 분명 주인은 죽었을 테니 먹어도 되지 않을까 싶어서."

"내 코야!" 스타키가 빌에게 덤벼들었다.

"내가 주웠으니까 이제 내 코야!"

빌과 스타키는 코를 차지하기 위해 격렬한 싸움을 시작했다.

"그딴 것보다 여기 온 이유를 떠올리게 도와줘." 피터가 말했다.

"여기 온 이유는 팅커벨 살해사건을 수사하기 위해서야." 빌은 스타키와 코 쟁탈전을 벌이며 말했다.

"아참, 맞아. 그랬지." 피터는 손뼉을 짝 쳤다.

"무슨 이야기야?" 스미는 총을 겨누며 말했다.

"팅커벨이 살해당했어."

"그게 누군데?"

"나도 잊어버렸지만 요정이래. 늘 나와 함께 있었다는 모양이야."

"아, 그 요정? 그게 어쨌는데?"

"살해당했대도."

"살해당했는데 뭐 어쩌라고? 그딴 건 모기나 파리랑 다를 바

241

없잖아. 내 부하들의 목숨값과는 비교도 안 돼."

"이야, 넌 그렇게 생각하는구나." 피터는 갑판에 널브러진 해적들의 꼬락서니를 보고 우습다는 듯 웃었다.

스미는 총을 쐈다.

피터는 스미의 사격 실력을 알고 있었는지 전혀 피하려 들지 않았다. 그리고 예상대로 총은 빗나갔다.

스미는 다시 방아쇠를 당겼지만 더 이상 발포되지 않았다. 그는 칼을 뽑았다.

"자, 덤벼라!"

"바라던 바다!"

"안 돼, 피터. 스미에게 이야기를 들어야지." 빌이 스타키를 피하면서 말했다.

"아차차, 그렇지. 스미, 얼마 전에 우리가 인어의 만에 고기잡이 훈련을 갔을 때 너희 해적들과 붉은 피부족이 우리 기지 근처에서 대치하고 있었던 거 기억나?"

"암, 기억하고말고. 헛걸음을 쳤었지."

"그때 무슨 일이 있었는지 기억나?"

"기억나지만 왜 너한테 가르쳐줘야 하는데?"

"가르쳐주면 총을 장전할 시간을 줄게. 그리고 열을 헤아릴 때까지 여기 가만히 있을게."

피터와의 거리는 십 수 미터. 스미의 사격 실력으로도 반드시 빗나간다고만은 볼 수 없다.

"괜찮은 거래일지도 모르겠군."

피터는 몰인정하고 인간말종에다 제멋대로고 건방진 것도 모자라 남의 이야기는 귓등으로도 안 듣고 기억력도 나쁘지만, 거짓말은 하지 않는다.

스미는 씩 웃었다.

"좋아. 제안을 받아들이겠어. 뭐든지 물어봐."

"그때 누군가 우리 기지에 드나들었어?"

"진심으로 하는 소리냐? 네가 드나들었잖아."

"그 밖에는 아무도 없었어?"

"기지 바로 옆에 있었던 건 아니니까 장담은 못 하지만, 기지로 향하는 외길은 아무도 지나가지 않았어. 하늘을 날아서 기지에 드나든 건 너뿐이었고."

"요정의 목소리는 들었어?"

"글쎄."

"붉은 피부족은 비명소리를 들었다고 하던데."

"그것 말인가. 그건 들었지. 소름 끼치는 목소리였어. 마치 여자가 살해당할 때 날 법한 목소리였지."

"너, 여자를 죽인 적 있어?"

"없어. 하지만 살해당하는 걸 본 적은 있지." 스미는 인상을 찌푸렸다. "몸서리가 나더군."

"그 목소리는 내가 있을 때 들렸어?"

"아니. 네가 기지에서 나온 뒤였어."

"확실해?"

"확실해."

"빌, 지금 이야기 들었어?"

"응, 들었어." 빌은 말했다. "스타키도 들었지?"

스타키는 빌에게 되찾은 코를 울면서 원래 위치에 되돌려놓으려 애쓰느라 아무 말도 못 들은 것 같았다.

"스미, 이제 너한테 물어볼 건 없어." 피터는 툭 내뱉었다. "총을 장전해."

스미는 떨리는 손가락으로 총을 장전했다. 총알은 여섯 발. 분명 재장전할 시간은 없다.

"그럼, 헤아린다. 하나, 둘……." 피터는 전혀 서두르지 않고 심호흡이라도 하듯이 천천히 수를 헤아렸다.

스미가 발포했다.

한 발. 스치지도 않았다.

두 발. 역시 맞지 않았다.

"……다섯, 여섯, 일곱……."

스미는 심호흡을 했다.

쏠 수 있는 건 앞으로 한 발이나 두 발이다. 신중하게 조준하자. 그것으로 지금까지 이어온 놈과의 악연은 끝난다.

세 발. 발포와 동시에 피터의 옷자락이 펄럭였다.

맞았나?

피터의 표정에서는 아무것도 읽을 수 없었다.

"……아홉……."

스미는 손이 부들부들 떨렸다. 하지만 이를 악물고 방아쇠를 당겼다.

네 발.

피터의 뺨에 빨간 줄이 생겼다.

피다. 분명히 맞았다.

하지만 피터는 공중에서 미동도 하지 않았다.

"……열!"

스미는 두 발을 연달아 쐈다.

하지만 피터는 이미 거기에 없었다.

스미는 등에 충격을 받고 그 자리에 쓰러졌다.

피터가 뒤에서 쌩 날아와 발차기를 먹인 것이다.

"그럼 내 차례다." 피터는 스미의 머리칼을 잡아당겨 목에 단검을 댔다.

"죽일 거면 단번에 끝내라." 스미의 흰머리와 수염은 갑판의 피로 붉게 물들어 있었다.

"스미를 죽이면 안 돼, 피터." 빌이 말했다.

"하지만 이 녀석한테 들어야 할 건 전부 들었는걸."

"스미를 죽이면 증언을 못 해."

"그건 상관없지 않나? 네가 들었잖아?" 피터는 손에 힘을 주었다.

"도마뱀이 증인이라도 괜찮아?"

피터가 손을 멈췄다.

"도마뱀과 해적은 신용도가 전혀 다르겠지." 피터는 잠시 생각한 후 스미의 머리칼을 놓았다.

스미는 피바다에 푹 엎어졌다.

"어째 열 받네!" 피터는 스미의 엉덩이를 힘껏 걷어찼다.

2, 3미터 날아간 스미는 동료의 시신 사이에 처박혀 정신을 잃었다.

"빌, 가자. 수사는 끝났어." 피터는 날아올랐다.

빌도 뒤를 따랐다.

바다에는 스타키의 서글픈 울음소리만이 울려 퍼졌다.

18

연회장에서는 술자리가 끊임없이 계속됐다. 도중에 나가는 사람도 들어오는 사람도 있었지만, 거의 모든 시간을 여기서 보내는 사람도 몇 명 있었다. 후쿠는 그런 사람 중 하나였다. 그리고 히다도.

후쿠는 연신 술을 마시며 가끔 옛 제자 중에서 특정한 누군가를 불러 술을 따르게 하거나 술을 권했다.

반면 히다는 술을 거의 마시지 않고 경박하게 떠들거나 춤추기를 반복했다. 그리고 몇 시간에 한 번 쪽잠을 자러 방에 돌아갔다가 몇십 분 후에 다시 연회장에 돌아온다. 히다는 땀을 줄줄 흘리며 며칠 내내 야단법석을 떨었다.

그리고 지금은 일출을 몇 시간 앞둔 새벽이었다.

"저 자식, 이상해." 스라이가 연회장 구석의 벽에 몸을 기댄 채 기가 막힌다는 듯 말했다. "잘도 버티는군."

"밥은 제대로 먹는 모양이던데." 나란히 벽에 기대어 앉은 이모리가 말했다.

"밥은 그렇겠지. ……하지만 목욕은 안 하는 모양이야. 아까 가까이 갔더니 땀 냄새가 지독하더라."

"1박일 줄 알았으니 갈아입을 옷을 가져오지 않았는지도 모르지."

"갈아입을 옷이라면 여관에서 유카타를 빌려주고, 속옷도 빨면 하룻밤 만에 말라."

"그럴 여유가 없는 거겠지."

"여기에 여유 없는 사람은 없어."

그러고 보니 종업원들도 제법 한가해 보였다. 처음에는 종업원들이 식사를 준비하고 차려주었지만, 얼마 지나지 않아 각자가 조리실에서 좋아하는 걸 알아서 만들어 먹었다. 그래야 시간이 절약된다는 이유도 있었지만, 종업원들 인원수가 줄어들어 여관 업무를 꾸려나갈 수 없게 됐다는 이유도 크다. 동창회 참석자들과 완전히 친해진 종업원들은 어느 틈엔가 끝없는 술자리에 끼기 시작했다.

그러나 홀로 여기저기 바쁘게 돌아다니는 사람이 한 명 있었다. 여관 안주인 조쿠시마 스미다. 지금도 남의 눈을 꺼리듯이 슬며시 현관으로 향했다.

이모리는 안주인의 행동이 왠지 마음에 걸려 뒤를 밟기로 했다.

"어디 가?" 이모리가 조용히 일어서자 스라이가 물었다.

"안주인의 뒤를 밟으려고."

"그건 또 왜?"

"뭔가 감이 왔어. 달리 볼일도 없을 텐데 바쁘게 여관을 오가는 게 수상해."

"그렇군. 확실히 수상한 행동이야. 나도 함께할게."

두 사람은 발소리를 죽이고 안주인을 뒤쫓았다.

안주인은 이따금 주위를 살피는 눈치였지만 미행은 생각지도 못한 듯 한 번도 뒤를 돌아보지 않고 현관을 지나 밖으로 나갔다.

"어쩌지? 밖으로 나갔어. 일단 방으로 돌아가서 코트를 입고 올까?" 스라이가 말했다.

"방에 돌아갔다가는 놓칠지도 몰라. 이대로 뒤쫓자."

"설원에 나가면 조난당해서 얼어 죽을지도 몰라."

"걱정 마. 안주인의 옷도 그렇게 두껍지는 않아. 그렇게 오랫동안 밖에 나가 있지는 않을 거야."

두 사람은 현관에서 몇십 초 기다린 후에 천천히 문을 열었다.

안주인의 모습은 보이지 않았지만, 눈 위에 발자국이 남아 있었다.

두 사람은 큰 소리가 나지 않도록 최대한 조심해서 발자국을 따라갔다.

"우리 발자국도 남을 테니 미행했다는 게 들통날 거야." 스라이가 작게 말했다.

"그건 어쩔 수 없지. 일단 안주인이 뭘 하는지 알아내는 걸 우선하자." 이모리는 재빨리 나아갔다.

안주인은 현관 옆에 있었던 밀차를 밀고 가고 있었다. 그리고 그대로 여관 뒤편으로 돌아갔다.

이모리와 스라이는 몸을 숨긴 채 잠시 기다렸다.

그러자 안주인은 밀차에 뭔가를 싣고 돌아왔다. 그러나 현관으로 돌아가지 않고 이번에는 반대 방향으로 멀찌감치 떨어진 헛간으로 향했다.

이모리와 스라이가 행동을 관찰하고 있자니 안주인은 품에서 열쇠를 꺼내 헛간 문을 열었다. 그리고 밀차에서 짐을 들어 올렸다.

"사람이군." 스라이가 나지막이 말했다.

"사람이군. 정확하게 말하자면 사람의 몸이야."

"살아 있을까?"

"본인에게 물어보자." 이모리는 몸을 숨기고 있던 곳에서 나와서 안주인에게 걸어갔다.

"야, 야." 스라이는 놀란 것 같았지만 일단 따라갔다.

안주인은 이미 두 사람을 알아차린 듯했다. 메어 올리려던 사람의 몸을 땅에 떨어뜨리고 이모리를 빤히 노려보았다. 주눅 든 기색은 딱히 없었다.

"뒤를 밟다니 좋지 못한 취미로군." 안주인은 다가오는 이모리에게 말했다.

"그건 시체인가요?" 이모리는 조용히 물었다.

"응, 맞아." 안주인은 체념한 모양이었다. "하지만 내가 죽인 건 아니고."

시체는 두 구였다. 땅에 떨어진 한 구와 밀차에 얹힌 한 구. 땅에 떨어진 건 여자 동창생이었고, 밀차에 얹힌 건 여관의 남자 종업원이었다.

"그럼 누가 죽인 건데요?"

"아무도. ……굳이 따지자면 피터 팬이려나."

스라이가 휘파람을 불었다.

"당신은 누구의 아바타라인가요?" 이모리가 물었다.

"두 사람이야말로 누군데?"

"난 말 안 할래." 스라이가 말했다. "이 여자가 목숨을 노릴 위험이 있으니까."

"저는 도마뱀 빌입니다." 이모리는 대답했다.

"왜 가르쳐주는 거야?" 스라이가 말했다.

"난 이미 정체를 밝혔어. 어차피 완벽히 숨길 수는 없을 거야. 그리고 이 사람의 정체를 알려면 일단 내 정체부터 알려줄 필요가 있겠지."

"당신이 빌이라면 함께 있는 이 사람은 피터인가?" 안주인이 스라이를 노려보았다.

"그렇게 믿고 싶다면 믿든가." 스라이는 시치미를 뚝 뗐다.

"당신이 피터라면 저쪽 세계에서 다음번에야말로 반드시 죽여버리겠어."

"당신은 스미죠?" 이모리는 안주인에게 말했다.

안주인의 안색이 달라졌다. "왜 그렇게 생각하지?"

"당신은 피터와 빌이 함께 행동하고 있다고 생각해요. 피터와 빌이 함께 행동하는 모습을 본 건 잃어버린 소년들, 요정들, 해적들, 아니면 인어들이죠. 잃어버린 소년들은 피터를 죽일 수 없어요. 인어 중에 제 이름을 알 가능성이 있는 유일한 개체는 이미 죽었고요. 만약 당신이 요정이라면 마브 여왕이나 그 이외의 요정이셨죠. 미브 여왕은 언제나 피터를 죽일 수 있는 입장이니까 '다음번에야말로 죽이겠다'는 식으로는 말하지 않을 겁니다. 그리고 그 이외의 요정은 마브 여왕의 의향을 무시하고 죽이려 들지 않을 테고요. 그렇다면 나머지는 해적 스미나 스타키인데, 스타키는 지금 분명 그럴 형편이 아닐 겁니다."

"괜스레 속을 떠보지 마. 지금 그 논리로는 내가 마브 여왕의 부하 요정이나 스타키일 가능성을 완벽하게는 배제할 수 없어. 즉 감으로 때려 맞힌 셈이지." 안주인은 무시하듯 말했다.

"하지만 맞죠?"

"누가 넘어갈 줄 알고?"

"이 사람, 스미야?" 스라이가 물었다.

"아마도." 이모리는 말했다. "본인은 인정할 마음이 없겠지만 애써 변명하는 걸 보면 말이지."

"이 시체를 어떻게 할 생각이었어?" 스라이가 물었다.

"별생각 없었는데. 여기저기 시체가 널려 있으면 눈에 거슬릴 테니 숨기려고 했을 뿐이야." 안주인은 눈을 돌리지 않고 대답했다.

헛간을 들여다본 이모리는 "욱!" 하고 입을 막았다.

"왜?" 스라이도 안을 들여다보았다. "웩!"

헛간에는 시체가 가득 쌓여 있었다.

"내가 그런 거 아니야. 전부 피터 짓이라고."

"네버랜드에서는 그렇겠지만, 여기서는 어떻게 죽은 거죠?" 이모리가 물었다.

"다양해. 사고, 자살, 싸움. 뭐, 사인은 대개 찔리거나 베인 거지. 어젯밤에는 '뎃포'*에 많이 죽었지만."

"거짓말하지 마. 총소리가 났다면 우리가 몰랐을 리 없어." 스라이가 반론했다.

"'뎃포'는 복어의 별칭이야. 복어탕을 '뎃치리' 복어회를 '뎃사'라고도 하잖아. '잘못 걸리면 한 방에 죽는다'는 공통점 때문이지. 당신 동창생들이 조르는 바람에 냉동고에 넣어둔 걸 자격 없는 요리사가 대충 조리한 모양이야. 요리사 방에서 탕이랑 회를 해 먹었나 보더군. 쓰러진 사람들을 밤중에 발견했어. 딱 한 명만 목숨을 건졌는데, 아주 생난리를 쳤는지 얼굴 한가운데를 크게 다쳤더라고."

"그 사람이 스타키겠군요." 이모리가 말했다.

"그건 내 알 바 아니고. 아무튼 난 여기로 시체를 옮겼을 뿐이니까 아무 죄도 없어."

"시체를 이렇게 많이 모은 이상은 설명이 필요할 텐데요."

"그게 바로 시체를 여기에 모은 이유야."

"무슨 소립니까?"

"요 며칠 동안 사람이 잔뜩 죽은 건 피터 팬 탓이야."

---

* 총포류를 가리키는 말. 복어의 별칭이기도 하다.

"그야 그렇겠죠."

"하지만 지구에서는 그런 이유가 통하지 않겠지. 여관에서 사망자가 이렇게 많이 나오면 경찰도 언론도 주목할 거야."

"그야 그렇겠죠."

"그러면 사망자가 대량으로 발생한 여관으로 소문이 나서 영업에 지장이 생기겠지."

"그래서 시체를 숨겼다고요? 하지만 이렇게 많은 시체를 대체 어쩌려고요?"

"당신들이 돌아간 후에 몰래 눈 속에 버릴 작정이었어. 그러면 도망치려다가 눈 속에서 죽은 걸로 꾸밀 수 있으니까."

"얼어 죽은 게 아니잖아요."

"눈 속에서 정신착란을 일으켜서 자살했거나 싸움을 벌였다고 하면 돼. '디아틀로프 고개 사건'이라고 알아? 구소련에서 설산을 오르던 남녀 아홉 명이 전멸한 사건이야. 옷을 벗거나 온몸이 골절되거나 혀가 없는 등 시체의 상태가 전부 이상했지. 일설에 따르면 저체온증 때문에 이상행동을 일으킨 거래."

"복어는요?"

"비상식량으로 먹으려다 잘못 꺼냈다고 하면 되지."

"아무래도 너무 억지인 것 같은데." 스라이가 어처구니없다는 듯 말했다. "그리고 이렇게 많은 사람이 행방불명됐으니 이 주변에 수색대가 대거 출동할 거야. 그렇게 쉽게 시체를 버리러 갈 수는 없을걸."

"시체의 소지품을 여기서 좀 떨어진 곳에 흩어놓는 거야. 수색대의 눈길이 그쪽을 향한 사이에 버리러 갈 생각이었어."

"그게 그렇게 잘 통할까?"

"해보지 않으면 모르지. 어쨌거나 무슨 수를 쓰지 않으면 여기
는 끝이야."

"시체를 눈 속에 버리다니 인간성은 어디 팔아먹었어!"

"그럼 날더러 목을 매고 죽으라는 거야? 살아남은 종업원을 길
바닥으로 내몰라고? 인간성을 팔아먹은 건 당신이야!"

"그거랑 이건……."

"쉿!" 이모리가 말다툼을 벌이는 두 사람에게 말했다.

"아니. 입을 다물어야 하는 건 이 아줌마지……."

"누굴 보고 아줌마래!"

"좀 조용히!" 이모리는 안절부절못하며 말했다.

"왜 그렇게 안절부절못해? 너답지 않아." 스라이가 말했다.

"이 소리 안 들려?"

"소리?"

스라이와 안주인은 입을 다물었다.

우르르르릉우르르르릉, 하는 소리가 들려왔다.

"뭐야, 이건?" 스라이가 말했다.

"뭔가 짚이는 거 없습니까?" 이모리가 안주인에게 물었다.

안주인은 말없이 고개를 저었다. 하지만 어쩐지 겁을 먹은 것
처럼 보였다.

"피터는 너무 많이 죽였어." 이모리가 말했다. "그러니까 사망
자가 대량으로 나와야 해. 사망자가 자연스레 많이 발생할 만한

일이라면……."

"자연재해!" 스라이의 얼굴이 창백해졌다.

세 사람은 헛간에서 뛰쳐나갔다.

구구구궁쿠구구궁…….

땅울림이 더 커졌다.

이모리는 재빨리 주위를 돌아보았다.

한순간 적란운인가 싶었다. 하지만 그런 것치고는 움직임이 너무 빨랐다.

그것은 눈이 밀려오면서 생긴 거대한 눈기둥이었다.

"눈사태야. 그것도 어마어마하게 커." 이모리는 입술을 핥았다.

"도망치는 편이 낫나? 아니면 건물 안에 있는 편이 낫나? 어느쪽이지?"

재해가 발생했을 때 신속한 판단이 중요하다는 건 안다. 하지만 평소 대비하는 재해는 지진, 해일, 홍수, 태풍이다. 눈사태에 대한 지식은 거의 없었다.

"사장님, 어느 쪽이죠? 살아남으려면 어떻게 해야 하느냐고요?" 이모리는 안주인의 어깨를 잡고 흔들었다.

하지만 안주인은 새파랗게 질린 얼굴로 밀려오는 눈사태를 그저 바라볼 뿐이었다.

"이럴 때 평소에는 어떻게 합니까?" 이모리는 안주인에게 고함을 질렀다.

"……몰라."

"뭐라고요?"

"몰라. 지금까지 이런 일은 한 번도 없어서……."

그렇다면 이건 역시 피터의 대량 학살이 유발한 재해일지도 모른다.

"어쩌지, 이모리? 보아하니 시간이 별로 없을 것 같아."

이모리는 팔짱을 끼고 몇 초 만에 생각을 정리했다. "눈사태에 대해서는 전혀 몰라. 그러니까 해일이라고 생각하자."

"뭐? 해일과 눈사태는 전혀 다르잖아." 스라이는 수긍이 안 되는 모양이었다.

"그건 나도 알아. 하지만 지금은 눈사태에 대해 알아볼 시간도, 논리적으로 검토할 여유도 없어. 그러니 조금이라도 비슷한 다른 재해의 대처법을 활용하는 수밖에."

"해일과 눈사태가 비슷한가?"

"둘 다 대량의 유체가 고속으로 밀려오는 현상이야. 게다가 H_2O지."

"눈은 유체가 아니라 분체에 가깝지 않을까?"

"시간이 아까우니까 논쟁은 이만 끝내자. 해일이 밀려오고 있다면 어떻게 행동해야 할까?"

"높은 지대로 달아나야겠지."

"굳이 말하자면 눈사태는 높은 지대에서 밀려와. 높은 지대로 달아나는 건 무의미해."

"봐, 전혀 다르잖아."

"게다가 인간의 속도로는 금방 눈사태에 따라잡혀. ……수직으로 대피하는 수밖에 없어. 빨리 여관 2층으로 올라가!" 이모리는 건물을 향해 달렸다.

두 사람도 따라왔다.

"눈사태다! 모두 2층으로 올라가!" 이모리는 복도를 달리며 외쳤다. 그리고 연회장에 들어가서 똑같이 소리쳤다.

"진정해! 야단스럽게 굴기는!" 후쿠가 술을 마시며 호통쳤다.

"야단스럽게 구는 게 아닙니다. 눈사태가 다가오고 있어요."

"지붕에서 눈이 떨어지는 것 정도로는 안 죽어."

"그 눈에 맞아 죽는 사람도 있습니다. 그리고 이번에는 그런 수준이 아니에요. 눈사태라고요."

"다를 게 뭐 있어?"

"아니요, 메커니즘이 완전히 다릅니다."

"전문 지식에는 흥미 없어. 아무튼 눈이 무너지는 것 정도로 소란 떨지 마."

"제 말을 이해한 사람은 2층으로 올라가세요. 미안하지만 모두를 설득할 시간은 없어요. 저는 2층으로 가겠습니다."

스라이와 안주인은 이미 2층으로 이어지는 계단을 올라가고 있었다.

이모리는 마침 가까이에 있던 유리코와 도모코에게 말을 걸었다.

"대체 웬 소란이야?" 유리코가 수상쩍다는 듯 말했다.

"눈사태가 다가오고 있어. 이제 2층에 올라가는 것밖에 방법이 없다고."

"뭐야? 몰래카메라 같은 거야?"

"제발 2층으로 올라가. 부탁할게."

히다가 엄청난 기세로 세 사람 옆을 지나쳐 2층으로 올라갔다.

"정말이야?" 도모코가 물었다.

"몇 번을 말해야 알아듣겠어?"

"가자, 유리코." 도모코가 유리코의 손을 잡고 계단을 올라갔다.

후쿠 앞에 앉아 있던 남자 중 몇 명이 일어섰다. 개중에는 니렌지로도 있었다.

"뭐냐, 너희들. 저딴 녀석의 말을 믿는 거냐?"

"하지만 만에 하나 정말이라면……." 지로가 말했다.

"만에 하나 정말이더라도 도망쳐본들 무슨 의미가 있어? 너희들도 알잖나. 만약 네버랜드에서 또 다른 내가 죽으면 아바타라는 반드시 죽어. 도망쳐도 소용없지. 그리고 만약 죽지 않았다면 지구에서 죽어도 죽음은 초기화돼. 그러니 아무 문제도 없어."

이 순간 이모리는 후쿠가 네버랜드 주민의 아바타라임을 확신했다. 하지만 그를 추궁할 시간은 없었다.

이모리는 계단을 오르며 후쿠가 한 말을 곱씹었다. 확실히 도망쳐본들 의미는 없을지도 모른다. 하지만 후쿠의 논리에는 뭔가가 빠진 듯한 기분이 들었다. 그게 뭔지 당장은 지적할 수 없지만, 커다란 실수가 숨어 있다고 이모리의 직감이 알렸다.

층계참까지 몇 걸음 안 남았을 때 굉음이 울려 퍼지더니 계단이 휘청 기울었다. 아니, 계단뿐만이 아니다. 여관 건물 전체가 기울어졌다.

건물이 눈사태에 떠내려가고 있었다.

그 사실을 알아차린 이모리는 올라가기를 멈췄다.

이렇게 된 이상 1층이고 2층이고 상관없다.

이모리는 계단 난간을 양손으로 붙잡고 몸을 고정했다.

연회장에서는 사람들이 바닥을 굴러다녔고, 여기저기서 비명이 터져 나왔다.

후쿠는 차분하게 술잔에 술을 따랐다. 그리고 이모리를 보고 씩 웃었다. 그 눈동자에는 흉악한 빛이 깃들어 있었다.

당신은 후크로군요.

그렇게 말하려 한 순간, 눈이 벽을 뚫고 쏟아져 들어와 이모리는 정신이 아득해졌다.

19

어느덧 잃어버린 소년들의 비밀 기지는 붉은 피부족에게 완전히 포위되어 있었다. 이미 숲에 불을 지른 듯 천장 언저리에 연기가 자욱했다.

"연기는 온도가 높으니까 위로 올라가. 그러니까 지하로 금방은 내려오지 않을 거야." 슬라이틀리가 빌에게 설명해주었다. "하지만 이대로 가다가는 산소가 모자랄 테니 빨리 여기서 탈출하는 게 좋겠지."

피터는 달아나려 하지 않고 천장을 가만히 쳐다보고 있었다.

"왜 그래, 피터?" 빌이 물었다.

"대체 이 연기는 뭐야?" 피터가 말했다.

"누군가가 숲에 불을 질렀어."

"뭣 때문에?"

"분명 우리를 태워 죽이려는 걸 거야." 웬디가 말했다.

"태워 죽인다고? 어떻게?" 피터가 물었다.

"이대로 여기 가만히 있으면 온도가 점점 높아질 테니 타 죽겠지. 실제로 이제 한계에 다다랐어. 모두 머리카락이 타서 오글오글해지고 있다고."

"내 머리카락은 아무렇지도 않은데."

"그건 네가 음…… 특별하기 때문이야."

"빌의 머리카락도 타지 않았어."

"엇? 나도 특별한 거야?" 빌은 기쁜 듯이 말했다.

"너한테는 머리카락이 없으니까. 뭐, 특별하다면 특별하지만 피부가 말라서 여기저기 갈라지기 시작했으니 그렇게 기뻐할 상황은 아닐 거야."

"어째서 놈들은 우리를 태워 죽일 수 있을 거라 생각한 걸까?"

"여기서 달아날 수 없을 거라 여긴 것 아닐까?"

"달아나기는 간단해." 피터는 날아올라 나무줄기의 출입구를 통해 밖으로 나갔다.

피터가 뚜껑을 활짝 열어둔 탓에 불똥과 불붙은 나뭇가지가 기지로 자꾸자꾸 떨어졌다. 기지 내부가 건조해서인지 단숨에 불이 번졌다.

"여기는 이제 틀렸어. 이대로 있다가는 통구이가 될 거야. 어쩌면 좋지." 웬디가 말했다.

"피터를 흉내 내면 돼." 슬라이틀리가 말했다. "요정의 가루가 있으면 우리도 날 수 있잖아. 기지가 불에 휩싸여도 하늘로 달아나면 괜찮아."

"그래. 요정의 가루!" 웬디는 쓰레기통을 뒤집었다. 피터가 팅커벨의 주검을 일단 거기에 버렸던 것이 생각났기 때문이다. 아니나 다를까 쓰레기 속에 반짝이는 가루가 섞여 있었다.

웬디는 먼지와 자잘한 쓰레기를 손바닥으로 한군데에 모았다.

요정의 가루만 가려낼 시간은 없었다.

웬디는 먼지와 쓰레기를 집어서 자신과 잃어버린 소년들, 그리고 빌에게 뿌렸다.

양이 적어서인지 시간이 흘러서인지 아니면 오물이 섞여 있어서인지 이유는 모르지만, 웬디도 잃어버린 소년들도 둥실둥실 떠오르는 것이 고작이었다. 그래도 올라가는 속도는 충분하다고 웬디는 판단했다.

"자, 모두 올라가자!"

가루가 뿌려진 사람들이 둥실둥실 위로 올라갔다. 이미 바닥은 대부분 불길에 휩싸였고, 바닥에 남아 있던 가루도 순식간에 불타버렸다.

소년들은 차례차례 나무줄기를 통해 밖으로 나갔다.

"잠깐만!" 쌍둥이 중 형이 외쳤다. "내 동생은 어디 있지?"

웬디는 움찔했다.

쌍둥이가 너무 닮은 탓에 형과 동생에게 가루를 뿌린다는 것이, 형에게 두 번 뿌린 모양이다. 단순하지만 중대한 실수였다.

웬디는 쌍둥이 동생을 찾았지만 이미 기지 전체가 불길에 휩싸여 눈에 띄지 않았다.

"티모시! 어디 있니?" 웬디는 쌍둥이 동생의 이름을 불렀다.

"여기야." 작은 목소리가 들렸다. 하지만 역시 모습은 보이지 않았다. "뜨거워, 뜨거워."

"티모시, 어디 있어?" 쌍둥이 형이 외쳤다.

"여기야. 뜨거워. 나 불타고 있어."

"지금 구해줄게!" 쌍둥이 형이 불길 속으로 뛰어들려고 했다.

웬디는 그의 팔을 잡아서 만류했다.

"왜 이래? 티모시를 구해야 한단 말이야."

"넌 못 구해."

"그럼 누구라면 구할 수 있는데?"

"피터 팬이라면 구할 수 있을지도 모르지. 하지만 그는 어딘가 로 날아가 버렸어."

"그럼 빨리 피터 팬을 불러."

"일단 함께 밖으로 나가자."

"싫어. 나는 여기서 기다릴래."

웬디는 그를 설득하기보다 일단 피터 팬을 찾아야겠다고 판단 하고 밖으로 날아올랐다.

비밀 기지 주변은 불바다였다.

즉시 웬디의 옷에서 탄내가 났다.

웬디는 부리나케 위로 올라갔다.

하늘에는 잃어버린 소년들이 모여 있었다.

"피터는?"

"모르겠어. 우리가 밖으로 나왔을 때는 이미 없었어." 슬라이틀 리가 대답했다.

웬디는 숲속을 둘러보았지만 피터의 모습은 보이지 않았다.

비밀 기지에서도 불길이 솟구쳤다.

더는 못 기다려.

"슬라이틀리, 같이 가자. 피터를 데려와야 해." 웬디는 단숨에 아래로 내려갔다.

슬라이틀리는 무서워서 벌벌 떨면서도 따라왔다.

비밀 기지는 화염과 연기로 가득했다.

쌍둥이 형은 콜록콜록 기침을 하며 점점 아래로 떨어지고 있었다. 요정의 가루를 뿌린 효과가 약해졌는지도 모르겠다.

"같이 밖으로 나가자." 웬디는 그의 팔을 잡았다.

"피터 팬은?"

"그는…… 못 찾았어."

"뜨거워! 뜨거워! 살려줘, 피터!" 티모시의 목소리가 희미하게 들렸다.

"그럼 내가 구할래!"

"슬라이틀리, 도와줘!" 웬디는 말했다.

"하지만……." 슬라이틀리는 망설였다.

"이 아이의 목숨만이라도 살려야지."

"뜨거워! 나, 불타고 있어!" 티모시의 목소리가 들렸다. "손이…… 손이……."

"우오오오오오!" 쌍둥이 형은 웬디의 손을 뿌리치려고 몸부림쳤다.

"슬라이틀리, 도와줘!"

슬라이틀리가 쌍둥이 형의 몸을 잡았다.

웬디와 슬라이틀리는 그를 억지로 들어 올렸다.

티모시의 절규가 들렸다.

"티모시! 티모시! 지금 구해줄게! 이 손 놔, 망할 것들아!" 쌍둥이 형은 온 힘을 다해 웬디와 슬라이틀리를 떼어내려고 했다.

하지만 두 사람은 손을 놓지 않았다.

"피터! ……피터!" 나무줄기의 구멍을 통해 올라가는 웬디에게 티모시의 목소리가 들렸다.

"뜨거워…… 피터…… 사랑해." 티모시가 부르짖었다.

"티모시!"

세 사람이 땅 위로 나온 순간 거대한 불길이 비밀 기지에서 솟아올랐다. 그리고 땅이 움푹 함몰됐다. 비밀 기지가 모조리 흙과 모래에 파묻힌 것이다.

두 사람은 발버둥 치는 쌍둥이 형을 데리고 잃어버린 소년들 곁으로 돌아갔다.

소년들은 미친 듯이 날뛰는 쌍둥이 형을 붙잡아 눌렀다.

아래를 보자 급속도로 번진 불이 사방을 뒤덮고 있었다.

어떻게 된 거지? 불이 번지는 속도가 너무 빠른데.

불을 지른 붉은 피부족들도 불길 속에서 갈 곳을 잃고 우왕좌왕하고 있었다. 물론 단순히 그들의 생각이 부족했을 뿐이었는지도 모른다. 하지만 웬디는 위화감을 느꼈다.

그들은 불이 얼마나 무서운지 잘 알 것이다. 자기들 주변에 불을 놓을 리 없다.

그때 불붙은 숲속에서 유성 같은 것이 날아올라 주변을 빙글빙글 도는가 싶더니 웬디 일행을 향해 날아왔다.

소년들은 겁에 질려 몸을 움츠렸다.

유성은 그들 바로 옆에 정지했다. 유성의 정체는 불타는 나뭇가지를 든 피터 팬이었다.

"피터, 대체 어딜 가서 뭘 한 거야?" 웬디는 물었다.

"붉은 피부족 놈들 주위에 불을 놓으러 돌아다녔지."

"왜 그런 짓을?"

"놈들이 먼저 불을 질렀으니까."

"하지만 그 사람들은 못 날아."

"그래서 불을 놓은 거야. 놈들이 날 수 있으면 불을 놓아봤자 아무 소용없잖아."

붉은 피부족들은 차례차례 불길에 휩싸여 모습을 감추었다. 다들 정신없이 도망쳐다니는 가운데, 홀로 우뚝 서서 이쪽으로 주먹을 쳐드는 사람이 있었다.

"저건 타이거 릴리야." 웬디는 말했다.

타이거 릴리가 활시위를 메겼다.

잃어버린 소년들은 한군데로 모였다.

하늘에는 막아줄 것이 없다. 그리고 소년들은 피터처럼 재빨리 날지 못한다. 이러다가는 정조준을 당하고 만다. 좀 더 높이 올라가야……

하지만 피터는 당황하는 기색 없이 팔짱을 낀 채 타이거 릴리를 가만히 내려다보았다.

타이거 릴리가 활을 쐈다.

화살의 속도는 충분해 보였다. 하지만 화살은 옆으로 크게 빗나갔다. 화재로 상승기류가 발생해 바람이 불규칙적으로 불고 있는 모양이었다.

타이거 릴리는 바람의 흐름을 확인한 후 신중하게 다시 활을 쐈다.

이번에는 피터의 머리 위를 지나갔다. 화살은 보통 수평으로 쏘는 법이다. 위쪽으로 쏘기는 상당히 어렵다.

타이거 릴리가 활을 몇 번 더 쐈지만 전부 빗나갔다.

타이거 릴리는 활의 명수였다. 만약 피터가 땅에 서 있었다면 전부 그에게 명중했으리라. 피터가 달아나지 않고 가만히 있었던 것은 화살이 상승기류와 중력을 극복할 수 없으리라고 예상했기 때문이 아니다. 뛰어난 전투 감각을 통해 직감적으로 공중에 머무른 것이다.

타이거 릴리는 뭔가 저주의 말을 내지르더니 이쪽으로 달려왔다.

하지만 다른 붉은 피부족이 뒤에서 타이거 릴리를 붙잡았다. 그 남자는 몸부림치는 타이거 릴리의 명치를 주먹으로 때렸다.

타이거 릴리는 얌전해졌다. 정신을 잃은 모양이었다.

남자는 타이거 릴리를 들쳐업고 화염 속을 누비듯이 달려갔다. 그 모습은 금세 화염과 연기 사이로 사라졌다.

잃어버린 소년들과 빌은 불타는 숲을 멍하니 내려다보았다.

불길이 점점 더 거세졌다.

20

정신을 차리자 이모리는 눈 속에 있었다.

한순간 죽었나 싶었지만, 죽었다면 초기화될 테니 죽지는 않은 모양이었다. 하지만 이대로 있다가는 조만간 죽을 것이다.

아니면 이대로 얼어 죽는 편이 나을까?

그때 이모리는 지금 죽으면 곤란하다는 걸 깨달았다.

지금은 어떻게든 살아남아야 한다. 이모리는 눈 속에서 발버둥 쳤다. 하지만 몸은 움직여지지 않았다.

목소리를 내려고 했지만 눈 속이라 금방 숨이 찼다.

다시 발버둥 치려 했지만 쓸데없는 체력 소모는 현명하지 않다는 걸 깨달았다. 일단 움직임을 멈추고 차분하게 현재 상태를 확인하기로 했다.

오감을 총동원했다.

뭐가 느껴지지? 춥다. 과연, 그야 그렇겠지. 눈에 파묻혀 있으니까. 소리는? 뭔가 들린다. 눈을 치우고 있는 듯한 소리다. 눈을 치우는 소리에 섞여 사람 목소리도 들린다. 누군가 나를 찾고 있는 걸까? 아니면 바로 옆에서 누군가가 나처럼 발버둥을 치고 있는 걸까. 빛은? 오른쪽이 조금 밝은 것 같다. 그쪽에 눈이 덜 쌓였을지도 모르겠다. 일단 그쪽을 파볼까.

고작 수십 초 만에 눈을 헤치고 나왔다. 놀랍게도 오른쪽이라고 여겼던 곳은 위쪽이었다. 눈사태에 휘말려 이리저리 구르는 바람에 방향감각이 이상해진 모양이다.

이모리는 상반신을 일으켰다.

이미 날이 밝았다. 하늘은 흐렸고 바람이 강했다. 하지만 눈은 내리지 않았다. 주변을 둘러보았지만 여관은 눈에 띄지 않았다.

상당히 멀리까지 떠밀려왔든지, 아니면…….

눈 속에 거뭇거뭇한 것이 몇 가지 있었다. 눈 위를 기듯이 다가가서 확인하자 부러진 목재 조각과 식기, 재떨이, 의자 등 여관 비품이었다.

여관은 허물어진 모양이다.

이모리는 일어섰다.

잡동사니들뿐 사람은 없었다.

야단났군. 살아남은 건 나뿐인가.

그때 1미터쯤 떨어진 곳에서 눈이 꾸물꾸물 움직였다.

이모리가 부랴부랴 파내보니 도모코였다.

"피터가 숲을 불살라서 이런 일이……."

"그건 잘 모르겠어. 하지만 그럴 수도 있겠지."

"다른 사람들은?"

"잘 모르겠어."

하지만 잃어버린 소년들은 한 명을 제외하고 살아남았다. 따라서 그들의 아바타라는 살아 있을 것이다. 아니, 티모시도 죽었다는 보장은 없다.

"다들 어디 있어? 내 목소리가 들리면 신호를 보내줘. 소리를 내든지 몸만이라도 움직여." 이모리는 소리쳤다.

눈의 표면 몇 군데가 꿈틀꿈틀 움직였다.

이모리와 도모코는 분담해서 눈을 팠다.

결국 한 시간쯤 걸려 십 수 명을 파내는 데 성공했다. 몇 명은 일어설 수 있을 정도로 팔팔했지만, 몇 명은 골절이나 더욱 심각한 부상을 당해 일어서지 못했다. 그리고 의식을 잃은 사람도 있었고, 한 명은 심폐정지 상태였다.

"지로!" 이치로가 싸늘해진 동생을 끌어안았다. 차가운 눈 속에 오랜 시간 파묻혀 있던 탓에 온몸에 동상을 입었다.

"심폐소생술을……." 지로를 만지려는 이모리의 손을 이치로가 뿌리쳤다.

"티모시는 죽었어. 그러니 지로는 이미 늦었어." 그러더니 이치로는 소리 내어 울었다.

이모리는 뭐라 할 말이 없어 가만히 바라보는 것이 고작이었다.

그런데 갑자기 이치로가 일어섰다.

"히다는 어디 있어!"

"여기 있어." 스라이가 히다를 가리켰다.

히다는 멍한 표정으로 우두커니 서 있었다.

"이 새끼! 네 탓이야!" 이치로는 히다에게 덤벼들었다.

"그러지 마!" 이모리가 이치로를 떼어냈다. "피터는 티모시를 죽이지 않았어. 불을 지른 건 붉은 피부족이야."

"피터가 붉은 피부족의 화를 돋우었잖아."

"그렇더라도 피터를 나무라는 건 옳지 못해. 히다에게 해코지를 하는 건 더 이상한 짓이고."

"그럼 난 누구를 죽여야 되는 건데?"

"하루나 어디 있는지 몰라?" 한 여자가 이모리와 이치로 사이에 끼어들었다.

"방해하지 마! 난 이 자식을……."

"이러고 있는 사이에 하루나가 죽을지도 몰라!"

"넌 누구였더라?" 이모리는 여자에게 물었다.

"가도노 하루카야."

그러고 보니 그런 이름의 동급생이 있었던 것도 같았다. 맞다. 그녀의 여동생도 같은 반이었다.

"하루나는 네 여동생이지?" 이모리는 말했다.

"맞아. 함께 하루나를 좀 찾아줘!"

"쓰러진 사람 중에 하루나가 없다는 거야?"

"응. 죽은 사람 중에도 없었어."

"누구 하루나를 본 사람?"

아무도 대답하지 않았다.

"눈사태가 일어나기 전에 마지막으로 하루나를 본 사람은?"

유리코가 손을 들었다. "눈사태가 일어나기 직전에 개는 내 바로 옆에 있었어."

"그렇다면 함께 떠내려왔을 가능성이 커. 넌 어디에 파묻혀 있었어?"

"기억은 잘 안 나지만, 아마 이 부근일 거야."

"움직일 수 있는 사람은 좀 도와줘."

이모리와 하루카, 그리고 동창생 몇 명이 일어섰다. 나머지 사람들은 지칠 대로 지쳐서 쉽사리 움직일 수 없는 듯했다.

그리고 몇 분 후, 하루나가 발견됐다. 일단은 하루카와 똑 닮은 얼굴이 드러났다. 하지만 하루카보다 훨씬 안색이 창백했다.

"빨리 몸을 다 파내자."

얼마 지나지 않아 하루나는 눈 위에 눕혀졌다. 호흡과 맥박을 확인하려 했지만 바람이 워낙 강한 탓에 잘 알 수가 없었다.

이모리는 심폐소생술을 시도했다. 이제 틀렸구나 싶었을 때 갑자기 하루나가 콜록거렸다. 그리고 눈을 까뒤집고 먹은 걸 조금 토했다.

"괜찮아, 하루나?" 하루카가 하루나의 어깨를 잡았다.

하루나는 아무 대답 없이 바들바들 떨기만 했다.

"몸이 완전히 얼어붙었어. 분명 저체온증일 거야." 이모리는 자기 웃옷을 벗어 하루나에게 입혔다.

바람이 한층 세게 불었다.

"이대로 있다가는 몇 분 안에 우리 모두 저체온증에 걸릴 거야. ……아니, 벌써 대부분 저체온증인가." 스라이는 쓰러져서 겨우 숨만 쉬고 있는 사람들을 보고 말했다.

"어쩌지? 눈 속을 걸어갈까? 아니면 이대로 구조를 기다릴까?"
도모코가 말했다.

이모리는 모두의 상태를 다시 확인했다. 대부분이 가벼운 차림이었고, 유카타를 입은 사람도 있었다. 설산에는 어울리지 않는 복장이었지만, 여관 안에 있었으니 무리도 아니다.

여기서 가만히 기다려도 얼마 지나지 않아 모두 얼어 죽으리라. 그렇다고 무턱대고 행군해도 결과는 마찬가지다. 애당초 걸을 수 있는 사람은 극소수다. 간다면 움직이지 못하는 사람은 버려두고 가야 한다.

"여기서 비바크* 하자. 그리고 구조를 기다리는 거야." 이모리는 제안했다.

"너 미쳤냐?" 솜옷을 껴입은 후쿠가 말했다. "이런 곳에서 야숙을 하자고? 10분도 안 지나서 죽을걸."

"지금 움직이기는 위험합니다. 덧붙여 얼마나 걸어야 하는지도 모르고요."

"근처에 인가는 없나?"

"제일 가까운 곳도 10킬로미터는 돼요." 안주인 조쿠시마 스미가 일어나기는 힘든지 몸을 살짝 일으킨 자세로 힘없이 대답했다.

"아직 파묻혀 있을지도 모르는 사람을 구하는 건 어떨까?" 유리코가 제안했다. "하루나 같은 사람이 또 있을지도 몰라."

---

* 텐트를 사용하지 않고 지형지물을 이용하여 하룻밤을 지새우는 것을 가리키는 등산 용어.

"그러고 싶은 마음은 굴뚝같지만, 이제 그럴 만한 체력이 없어. 지금은 구조를 기다리는 수밖에."

"아니지. 체력이 있는 동안 여기서 달아나야 해." 후쿠가 일어섰다. "누구 한 명만 마을에 도착하면 구조를 요청할 수 있잖아."

"선생님은 체력이 남아 있습니까?"

"응. 눈을 파헤치는 쓸데없는 짓을 하지 않고 체력을 보존해뒀거든."

"걸을 체력이 있으면 파묻힌 사람들을 찾아보는 게 어때?" 지로를 끌어안고 울던 이치로가 말했다.

"어디에 파묻혔을지도 모르는 녀석들을 찾느라 체력을 허비하다니, 너무 바보 같은 짓이야. 게다가 이미 시간이 너무 많이 흘렀어. 아마 하루나를 파냈을 때쯤이 한계였겠지. 뭘 어쩌든 이미 늦었어."

"더 늦기 전에 모두가 들어갈 수 있을 만한 구덩이를 파자. 그리고 잡동사니에서 덮개로 쓸 만한 물건을 찾아서 위를 덮는 거야." 이모리는 말했다. "마지막 체력을 거기에 쓰자. 움직일 수 있는 사람들은 도와줘."

"눈집을 판다고 정말 살아남을 수 있을 거라 생각하는 거냐?"

"눈에는 보온작용이 있습니다. 그리고 바람만 막아도 체온을 유지하기가 쉬워져요."

"흥. 어쨌든 난 안 도울 거야." 후쿠는 눈 위에 책상다리를 하고 앉았다. "솜씨나 구경해야겠군."

21

밤새 활활 타오른 후에야 불길은 기세가 잠잠해졌다. 해가 뜨고도 여기저기 잔불이 타닥타닥 타고 있었지만 땅에 내려가도 괜찮을 정도였다.

"어쩌지. 기지가 없어졌어." 빌이 탄식했다.

"기지는 또 만들면 그만이야." 피터는 하품을 하며 말했다.

"그런데 어디에 만들지?" 슬라이틀리가 물었다.

"숲속에 다시 만들면 되지 않을까?"

"하지만 숲은 불타버렸는걸."

"붉은 피부족의 숲이나 요정의 숲을 빼앗으면 되잖아? 뭣하면 해적선을 써도 되고. 분명 지금은 거의 텅 비었을 거야."

"피터가 혼자 침략하는 거야?"

"물론 너희도 함께 가야지!" 피터는 외쳤다. "자, 지금부터 전쟁을 하러 출발이다!"

"우리는 계속 불바다 위를 날아다니느라 녹초가 돼서 못 움직이겠어. 그리고 다들 여기저기 화상도 입었고."

"기운이 없다는 거야?"

"그렇지."

"그럼 밥을 먹으면 되겠네. 너희들, 밥을 먹으면 기운이 나잖아."

"으음, 분명 배가 고플 때는 식사를 하면 기운이 나지만……."

"배가 안 고파?"

"아니. 배고프냐고 묻는다면 그야 고프지만……."

"그럼 밥이지."

"먹을 게 어디 있는데?" 마이클이 물었다.

"먹는 척하는 걸로는 안 될까?"

"안 돼. 배가 엄청 꼬르륵거린단 말이야." 투틀스는 금방이라도 울음을 터뜨릴 것 같았다.

"음. 그럼 뭘 먹을지 정하자."

"뭐든지 좋아."

"아니, 그럴 수는 없어. 아침밥, 점심밥, 저녁밥 중 뭘 먹을지를 일단 확실히 해야지."

"어느 거든 상관없지 않을까?" 슬라이틀리가 의견을 말했다.

"틀렸어. 아침에는 결코 점심밥이나 저녁밥을 먹어서는 안 돼. 그랬다가는 시간이 엉망진창이 된다고."

"그럼 일단 아침밥을 먹자. 아침이니까."

"아니, 잠깐. 지금 정말로 아침이야?"

"이렇게 밝은걸."

"점심에도 밝아. 지금이 점심이 아니라는 증거라도 있어?"

"저기, 이 섬에 시계는 없어?" 빌이 물었다.

"당연히 있고말고. 여기가 무슨 미개지인 줄 알아?" 피터 팬은 발끈 화를 냈다. "시간을 알고 싶을 때는 늘 내가 시계가 있는 곳까지 가서 모두에게 시간을 알려준다고."

"맞아, 시계." 슬라이틀리가 말했다. "시계가 있으면 아침인지 점심인지 확실히 알 수 있어."

"그래서, 시계는 어디 있는데?" 빌이 물었다.

"글쎄." 피터는 고개를 저었다.

잃어버린 소년들도 고개를 저었다.

"그럼 피터는 어떻게 시계가 있는 곳에 갈 수 있는데?"

"찾으면 되지."

"요정 마을을 찾는 방식으로?"

"그렇지만 좀 더 간단해. 다가가면 째깍째깍 소리가 나니까."

"시계소리 말이로구나. 하지만 소리에 의지하기보다 장소를 기억해두는 편이 편하지 않겠어?"

"전혀 안 편해. 시계의 위치가 자꾸 바뀌니까 기억해봤자 도움이 안 돼."

"시계가 걸어 다녀?"

"너, 걸어 다니는 시계를 본 적 있어?"

"있어. 뭐, 시계와는 다를지도 모르지만, 시계 비슷한 뭔가야. 오즈의 나라에서 친구였어. 분명 이름이 틱톡이었는데."

"이 섬에 그런 공상적인 물건은 없어."

"그럼 왜 위치가 바뀌는데?"

"악어 배 속에 있거든."

"피터, 째깍 악어의 배 속에 있는 시계는 멈춘 거 아니었어?" 웬디가 의문을 제기했다. "분명 후크가 먹히기 직전이었을 텐데."

"멈췄지. 그래서 그 후로 시간을 알 수가 없어서 몹시 불편해졌어. 그때까지는 째깍 악어 배 속에서 들려오는 시보에 의지했거든. 시간을 알 수가 없으니 생활이 엄청 불편하더라. 그래서 내가 전 세계를 뒤져서 시간이 딱 맞는 고성능 시계를 입수했지. 그리고 그걸 째깍 악어에게 먹였어."

"피터, 그 시계를 악어에게 먹이지 말고 가지고 있지 그랬어?" 슬라이틀리가 말했다.

"어째서? 시계를 먹여야 째깍 악어가 시간을 통보할 수 있잖아!" 피터는 슬라이틀리를 노려보았다.

"물론 비난하는 건 아니야. 그냥 제안한 거지. 하지만 잘 생각해보니 시계를 째깍 악어에게 먹인 건 좋은 생각이었어. 째깍거리지도 않는데 째깍 악어라고 부르면 째깍 악어도 불만일 테니까."

"나도 좋은 생각이다 싶더라." 피터는 자랑스러운 듯 코밑을 슥 문질렀다. "그럼 째깍 악어를 찾아서 시간을 확인하고 올게!" 피터는 엄청난 속도로 날아갔다.

"저기. 째깍 악어는 늘 시보를 울려?" 빌은 슬라이틀리에게 물었다.

"그럴 리가 있나. 한 시간에 한 번뿐이야."

"그럼 피터는 시보가 울릴 때까지 계속 악어 옆에 있는 거야?"

"응. 그러니까 최악의 경우에는 한 시간을 기다려야 해. 덧붙여 시보는 피터밖에 못 들어."

"어째서?"

"피터 말고 다른 사람은 금방 잡아먹힐 테니까. 째깍 악어는 몸집이 크지만 엄청나게 민첩해서 보통 사람은 못 도망가."

"한 시간이나 악어를 피해 다녀야 하다니 힘들겠네."

하지만 피터는 의외로 빨리 돌아왔다.

"어서 와, 피터. 지금 몇 시…… 으악!" 빌은 비명 같은 소리를 질렀다.

피터는 피가 뚝뚝 떨어지는 악어 머리를 짊어지고 있었다.

"그거, 어쩐 거야?" 빌은 물었다.

"째깍 악어를 발견했을 때 이걸 가져가서 아침밥으로 먹으면 되겠구나 싶더라고. 먹으면 죄가 아니라고 분명 빌 네가 그랬잖아."

"그건 보편적인 규칙이지. 하지만 째깍 악어가 죽으면 더 이상 시간을 알 수 없을 텐데."

"괜찮아." 피터는 피투성이가 된 손으로 피에 젖은 시계를 보여주었다. "이걸 다른 악어한테 먹이면 되지."

"새로운 악어를 찾지 못하면?"

"그때는 상어든 고래든 호랑이든 하나 골라서 먹이면 그만이지." 피터는 빌을 보고 씩 웃었다. "도마뱀도 괜찮겠다."

"그렇구나. 그걸 먹으면 째깍 도마뱀이 될 수 있겠네." 빌은 기대로 가슴이 부풀었다.

"새로운 째깍 맹수를 찾기 전에 아침밥을 먹자." 웬디는 피터의 행동에 완전히 익숙해진 것 같았다.

"으아, 잘 먹었다." 피터는 트림을 하며 배를 문질렀다. "배가 부르니까 졸리네. 한숨 잘까."

"피터, 자는 건 좋지만 일어나면 나랑 한 약속 꼭 지켜야 해." 웬디는 말했다.

"약속을 했던가?"

"팅커벨을 죽인 범인을 찾아내겠다는 약속 말이야."

"아, 그런 말을 했었지 참." 피터는 졸음이 가득한 눈으로 하품을 했다. "어쩐지 귀찮아졌어."

"혹시 수사를 포기하는 거야?"

"아니, 포기해서는 안 되겠지. 하지만 이렇게까지 조사해도 알 수가 없으니 평범한 방법으로는 해결이 안 될지도 모르겠다 싶어서."

"'이렇게까지 조사해도'라니, 빌이랑 함께 여기저기 이야기를 들으러 다닌 것뿐이잖아?"

"맞아. 그것 말고 뭘 더 어쩌라는 거야?"

"이야기를 듣기만 해서는 안 돼. 제대로 추리를 해야지. 예를 들면 살해 현장을 수색하러 가서 현장의 평면도를 그린다든가, 용의자 모두의 알리바이를 나타내는 표를 만든다든가……."

"으으음. 살해 현장이 어디였더라?"

"여기야."

"여기?" 피터는 주위를 둘러보았다. "여기는 허허벌판인데."

"허허벌판이 되기 전에는 우리 기지였어." 웬디의 눈에 눈물이 가득 고였다.

"그래도 지금은 허허벌판이야."

"응, 맞아." 웬디는 고개를 푹 숙였다.

"증거고 뭐고 싹 불탔어."

"응."

"그럼 더 이상 수사는 못 하겠네." 빌이 말했다.

"뭐라고?" 피터가 되물었다.

"증거가 불탔으니까 더 이상 수사를 못 하겠다고 했어."

"그렇구나. 없어지면 수사를 하지 않아도 돼!" 피터는 밝은 목소리로 말했다.

"수사를 안 해도 되는 게 아니라 못 하는 거야." 웬디가 정정했다.

"둘 다 똑같아. 수사를 안 하는 건 매한가지니까."

"하지만 증언은 들을 수 있어."

"없어지면 그것도 안 해도 되겠지."

"무슨 소리야, 피터?"

"증인과 피의자가 모조리 없어지면 더 이상 수사를 하지 않아도 된다는 뜻이야." 피터는 단검을 뽑았다.

"잠깐만, 여기 있는 애들을 전부 죽일 생각이야?"

"여기랄까, 섬 전체지."

잃어버린 소년들은 서로 바싹 다가붙어 몸을 벌벌 떨었다.

"그건 이상해."

"이상하기는. 모두 죽이면 그중에 범인도 반드시 있겠지. 그럼 사형도 끝낸 셈이잖아. 합의적이야."

"말을 할 거면 똑바로 해야지. 합의적이 아니라 합리적이야." 슬라이틀리가 톡 쏘아붙였다.

피터가 노려보았지만 슬라이틀리는 실실 웃었다. 어차피 죽으리라는 생각에 간이 커진 것이리라.

"피터, 나도 죽일 거야?" 웬디가 물었다.

"엇?" 피터는 당황했다. "딱히 죽이지 않아도 될 것 같은데."

"너 자신은 어떻게 하려고? 스스로를 죽일 거니?"

"난 안 죽어도 되겠지."

"그럼 우리 두 사람은 죽이지 않는 거네?"

"응."

"약속할 거야?"

"약속할게." 피터는 자신의 의사라기보다는 웬디의 압박에 밀려서 약속한 것처럼 보였다.

"그럼 모두를 죽이는 건 무의미해."

"무의미하기는. 모조리 죽이면 그중에 반드시 범인이 있을 거야."

"아니. 너랑 나, 둘 중 한 명이 범인이라면 죽인 사람 중에는 범인이 없는 셈이야. 그럴 경우 나머지 사람들은 개죽음을 당하는 거지."

"난 범인이 아니야." 피터는 생침을 꿀꺽 삼켰다.

"나도 아니야."

"그럼 아무 문제도 없네." 피터 팬은 안도한 듯 말했다.

"내게는 네가 범인이 아니라는 확실한 증거가 없어."

잃어버린 소년들과 빌은 웬디가 진심을 말해서 깜짝 놀랐다. 피터를 범인 취급하면 웬디라 할지언정 목숨은 보장할 수 없다.

"웬디, 설마 너……."

"네게도 내가 범인이 아니라는 확실한 증거는 없을 거야."

"아니. 난 네가 범인이라고 생각지 않아."

"그럼 내가 범인이 아니라는 증거를 내놔봐."

"범인이야?"

"아니."

"잠깐만 있어봐. 머릿속이 복잡해졌어."

"나랑 네가 범인이 아니라는 걸 증명하지 않으면 다른 사람을 죽여봤자 아무 소용없다는 뜻이야."

피터는 뭐가 뭔지 모르겠다는 표정으로 머리를 끌어안고 그 자리에 주저앉았다.

슬라이틀리가 옆을 보자 빌도 머리를 끌어안고 주저앉아 있었다.

"그럼 난 어쩌면 좋지?"

"나랑 네가 범인이 아니라는 걸 증명하면 돼."

"그걸 증명하면 우리는 살해당할 거야." 슬라이틀리는 이를 따닥따닥 맞부딪치며 말했다.

"어떻게 하면 증명할 수 있는데?" 피터는 눈을 번뜩이며 물었다.

"간단해. 알고 싶어?" 웬디는 거드름을 피웠다.

"응, 알고 싶어."

"팅커벨을 죽인 진범을 찾아내면 돼. 그러면 너와 내가 범인이 아니라는 걸 증명할 수 있어."

"즉 진범을 찾아내면 모두를 죽여도 헛수고가 아닌 거야! 드디어 이해했어." 피터는 덩실덩실 춤을 추었다.

"응, 맞아. 하지만 굳이 모두를 죽일 필요는 없겠지. 범인만 죽이면 되니까."

"모두 다 죽여도 똑같잖아."

"범인을 모른다면 범인을 죽이기 위해 모두 죽여야겠지만, 범인을 안다면 한 명으로 족해. 이건 아주 이득이라고."

"그러는 편이 이득이야?"

"응. 아주 큰 이득이지."

"나한테는 전혀 이득이 아니야." 빌이 투덜거렸다. "내가 들이는 수고는 똑같은걸."

"아니, 너한테도 이득이야." 웬디는 상냥하게 말했다. "살아 있으면 언젠가 이상한 나라에 돌아갈 수 있을지도 모르잖니."

22

    눈에 판 구덩이는 지름이 2미터도 되지 않았다. 거기에 십 수 명이 들어갔으니 만원 전철 이상으로 혼잡해서 서로 밀치락달치락하는 상태였지만, 방금 전까지 몸이 얼어 있던 탓에 사람의 체온이 오히려 쾌적하게 느껴질 정도였다. 깊이는 1미터도 되지 않으므로 모두 무릎을 끌어안은 자세로 앉았다. 잡동사니로 만든 덮개 틈새에서 빛이 새어들어 왔지만, 바람은 거의 들어오지 않는 듯했다. 추위로 감각이 마비됐는지도 모르지만 꽤나 따뜻하게 느껴졌다.

    살아남은 사람은 이모리 외에 히다 한타로, 스라이 도리오, 다루이 도모코, 니렌 이치로, 도라야 유리코, 가도노 하루카, 가도노 하루나, 후쿠 가기오, 그리고 여관 쪽은 조쿠시마 스미, 도쓰토리 슈토, 무니 슈사쿠, 가리야 아토, 스다 기이까지 총 열네 명이었다. 이치로는 지로의 시체도 구덩이에 들여놓았지만 아무도 불평은 하지 않았다.

가도노 하루나는 의식은 있지만 정신이 몽롱한 상태였다. 또한 스다 기이는 얼굴에 심각한 손상을 입었고 거의 움직일 수 없었지만, 안주인 조쿠시마 스미의 말에 따르면 얼굴은 어제 사고로 다친 것으로 눈사태와는 상관없다고 했다.

"이제 어떻게 할 거야?" 후쿠가 말했다. "금방 얼어 죽지는 않겠지만 이대로 있다가는 분명히 얼어 죽든지 굶어 죽을 거야."

"구조대가 오지 않을 경우는 그렇겠죠. 그리고 바람이 잦아들어 기온이 좀 더 올라가면 건강한 사람이 구조를 요청하러 가도 될 겁니다." 이모리가 말했다.

"그럼 그때까지는 어떻게 보내라고? 이렇게 좁아터진 곳에서 가만히 얼굴만 맞대고 있는 건 딱 질색이야."

"그럼 구조대가 올 때까지, 또는 날씨가 회복될 때까지 여기서 심심풀이를 해보죠."

"목숨이 걸려 있는 상황에서 심심풀이라고? 어처구니가 없군."

"어처구니가 없다면 끼지 않으셔도 무방합니다. 심심풀이니까요."

"게임이라도 하려고?" 유리코가 물었다. "아무것도 안 가져왔는데."

"범인 맞히기야." 이모리가 말했다.

"범인 맞히기 게임?"

"게임이 아니야. 뭐, 게임이라고 쳐도 상관없지만."

"허 참. 또 네버랜드니 뭐니 그 시답잖은 꿈나라 이야기를 하려는 건 아니겠지." 후쿠가 깔보듯이 말했다.

"진범을 찾는 게 급선무입니다. 아니면 우리는 조만간 죽을 테니까요."

"눈사태 말고 우리를 죽이려는 자가 있다는 건가?"

"네. 피터 팬요." 이모리는 히다를 보았다.

"그럼 지금 당장 이 자식을 죽이면 되잖아?" 이치로가 말했다. "그래, 눈사태로 죽었다고 하면 경찰도 믿어주겠지."

"무슨 소릴 하는 거야." 히다가 떨리는 목소리로 말했다. "지금 이 시시한 농담이나 할 때야?"

"농담은 무슨! 지로는 죽었는데 왜 넌 살아 있는 거야!"

이치로는 히다에게 덤벼들려고 했지만 가까이 가기도 전에 주변 사람들에게 제압당했다.

"놔! 빌어먹을!" 이치로가 고함을 질렀다.

"이 녀석 말에도 일리가 있지 않나?" 후쿠가 말했다. "히다가 죽으면 모두 살 수 있잖아?"

"후쿠 선생님, 말씀하시는 걸 들어보니 본인이 네버랜드 주민의 아바타라는 사실을 인정하시는 거죠?" 이모리가 말했다.

"그런 말은 안 했는데. 하지만 현재로서는 네버랜드의 존재를 부정할 재료가 없는 것 같아서 말이야."

"두 세계의 규칙상 지금 여기서 히다를 죽여본들 아무것도 해결되지 않습니다. 저희가 지구에서 할 수 있는 일은 진범을 찾는 거예요. 그러면 사태는 저절로 해결을 향해 나아갈 겁니다." 그리고 이모리는 모두에게 말했다. "솔직하게 대답해주십시오. 자기가 네버랜드 주민의 아바타라고 생각하는 사람은 손을 들어보세요."

도모코와 후쿠를 제외하고 모두 손을 들었다.

"고맙습니다. 이제 이야기를 하기가 많이 편해지겠군."

"아직도 인정 안 하는 거야?" 유리코가 도모코에게 말했다. "너, 웬디잖아?"

"그럼 뭐 어쩔 건데?"

"지금 당장 목을 조르고 싶지만, 이모리의 말에 따르면 그런 짓을 해봤자 의미는 없는 모양이네."

"현명한 판단이로구나." 도모코는 무표정하게 대꾸한 후 이모리에게 물었다. "아까 범인을 찾아내면 사태가 저절로 해결을 향해 나아갈 거라고 했는데, 그건 무슨 뜻이야?"

"이 세계에서 히다를 가두든 죽이든, 피터 팬은 아무 탈도 없이 자유로운 상태야. 네버랜드에서 피터를 저지하지 않으면 의미가 없어."

"그럼 그러면 되잖아?"

"하지만 유감스럽게도 네버랜드에서 피터를 저지할 수 있을 만한 인물은 단 하나, 마브 여왕뿐이야."

"그럼 마브 여왕한테 부탁하면 되는 거 아닌가?"

"마브 여왕은 공정한 인물이야. 피터와 잃어버린 소년들의 다툼에 개입할 마음은 없는가 봐. 다만 피터가 그녀의 국민인 팅커벨을 죽였다고 증명하면 그를 어떻게든 해줄 가능성이 커."

"어떻게든?"

"가두거나 그……." 이모리는 히다를 힐끗 보았다. "죽이거나."

"헉!" 히다가 소리를 질렀다.

"우리는 되도록이면 사형은 실시하지 말라고 부탁해볼 생각이야."

"그럴 필요는 없지 않을까?" 스라이가 말했다. "피터는 그만한 죄를 지었어."

"피터의 도움 없이 잃어버린 소년들이 그 섬에서 살아남을 수 있을까? 일시적인 감정으로 만사를 결정해서는 안 돼."

"그거야말로 마브 여왕의 비호를 받으면 되잖아?"

"그러지 않는 편이 좋을걸." 이치로가 인상을 찌푸렸다. "피터는 요정들의 비호 아래 자랐어. 그 결과 그는 평범한 아이의 범주에서 벗어났지."

스라이는 오싹하다는 표정을 지었다.

"알았어. 수수께끼 풀이 게임에 참가할게." 도모코가 말했다.

"시간과 노력을 허투루 쓰려고 하는군." 후쿠가 말했다.

"어차피 할 일도 없잖아요."

"흥. 하고 싶으면 하든가."

"이모리, 지금까지의 경위를 가르쳐줘." 도모코가 말했다.

이모리는 빌이 보고 들은 사실을 대강 전달했다. 그리고 스라이, 이치로, 유리코 등등이 기억이 모호한 부분과 빠진 부분을 보충했다.

"피터에게는 알리바이가 있는 거구나." 도모코는 사건의 경위를 들은 후 확인했다.

"그건 틀림없어." 유리코가 말했다.

"조쿠시마 씨도 같은 의견이에요?"

"네. 스미는 피터 팬이 무고하다는 사실을 확인했어요." 안주인이 대답했다.

"히다, 피터는 범인이야?" 도모코가 물었다.

"모르겠어." 히다는 울먹이는 목소리로 대답했다.

"네가 한 일이잖아?"

"내가 아니라 피터야. 그리고 피터는 기억력이 안 좋아."

"아무리 그렇대도 자기가 죽었다는 걸 잊어버릴까?"

"오히려 피터는 일단 죽이고 나면 그 인물에 대해서 잊어버리는 성격이야."

"뭔가 이상해. 모두가 자신이 알고 있는 바를 전부 이야기하지 않은 것 같아." 도모코는 유리코를 보았다.

"내가 거짓말을 했다고?" 유리코가 마주 노려보았다.

"그런 말은 아니야. 하지만 말해야 할 사항을 말하지 않았을지도 모르지."

"왜 그렇게 생각하는데?"

"넌 웬디를 미워해. 그리고 날 웬디라고 생각하고."

"웬디 아니야?"

"아니라고 하면 믿을래?"

"너 대체 무슨 꿍꿍이속이야?"

"꿍꿍이속은 무슨. 사건을 해결하고 싶을 뿐이야." 도모코는 대답했다. "흐음. 이거 골치 아프네."

"뭔가 알아차린 거라도 있어?" 이모리가 물었다.

"만약 모두가 진실을 말하면 금방 범인을 확정할 수 있을 것 같은데, 현재로서는 그렇지가 않네."

"애당초 너부터 진실을 말 안 하잖아."

"내가 거짓말을 하고 있다는 걸 증명할 수 있어?"

"그건 아주 어려워. 지구에는 네버랜드의 물건이 전혀 없으니까 증언에만 의존해야 하거든."

"맞아. 그리고 여기에는 진실을 말하지 않은 사람이 몇 명 있어."

"너를 포함해서 말이지."

"난 일단 제쳐놓자. 범인 찾기에는 지장이 없으니까."

"그 말도 신뢰할 만한 근거는 없지만."

"넌 중요한 말을 했어. 스스로 알아차렸는지는 모르겠지만."

"어쩐지 넌 이미 답에 다다랐다는 것처럼 들리는데?"

"응. 대강은 짐작이 가."

구덩이 속에 있는 모두가 술렁거렸다.

"뭐야. 그럼 빨리 범인을 확정할 수 있는 근거를 알려줘." 스라이가 불평했다.

"그게 쉽지가 않아." 도모코가 말했다. "말하는 순서를 틀리면 전부 물거품이 되거든."

"대체 무슨 소리야."

"아까 이모리가 말했듯이 범인 찾기의 근거는 증언뿐이야. 실은 네버랜드에서도 똑같지. 현장이 완전히 불타버렸으니까 물적 증거는 사라졌을 가능성이 커."

"팅커벨의 시신도 포함해서 말이지." 스라이가 말했다.

"어떤 경우에 증언만으로 범인을 확정할 수 있을까?"

"그야 목격정보가 있는 경우겠지. 하지만 지금까지 조사 결과에 따르면 살해 현장을 본 사람은 없는 모양이야."

"그 밖에도 있어. 범인밖에 모르는 정보를 범인이 입에 담았을 경우야." 이모리가 말했다.

"그건 정말 어려워. 범인밖에 모른다는 걸 범인이 눈치채지 못하게끔 말실수를 유도해야 하니까. 그리고 일단 말을 꺼내면 그건 모두가 공유하는 정보가 되어 범인 이외의 사람들에게도 전달돼. 그 이전에는 몰랐다는 걸 증명할 수 없고, 알고 있었다는 것도 증명할 수 없어." 도모코가 말했다.

"즉 말을 시키는 순서를 틀리면 무효가 된다는 건가."

"그리고 그건 다른 목격정보들도 마찬가지야. 여기서 말하는 순간 모두에게 알려지니까 실은 몰랐다고 해도 더 이상 그걸 증명할 수 없어."

"즉 이런 말인가. 범인을 찾으려면 모두를 신문할 필요가 있지만, 여기서 신문하면 증언의 가치가 점점 상실된다."

"그러니까 범인 찾기는 신중하게 진행해야 해. 누군가 부주의하게 말을 꺼낸 순간, 누가 범인이냐는 정보가 영원히 사라질 수도 있어."

"네 머릿속에는 해결에 다다르는 경로가 만들어져 있어?"

"아마도."

"확실하지는 않은 거구나."

"응. 최종적인 확증을 얻기 위해서는 약간의 퍼즐을 풀어야 해."

"잠깐만. 얘 말을 믿을 수 있어?" 이치로가 끼어들었다. "웬디는 피터 팬을 사랑하잖아? 그럼 히다에게 불리한 말을 할 리 없어."

"웬디가 피터를 어떻게 생각하는지는 모르지만, 난 별 감정 없어. 물론 히다에 대해서도."

"지금 그 말이 진실인지는 증명할 수 없고 말이지."

"증명할 수 있어. 지금은 하지 않겠지만."

"증명할 수 있다면, 하면 되잖아."

"지금 증명하면 더 중요한 사실을 증명할 수 없게 되니까 뒤로 미룰게."

"이렇게 말하면 저렇게 나오고, 저렇게 말하면 이렇게 받아치고, 어휴!" 스라이는 조바심을 노골적으로 드러냈다.

"진실을 말하지 않는 사람이 한 명 더 있어." 이치로가 말했다.

모두가 후쿠를 보았다.

하지만 후쿠는 전혀 동요하지 않았다. "내가 뭘 어쨌다는 거냐? 가령 내가 그 후크라는 해적이라고 치자. 그래서 뭐가 잘못이라는 거야?"

"후크에 관련된 수수께끼는 세 가지야." 이모리가 말했다. "첫 번째 수수께끼는 후쿠 선생님이 후크인가 아닌가. 다만 지금 선생님이 말했다시피 그걸 증명하더라도, 그것만으로는 아무것도 해결 안 돼. 두 번째 수수께끼는 선생님이 후크라고 치고 어떻게 살아남았느냐야. 네버랜드에서는 분명 아무도 후크의 시체를 보지 못했지만, 악어에게 먹힌 후에 무사하다는 것도 믿기는 어려워."

"네버랜드에 마법이 존재한다는 걸 잊어서는 안 돼." 스라이가 말했다.

"확실히 그래." 이모리는 고개를 끄덕였다. "하지만 마법을 쓸 줄 아는 건 요정족뿐이야. 그들이 후크를 적극적으로 도와줄 이유는 없어."

"그거야 모르지. 요정족에게 물어봤어?"

"그건 미처 생각을 못 했네. 내가 아니라 빌이."

"그렇다면 그 수수께끼는 보류야. 마지막 세 번째 수수께끼는?"

"후크가 팅커벨 살해사건에 관여했느냐야."

"그럴 가능성은 거의 없겠지. 해적도 붉은 피부족도 피터 팬과 웬디, 잃어버린 소년들이 지하의 비밀 기지를 떠난 후에 접근한 사람은 아무도 없었다고 증언했어. 요정의 도움이 있으면 또 모르지만, 요정들이 팅커벨을 죽이는 데 가담했을 리 없어."

"그건 나도 생각했어. 하지만 뭔가 마음에 걸려." 이모리는 후쿠를 보았다.

"마음에 걸리는 건 후크야, 아니면 후쿠 선생님이야?"

이모리는 알았다는 듯 고개를 번쩍 들었다. "그렇구나. 마음에 걸렸던 건 그거야. 후쿠 선생님이 곧 후크라고 여겼던 탓에 더 복잡해졌어. 두 사람을 별개로 생각하면 좀 더 단순해질 거야."

"이제 그만 나에 관한 이야기는 끝내주지 않겠어?" 후쿠가 성가시다는 듯 말했다. "전혀 모르는 일로 계속 입방아에 오르니까 기분이 영 좋지 않군."

"다들 선생님의 정체가 사건의 진상에 깊이 관계됐으리라고 생각합니다." 이모리가 말했다. "그러니 일단 선생님의 정체를 분명히 할 필요가 있어요. 선생님이 직접 밝혀주시면 고맙겠는데요."

"뭐야? 날 협박하는 거야? 그래 봤자 소용없어. 난 아무것도 몰라. 모르는 걸 자백시키려고 해본들 헛수고지."

"나도 부분적으로는 후쿠 선생님의 의견에 찬성해." 도모코가 말했다.

"하지만 후쿠 선생님의 정체는……."

"선생님의 정체가 사건의 핵심과 관계있을 거라는 의견에는 나도 찬성이야. 다만 그건 범인 찾기라기보다 오히려 동기와 관련이 있겠지."

후쿠의 얼굴이 조금 딱딱해졌다. "함부로 넘겨짚지 마!"

지금 도모코의 발언이 생각하던 바를 말한 건지, 그저 후쿠의 속을 떠본 건지 이모리는 판단이 서지 않았다. 하지만 후쿠의 반응으로 보건대 아무래도 정곡을 찌른 것 같았다.

"동기라니 무슨 뜻이야?" 이모리는 물었다.

"말 그대로의 의미야. 범인은 왜 팅커벨을 죽일 필요가 있었는가?"

"이유는 없어." 이치로가 말했다. "피터 팬은 언제든지 마음 내킬 때 살인을 저지른다고."

"맞아. 피터 팬은 뭐든지 깊이 생각하지 않고 대단한 이유도 없이 사람을 죽이지. 그렇기에 아무도 범행 동기를 생각하지 않았고. 이건 큰 맹점이었어." 도모코가 말했다.

"잠깐만. 그러니까 팅커벨이 살해당한 뭔가 제대로 된 이유가 있었다는 거야?" 이모리가 물었다.

"응. 그렇게 보는 게 자연스럽겠지."

"그 동기가 대체 뭔데?"

"현재 시점에서는 명확하게 말할 수 없어. 다만 아마도 원한 때문이겠지. 그 원한이 싹튼 곳이 네버랜드인지 지구인지는 모르겠지만."

"즉 누군가 팅커벨이나 이카케 히지리 중 한 명에게 원한을 품었다는 거야?"

"백 퍼센트 그렇다는 건 아니고."

"잠깐만. 점점 더 혼란스러워지네. 팅커벨은 원한 때문에 살해당했는데, 정작 팅커벨 본인은 아무에게도 원한을 사지 않았다니 그게 무슨 소리야?"

"백 퍼센트 그렇다는 건 아니라고 했잖아. 절대로 원한을 사지 않았다고까지는 할 수 없겠지." 도모코는 냉정하게 말했다. "하지만 아마도 팅커벨은 말려들었을 뿐일 거야."

"넌 진실에 도달했다고 생각하는 모양이구나."

"응."

"그럼 그게 뭔지 가르쳐주지 않을래?"

"지금은 아직 안 돼."

"다른 사람이 들을까 봐 그러는 거라면, 내 귀에 속삭이면 되잖아?"

"지금 같은 환경에서는 귀가 밝은 사람에게 다 들릴 거야. 그리고 네게 가르쳐주면 빌에게도 가르쳐주는 셈이잖아. 그건 치명적이라고 생각지 않아?"

"확실히 그건 치명적이네. 걔는 입이 엄청 가벼워." 이모리는 인정하지 않을 수 없었다. "그렇다면 더는 수사를 진행할 방도가 없다는 건가?"

"범인이 자진 출두하면 전부 마무리되겠지."

"피터는 아무 기억도 안 난다고 하는걸."

"후쿠 선생님 뭔가 짚이는 구석 없으세요?" 도모코가 갑자기 후쿠에게 물었다.

"너희들이 무슨 소리를 하는지 모르겠다고 침이 마르도록 말했잖아!"

"선생님은 특별활동에 공을 들이셨죠."

"갑자기 무슨 이야기야?"

"마음에 드는 학생을 자기 팀에 넣었어요."

"수업시간 외에 학생들을 데리고 특별활동을 하는 건 딱히 잘못이 아니야. 학교에도 제대로 보고했어."

"이치로, 넌 참가했었지?"

이치로는 지로의 시신을 끌어안은 채 계속 울고 있었다.

"무슨 일이 있었는지 기억하지?" 도모코가 재차 물었다.

이치로는 울기만 했다.

"너희들 무슨 짓을 당한 거야?"

"난······."

"입 다물어!" 후쿠가 소리쳤다. "넌 동생이 죽어서 지금 정신이 혼란스러운 상태야!"

바람 소리가 한층 강해졌다. 잡동사니로 만든 덮개가 덜컥덜컥 흔들리고 구덩이 속으로도 바람이 불어 들었다.

이모리는 몸이 완전히 싸늘해졌다는 걸 깨달았다. 그리고 졸음이 마구 몰려왔다.

잠들면 죽는다.

이모리는 겁이 났다.

지금 죽는 건 몹시 위험하다.

"우리 팀의 이름은 '프렌디스'였어." 이치로가 말했다.

이모리는 더 이상 눈을 뜨고 있을 수가 없었다.

23

"야, 빌, 일어나." 슬라이틀리가 빌을 쿡쿡 찔렀다.

"어라?" 빌은 눈을 비볐다. "나 잠들었어?"

"잠들었다기보다는 느닷없이 의식을 잃는 느낌이었지. 연기라도 마셨어?"

"그럴지도 모르겠네. 어쩐지 머리가 띵해."

"그럼 빨리 정신을 차려. 이제부터 웬디가 설명할 거니까."

"무슨 설명?"

"못 들었어?"

"응. 난 의식을 잃었으니까."

"그러고 보니 그러네. 웬디가 이제부터 누가 범인인지 알려주겠대."

"우리는 상식에 얽매여 있어." 웬디는 말을 하고 있었다. "물론 상식이 있으면 대개 유리하지만."

이미 이야기가 시작된 모양이네. 처음부터 듣고 싶었는데.

빌은 그렇게 생각했다.

"상식이 없으면 지하철 타는 법도, 침대에 눕는 법도 모르겠지." 웬디는 말을 이었다. "하지만 때때로 상식이 방해를 하기도 해. 상식인 줄 알았던 사실이 실은 편견 아닐까 의심해보는 게 중요해."

"구체적인 예를 들자면?" 슬라이틀리가 물었다.

"다들 팅커벨을 죽인 범인은 당연히 피터 팬이라고 생각하지?"

잃어버린 소년들은 얼어붙었다.

"그래?" 피터 팬이 놀란 듯이 물었다.

"엇? 아닌 줄 알았어?" 빌은 진심으로 놀라서 말했다.

"듣고 보니 그런 것도 같네." 피터 팬은 단검을 만지작거리면서 말했다. "그렇다면 누군가에게 죄를 뒤집어씌우면 되겠지."

"그럴 필요는 없어. 난 네가 범인이라는 게 단순한 편견에 지나지 않는다고 생각하니까." 웬디가 말했다.

"하지만 피터 팬을 범인으로 보는 게 제일 타당해." 슬라이틀리가 물고 늘어졌다.

"피터 팬에게는 알리바이가 있어."

"타이거 릴리와 스미가 말을 맞춘 게 아닐까?"

"그렇게 억지스러운 가정은 바람직하지 못해. 그 두 사람은 말은커녕 분명 눈조차 맞춘 적 없을걸."

"그럼 알리바이가 없는 건 누군데?"

"잃어버린 소년들은 거의 다 없어." 빌이 말했다. "하지만 우리가 조사한 바로는 두 사람만 알리바이가 있더라고."

피터는 고개를 끄덕였다. "얼굴이 똑같은 두 사람은 내내 인어의 만에 있었다고 분명 인어가 그랬어."

"그건 아주 중요한 점이야. 인어가 '두 사람'이라고 했지?"

"응. 두 사람이라고 말한 걸 똑똑히 들었어." 빌이 자랑스럽게 말했다. "즉 쌍둥이는 둘 다 무고해."

"그건 부정확한 표현이야. 정확하게 말하자면 쌍둥이 중 두 사람은 무고하다는 뜻이지."

"이제 쌍둥이 이야기는 그만해!" 피터가 짜증스럽게 말했다.

"피터, 왜 짜증을 내?" 웬디가 물었다.

"쌍둥이 이야기는 재미없으니까."

"그게 아니지, 피터. 넌 쌍둥이가 뭔지 이해를 못 해. 그것 때문에 짜증이 나는 거야." 웬디는 말을 이었다. "이를테면 쌍둥이는 피터의 관념적인 맹점이었던 거야. 몇 명인지, 이 자리에 있는지 없는지도 확실치 않지. 그래서 피터는 쌍둥이에게 번호를 매기려 하지 않았어. 그리고 더욱 까다롭게 만든 건 바로 너야, 빌."

"응? 나?" 빌의 눈이 동그래졌다. "내가 뭘 어쨌는데?"

"넌 대단할 정도로 아무것도 하지 않았어. 너랑 피터가 한 팀으로 사건을 수사한 게 맹점을 더 확대시킨 거지. 빌, 넌 쌍둥이가 뭔지 아니?"

"뭐, 대강은. 몇 명인가 있지만 같은 사람이지?"

잃어버린 소년들이 일제히 한숨을 쉬었다.

"물론 네 아바타라인 이모리는 쌍둥이라는 개념을 알아. 하지만 널 통해서만 이 세계를 인식할 수 있기 때문에 이모리 또한 중

302

요한 사실을 간과하고 말았어. 빌, 지금 '몇 명인가 있지만'이라고 했지?"

"응. 몇 명인지는 모르지만."

"원래 쌍둥이는 둘이서 한 쌍이야."

"하지만 이 섬에는 얼굴이 똑같이 생긴 사람이 더 있는걸. ……아아. 한 명은 이미 죽었지만."

쌍둥이 형은 동생이 죽은 게 생각났는지 소리 내어 울기 시작했다.

웬디에게 쌍둥이 이야기를 듣자 빌은 마브 여왕의 말이 어렴풋이 떠올랐다.

"당신은 2와 4조차 구별을 못 하잖아요?"

"누굴 바보로 알아? 그 정도는 안다고."

"쌍둥이는 몇 명인가요?"

"쌍둥이 이야기는 집어치워." 피터는 부아가 치민 것 같았다.

"빌, 쌍둥이는 몇 명이죠?"

"두 명……인가."

"그래요. 한 쌍의 쌍둥이는 두 명이죠." 마브 여왕은 고개를 끄덕였다. "그럼 두 쌍의 쌍둥이는 몇 명인가요?"

"쌍둥이는 쌍둥이야. 그 이상도 그 이하도 아니라고. 한 쌍이든 두 쌍이든 똑같아." 피터가 이야기를 가로막았다.

"봐요, 피터는 2와 4도 구별하지 못한답니다."

뭘까? 왜 이런 생각이 나는 거지?

그것이 자신에게 희미하게 남아 있는 이모리의 통찰력이라는 것을 빌은 알아차리지 못했다.

"이 섬에는 쌍둥이가 두 쌍 있어…… 있었지." 웬디가 말했다.

"그럼 이쪽 쌍둥이랑." 빌은 피터 달링을 가리켰다. "이쪽 쌍둥이는 서로 다른 거로구나." 빌은 조지와 잭을 가리켰다. "어쩐지 얼굴이 다르다 싶더라니."

"엇? 뭐라고! 너희들 같은 놈들 아니었어?" 피터 팬이 큰 소리로 외쳤다.

"같기는 뭐가 같아." 조지가 불만스럽게 입술을 삐죽 내밀었다. "그것보다 잭이 걱정이야. 아까부터 멍하니 아무 말도 안 해."

"분명 연기를 마신 거겠지." 슬라이틀리가 말했다. "잠시 자고 나면 괜찮아질 거야."

"쌍둥이가 몇 명 있든 내 알 바 아니지!" 피터가 말했다. "그런데는 아무 의미도 없어!"

"아니. 중대한 의미가 있어." 웬디가 말했다.

"쌍둥이는 범인이 아니지? 알리바이가 있으니까." 빌이 말했다. "인어가 증언했어."

"아이들의 이름은 전부 알아?"

"그깐 걸 어떻게 알아? 하지만 놈들은 있었어." 인어는 대답했다.

"놈들이라니?"

"얼굴ㅇㅣ 똑같은 두 ㅅㅏ람."

"쌍둥이 말이로구나!" 빌이 말했다. "즉 쌍둥이에게는 알리바이가 있어."

"다시 한 번 확인할게. 인어가 확실히 '두 사람'이라고 한 거지?" 웬디는 확인했다.

"맞아. 그러니 두 사람은 절대 범인이 아니야."

"맞아. 두 사람은 범인이 아니야. 하지만 쌍둥이는 합쳐서 네 명이야."

웬디의 말을 듣자 빌은 머리가 어질어질했다. 쌍둥이의 개념을 완벽히 이해하지 못한 데다 자기가 확신하고 있던 사실이 차례차례 뒤집어지는 바람에 의식이 따라가지 못한 것이다.

"반대로 말하면 거기 있었던 쌍둥이는 한 쌍뿐이었다는 뜻이지. 다른 한 쌍의 쌍둥이 중 적어도 한 명은 거기 없었던 셈이야."

"쌍둥이는 한 쌍밖에 없었으니까 다른 한 쌍의 쌍둥이는 둘 다 없었던 거 아니야?" 슬라이틀리가 의문을 제기했다.

"인어는 '얼굴이 똑같은 두 사람이 있었다'고 말했어. 다른 한 쌍의 쌍둥이 중 한 명만 있었어도 인어는 쌍둥이 중 한 명인 줄 몰랐겠지. 물론 둘 다 없었을 수도 있지만, 적어도 쌍둥이 중 한 명이 없었던 건 확실해."

"인어의 증언은 믿을 수 없어!" 느닷없이 쌍둥이 형이 발끈해서 외쳤다.

이치로가 입을 열었다. "인어의 증언은 믿을 수 없어!"

"그래! 무슨 말을 했는지 모르지만 놈들은 기껏해야 물고기인걸."

지로가 갑자기 벌떡 일어섰다.

이건 이모리의 기억이다.

그 두 사람은 인어의 증언을 애써 부정했다. 부정해야 하는 이유가 있는 걸까?

"저어, 그때 넌 어디 갔었니, 피터 달링?" 웬디는 쌍둥이 형을 추궁했다.

"우리는 거기 있었어. 없었던 건 조지나 잭 중 하나야."

"우리는 그때 인어의 만에 있었어." 조지가 반론했다.

"증명할 수 있으면 해보든가."

"네 입장에서는 아쉽겠지만 증인이 한 명 더 있어." 웬디가 말했다.

"누구야, 우리에게 죄를 뒤집어씌우려는 게?" 피터 달링은 잃어버린 소년들에게 고함을 질렀다.

"아이들은 아니야."

"그럼 누군데?"

"붉은 피부족이야. 족장의 딸인 타이거 릴리. 붉은 피부족은 명예를 소중히 여기는 종족이라 거짓말은 안 해."

"거짓말이야! 타이거 릴리가 우리에게 불리한 말을 할 리 없어. 왜냐하면 타이거 릴리는……."

"타이거 릴리가 뭐?"

"타이거 릴리도 널 미워했어! 그리고 팅커벨도!"

"그래. 타이거 릴리는 팅커벨에게도 내게도 살의를 품었다고 공식적으로 밝혔어. 타이거 릴리는 거짓말을 하지 않으니까. 하지만 진실을 말하지 않고 덮어둘 수는 있지. 타이거 릴리는 분명 우리 기지 근처에서 범인을 목격했을 거야. 범인은 우리가 기지에서 나갈 때 행동을 함께하지 않고 기지 근처에 숨어 있었지. 그리고 우리가 없는 사이에 팅크를 죽이고, 우리가 돌아오자 천연덕스러운 얼굴로 합류했어. 해적들은 기지에서 조금 떨어진 외길에 있었어. 그래서 드나든 건 피터 팬뿐이었다고 증언한 거야. 하지만 좀 더 기지 가까이 있었던 타이거 릴리는 거기서 누군가를 봤어. 그 인물에게는 팅크를 죽일 기회와 수단이 있었지."

빌은 타이거 릴리가 한 말을 떠올렸다.

"피터 팬 말고 인어의 만에서 혼자 집으로 돌아간 사람은 있었어?" 타이거 릴리가 물었다.

모두가 고개를 저었다.

"맞아, 아무도 돌아가지 않았어. 하지만……." 웬디가 뭔가 말하려 했다.

"얍삽해! 내가 대답하려고 했는데." 빌이 입을 삐죽 내밀었다.

"후후후. 과연." 타이거 릴리는 쌍둥이 중 형인 피터 달링에게 웃음을 지었다. "잘 해냈구나, 피터."

"엇. 무슨 소리야? 난 아무 짓도 안 했어." 피터 달링은 당황해서 말했다.

"뭔가 했어?" 빌이 물었다.

"피터가 아무 짓도 안 했다잖아. 끈질기기는!" 쌍둥이 중 동생인 티모시 달링이 형을 두둔하기 위해 빌에게 호통쳤다.

"조금만 더 있었으면 피터 달링이 인어의 만에 없었다는 사실이 기억날 뻔했어. 하지만 결국 네가 범인이라는 생각으로 이어지지 않은 건 동기가 떠오르지 않았기 때문이야. 왜 팅커벨을 죽여야 했던 거니?" 웬디가 물었다.

"난……." 피터 달링은 얼굴을 두 손에 묻었다. "어쩔 수 없었어. 난 팅크를 죽일 수밖에 없었다고. 그래서 그날 기지 밖 풀숲에 몸을 숨겼어. 팅크는 피터 팬과 웬디가 너무 친하게 지내는 데 화가 나서 인어의 만에는 가지 않겠다고 했지. 난 그걸 기회로 여긴 거야. 하지만 실제로 행동에 나서려고 하니까 역시 망설여지더라. 결과적으로는 그 망설임이 내 범행을 도와준 셈이야. 망설이는 사이에 피터 팬이 혼자 돌아왔거든."

"팅크, 왜 기지를 혼자 날아다니는 거야?" 지상의 나무줄기로 이어지는 구멍을 통해 방으로 들어온 피터 팬이 신기하다는 듯 물었다.

"건강을 위해 잠깐 운동하는 거야."

"흐음. 요정도 건강을 걱정하는구나."

"당연하지. 요정도 병에 걸리기는 싫으니까."

"왜 병을 싫어하는데?"

"병이 나면 죽을지도 모르니까."

"이야. 요정은 죽는 게 무서워?"

"팅크는 예민한 상태였고 피터 팬은 시종일관 팅크를 벌레 취급하며 무시했어. 그리고 피터 팬이 팅크의 날개에 상처를 입혔지."

"날개, 날개 더럽게 시끄럽네. 어차피 요정은 눈 깜짝할 새에 죽는데 뭘 그것 가지고 그러냐. 그딴 것보다 빨리 인어의 만으로 가야 해. 대장이 지각하면 본보기가 못 되거든."

"피터!" 팅크는 애원하듯 외쳤다.

"이제 팅크가 다시는 날지 못하겠구나 싶었어. 그리고 피터 팬이 이대로 파리나 모기처럼 팅크를 죽여주길 바랐지. 나는 가능하면 팅크를 죽이고 싶지 않았거든. 팅크에게는 원한이 없고, 아주 귀여웠으니까. 하지만 사태는 내 생각처럼 진행되지 않았어. 피터 팬은 슬피 애원하는 팅크를 거들떠보지도 않고 인어의 만으로 날아갔어. 그가 사라진 후 난 소리가 나지 않도록 조심해서 팅크에게 다가갔지. 울고 있는 팅크는 아주 예뻤어. 그런 팅크를 보고 있자니 몹시 화가 나더라. 그게 그렇잖아? 나는 이렇게 예쁜 요정을 죽인다는 끔찍한 짓을 해야 해. 그런데 피터 팬과 웬디는 인어의 만에서 즐겁게 노닥거리고 있지. 이 얼마나 손해 보는 역할인가 싶어 난 격한 분노에 휩싸였어. 그때 깨달았지. 이 분노를 이용하면 된다고. 이 어마어마한 분노를 팅크에게 돌리면 된다고. 그러면 양심의 가책에 지지 않고 팅크를 죽일 수 있지."

"뭐야. 꼬락서니하고는." 피터 달링은 팅크의 머리 위에서 비웃듯이 말했다.

"피터! 인어의 만에는 안 가?"

팅크는 쌍둥이 형도 피터 팬과 함께 인어의 만으로 향했다고 믿었다.

"마음이 바뀌었어." 피터 달링은 팅크 옆에 앉았다.

"나를 동료들에게 데려가 줄 거야?"

"왜 그래야 하는데?" 피터 달링은 팅크가 들고 있던 날개 조각을 억지로 빼앗았다. "이거 안 붙겠지?"

"붙여보지 않으면 모르지."

"모르기는." 피터 달링은 날개 조각을 엄지와 검지로 비볐다.

날개는 순식간에 가루가 되어 바닥으로 부슬부슬 떨어졌다.

"나 스스로가 엄청 쓰레기 같더라. 팅크는 내가 마치 피터 팬인 것처럼 행동하는 모습에 몹시 놀란 것 같았어. 그래, 넌 그런 망할 놈을 애타게 사랑하고 있었던 거야. 그때 드디어 팅크에 대한 분노가 부글부글 끓어오르더군. 왜 그런 쓰레기한테 마음을 주는 건데? 난 정말 성실하고 착한 아이인데. 쓰레기가 그렇게 좋다면 나도 쓰레기가 되어줄게! 피터 팬 같은 쓰레기가! 난 팅크를 못살게 굴다가 죽이기로 결심했어."

"피터…… 피터 달링, 왜 팅크를 죽여야만 한 거야? 넌 팅크를……." 웬디는 말문이 막혀가면서도 물었다.

"그건 팅크가 우연히 들었기 때문이야. 나랑 티모시는 완전히 방심하고 말았어. 주변에 아무도 없는 줄 알았거든. 팅커벨은 너무 작아. 그렇지? 주변을 둘러봤는데 아무도 없으니 우리 둘뿐이라고 믿을 만도 하지."

"너희 쌍둥이는 비밀 이야기를 하고 있었니?"

"응. 이야기를 마친 후에야 팅크가 살인 계획을 들었다는 걸 알아차렸지. 팅크는 아무에게도 말하지 않겠다고 약속했어. 하지만 도무지 팅크의 말을 믿을 수가 있어야지. 정말로 죽이고 싶었던 건 팅크가 아니야. 하지만 계획이 들통나지 않으려면 팅크를 죽이는 수밖에 없겠구나 싶었어. 지금 돌이켜 보건대 팅크는 진심을 말했을 거야. 팅크도 그리고 아마 타이거 릴리도 똑같은 마음이었겠지. 따라서 우리 모두 공범자가 될 수 있었을 거고. 그랬다면 일이 좀 더 원활하게 진행되고, 나 역시 양심의 가책에 괴로워하지 않아도 됐을 텐데."

"살인 계획? 대체 너희가 정말로 죽이고 싶었던 사람은 누구야?"

"딴청은 그만 부려. 우리 모두가 정말로 죽이고 싶었던 사람은 너야, 웬디."

"내가 웬디에게 뭔가 말할 것 같아?" 팅커벨은 드디어 자신이 죽을 위기에 처한 이유를 짐작한 모양이었다.

"말할 작정이잖아?" 피터 달링은 무자비한 척했다.

"절대로 말 안 해. 나도 같은 생각이니까."

"같은 생각? 그게 무슨 소리야?"

"난 네가 웬디를 어떻게 생각하는지 알아. 나도 너랑 똑같다는 거야."

"네 생각도 나랑 똑같다고? 도저히 안 믿기는데."

"믿어줘, 피터."

아아, 믿고 싶다. 믿을 수 있다면 얼마나 좋을까. 하지만 난 위험을 무릅쓸 수 없다. 티모시의 목숨만큼은 반드시 지켜야 한다.

"팅크, 네 날개를 좀 보여줄래?"

"뭘 어쩌려고?"

"네가 날 믿지 않는다면 나도 널 믿지 않겠어."

"……알았어. 좋아." 팅크는 잠시 망설인 후에 대답했다.

"이쪽 날개는 이상한 방향을 향하고 있네."

"밑동이 꺾였어. 하지만 이 날개는 아직 살아 있어. 그러니까 부목을 대면 분명히……."

"한쪽만 있어서는 별 소용없잖아?"

"아니야. 연습하면 한쪽만으로도……."

"정말로? 날개 하나로 날아다니는 요정을 본 적 있어?"

"……본 적은 없어. 그렇지만 열심히 연습해서……."

"헛수고야."

"가능성은 없지 않아. 난……."

나는 무자비하다. 그러니 뭐든지 할 수 있다.

피터 달링은 팅크의 꺾인 날개를 잡고 단숨에 떼어냈다. "봐, 가능성이 없어졌어."

"피터……." 팅크는 소리 내어 울었다. 방울소리처럼 아름다운 음색이었다.

"울음소리가 예쁘네." 피터 달링은 검지로 팅커벨의 머리를 쓰다듬었다.

귀엽다. 귀여워, 내 팅커벨.

"난 이제 못 날아."

"아직 날개가 두 개 남아 있는걸."

"이렇게 작은 날개로는 못 날아."

"포기하는 거야? 팅크답지 않네."

그래. 넌 기운찬 요정이야. 기운차고 씩씩한.

"이 날개로도 날 수 있다고 생각해?"

"열심히 노력하면 날 수 있을지도 모르지."

"나, 열심히 할게." 팅크는 웃음을 지었다.

"웃으니까 좋아 보인다. 하지만."

피터 달링의 마음은 얼어붙었다가 산산이 부서졌다.

그는 팅크에게 남은 작은 날개 두 개를 잡았다. "이러면 포기할 수밖에 없겠지." 그는 날개를 둘 다 떼어냈다. 매우 소중한 요정의 날개를.

팅크는 말문이 턱 막혀 아무 소리도 내지 못했다.

"너무해. 너무해, 피터."

피터 달링은 팅커벨을 계속 못살게 굴었다. 이건 자신을 인간말

종으로 만들기 위한 의식이라고 스스로를 타일렀다. 하지만 어쩌면 팅크를 죽일 결정적인 순간을 뒤로 미루기 위해서였는지도 모른다. 뭐가 맞는지는 피터 달링 본인도 몰랐다.

팅크를 발꿈치로 때리고, 뛰어오르게 한 다음 벽에 내동댕이쳤다.

"피터……." 팅크는 잠긴 목소리로 간신히 말을 꺼냈다. "장난은…… 치지 않겠다고…… 했잖……아."

장난? 이건 장난이 아니다. 학대다. 인간의 마음이 없는 자의 소행이다.

"장난 아니야. 아까 그건 진심이었어."

"진심이라니……, 무슨 소리야." 팅크는 기침을 했다. 피가 잔뜩 튀어나왔다.

"진심으로 죽일 작정이었다고."

"어째서……?"

"웬디에 대해 나불대고 다닐까 봐 싫어."

그와 티모시가 세운 웬디 암살 계획은 실행할 때까지 반드시 비밀에 부쳐야 한다.

"무슨 소리야? 난 네 편이라고, 피터!"

팅크도 웬디를 미워하고 죽이고 싶어 한다. 그건 안다. 하지만 배신하지 않는다는 보장은 없다. 피터 팬의 마음에 들기 위해 밀고할 가능성이 없는 건 아니다.

"못 믿겠어. 입에서 나오는 대로 지껄이는 건지도 모르지."

"참말일지도 모른다……고는…… 생각 안 해?"

"생각해."

실은 믿고 싶다.

"그럼 도와줘…… 지금 당장 마법 의사에게……."

"넌 참말을 하고 있을지도 몰라. 하지만 거짓말을 하는 건지도 모르지."

"믿어줘, 피터!"

"네 말이 거짓말이라고 치자." 피터 달링은 손끝으로 팅크의 몸을 집으며 말했다. "네가 죽으면 깔끔하게 해결돼. 하지만 네가 살아 있으면 그 일을 모두에게 떠벌려서 골치 아파질지도 몰라."

"절대…… 안 그래…… 왜냐하면 난…… 참말을 하고 있으니까……."

"네 말이 참말이라고 치자." 피터 달링은 코를 후볐다. "그럴 경우 네가 살아 있어도 곤란할 일은 없어."

나는 무자비하다. 그러니 요정의 목숨 따위는 코딱지만도 못하다고 생각해.

"그래. 그러니까……."

"그리고 네가 죽어도 그건 마찬가지지."

"무슨…… 소릴 하는 거야?"

"즉 네 말이 거짓말이든 참말이든 일단 죽이면 안전하다는 뜻이야."

"너답지 않은…… 말투네."

"난 요 몇 달 동안 제법 영리해졌어." 피터 달링은 칼집에서 단검을 뽑았다.

난 런던에서 지혜를 얻었어. 더 이상 피터 팬이 장난감처럼 마음대로 가지고 놀던 무지한 꼬마가 아니야.

"난 팅크를 죽였어. 틀림없어." 피터 달링은 기죽는 기색 없이 말했다.

"왜 이렇게 간단히 자백하는 거야?" 웬디가 물었다.

"이제 의미가 없어졌으니까. 널 죽이려는 계획을 세운 것도, 계획이 들통나는 걸 막으려고 팅크를 죽인 것도. 티모시가 죽어버렸으니까."

"슬라이틀리, 같이 가자. 피터를 데려와야 해." 웬디는 피터 달링을 구하려고 단숨에 아래로 내려갔다.

"같이 밖으로 나가자." 웬디는 피터 달링의 팔을 잡았다.

"피터 팬은?"

"그는…… 못 찾았어."

"뜨거워! 뜨거워! 살려줘, 피터!" 형에게 도움을 요청하는 티모시의 목소리가 희미하게 들렸다.

"그럼 내가 구할래!"

"슬라이틀리, 도와줘!" 웬디는 피터 달링의 팔을 잡고 말했다.

"하지만……." 슬라이틀리는 망설였다.

"이 아이의 목숨만이라도 살려야지."

"뜨거워! 나, 불타고 있어!" 티모시의 목소리가 들렸다. "손이……
손이……."

"우오오오오오!" 피터 달링은 웬디의 손을 뿌리치려고 몸부림쳤다.

"슬라이틀리, 도와줘!"

웬디와 슬라이틀리는 피터 달링을 억지로 들어 올렸다.

티모시의 절규가 들렸다.

"티모시! 티모시! 지금 구해줄게! 이 손 놔, 망할 것들아!" 피터 달링은 온 힘을 다해 웬디와 슬라이틀리를 떼어내려고 했다.

하지만 두 사람을 손을 놓지 않았다.

"피터! ……피터! ……뜨거워…… 피터…… 사랑해." 티모시가 부르짖었다.

"티모시는 마지막에 나한테 도움을 요청했어. 하지만 나는 동생을 구하지 못했지. 동생을 위해 웬디를 죽이려고까지 했는데."

"왜 날 죽이려고 마음먹었는데? 내가 너희 형제에게 잘해줬잖아."

"확실히 넌…… 웬디는 우리에게 잘해줬어." 피터 달링은 웬디를 노려보았다. "하지만 네 아바타라는 지로의 마음을 죽였어. 몇 번이고 몇 번이고."

24

"야, 이모리. 잠자면 중요한 이야기를 놓친다." 스라이가 이모리를 흔들어 깨웠다.

"중요한 이야기? 무슨 소리야?" 이모리는 눈을 비비며 물었다.

"팅커벨을 죽인 범인을 찾기 위한 도모코의 추리 말이야."

"그렇구나. 이쪽에서도 똑같은 일이 진행 중인 거로군."

"뭐?"

"너도 다음에 꿈을 꾸면 알 거야. 그런데 수수께끼 풀이는 어디까지 진행됐어?"

"도모코는 해적과 붉은 피부족이 대치하면서 지하 기지로 이어지는 외길을 감시하고 있었다는 사실을 재확인했어. 그리고 이건 해적과 붉은 피부족이 서로 알리바이를 증명한 셈이다. 양측은 대립 관계이므로 서로에게 유리할 만한 거짓말을 할 리 없다고 했어."

"확실히 그들의 알리바이도 추리에는 중요한 요소지."

"그리고 팅커벨이 날붙이로 살해당했다면 범인은 날붙이를 사용하는 인간에 한정된다고 했어. 그렇다면 범인의 범위는 피터 팬, 잃어버린 소년들, 해적들, 붉은 피부족으로 좁혀지지. 물론 해적에는 생사가 불분명한 후크도 포함되고. 하지만 피터 팬, 해적, 붉은 피부족에게는 알리바이가 있어. 즉 범인은 잃어버린 소년들 중에 한 명인 셈이야. 도모코의 추리는 여기까지 진행됐어."

그렇구나. 웬디와는 접근 방법이 다르지만 정답에 다가가고 있다.

이모리는 굳이 범인을 지목하지 않고 도모코의 추리를 계속 듣기로 했다.

"범인은 피터 팬 일행과 함께 인어의 만에 가지 않고 기지 근처에 숨어 있었을 걸로 추정돼." 도모코는 말했다. "잃어버린 소년들, 피터 팬, 웬디 누구라도 상관없으니 인어의 만에서 보지 못한 사람은 없었어?"

아무도 대답하지 않았다.

이모리는 조금 망설였지만 잠자코 있기로 했다.

"이상하네. 누군가의 얼굴이 보이지 않았다면 금방 알아차릴 법도 한데 왜 못 알아차렸을까?"

이유는 간단하다. 불이 났을 때 웬디가 저지른 실수와 동일하다. 쌍둥이의 얼굴을 볼 때마다 다른 한 명이 어디 있는지 굳이 확인하지는 않는다. 누구 한 명을 본 시점에서 다른 한 명도 근처에 있으리라 착각하고 만다. 분명 도모코는 잃어버린 소년들의 아바타라에게 이 사실을 일깨워주려는 것이다. 즉 도모코는 두 쌍의 쌍둥이 중 누군가가 범인이라고 이미 추측하고 있다. 다만 그 사실을 직접 말하면 모두의 인상을 유도하는 셈이다. 그래서 간접적인 표현에 머무르는 것이리라.

하지만…….

이모리는 고개를 갸웃했다.

만약 잃어버린 소년들의 아바타라 중 누군가가 그 사실을 알아차리더라도 그게 그렇게 대단한 통찰이라고는 할 수 없다. 애당초 그렇게 꼬아서 증명하지 말고 같은 얼굴은 두 사람밖에 없었다는 인어의 증언을 강조하면 끝날 일이다. 왜 도모코는 네버랜드에서 웬디가 했던 것처럼 직접적으로 증명을 하지 않는 걸까?

"혹시 다들 피터 팬처럼 2와 4도 구별하지 못하는 거야?" 아무도 해답을 내놓지 않자 도모코는 조금 성질이 난 것 같았다.

과연. 그런 건가.

"알았어. 그럼 접근법을 조금 바꿔볼게. 유리코, 타이거 릴리 일행이 숨어 있던 곳은 해적들보다 지하 기지에 가까웠지?"

"응. 해적들과 지하 기지 입구 양쪽 다 보이는 곳이었어." 유리코는 순순히 대답했다.

"그럼 넌 누군가를 보지 않았어?"

"뭘 걸고넘어지려는 거야?"

"유리코, 너 범인을 두둔하려는 거야?"

하지만 유리코는 더 이상 대답하지 않았다.

슬슬 범인을 지목하기로 할까. 내가 말하지 않아도 어차피 모두 꿈으로 알 테니.

이모리는 입을 열려고 했다.

"생각났다!" 한발 먼저 스라이가 외쳤다. "누가 없었는지 생각난 거구나." 도모코가 안도한 듯 말했다.

"아니, 그건 아니야. 하지만 타이거 릴리가 한 말이 생각났어. 타이거 릴리는 우리에게 붙잡혔을 때 '잘 해냈구나, 피터'라고 했어. 그러자 피터 달링이 '엇, 무슨 소리야? 난 아무 짓도 안 했어'라고 했지."

"유리코, 어떻게 된 거야?"

모두가 일제히 유리코를 보았다.

유리코는 잠자코 도모코를 마주 노려보았다.

"아쉽게도 네 침묵이 모든 걸 인정했어. 너 거짓말을 못 하는구나." 그리고 도모코는 이치로를 보았다. "범인은 피터 달링이지?"

이치로는 주변을 둘러본 후 천천히 말을 꺼냈다. "맞아. 그가 팅커벨을 죽였어. 그리고 난 그의 아바타라야."

"범인을 알아내다니 축하할 일이로군. 빨리 꽁꽁 묶어서 재갈이라도 물리자고." 후쿠가 말했다. "이 녀석을 죽여봤자 소용없다지만, 아마 네버랜드에서 피터 팬이 처리해주겠지."

"후쿠 선생님, 아직 이야기는 끝나지 않았어요." 도모코가 말했다.

"무슨 소리야? 이 녀석이 이미 자백했잖아."

"사건은 아직 완전히 해명되지 않았어요. 피터 달링이 팅크를 죽인 동기를 모르잖아요."

"그런 사소한 거야 어찌 됐든 무슨 상관이야."

"동기의 해명은 아주 중요해요. 니렌 이치로, 피터 달링은 왜 팅크를 죽였지?"

"그와 티모시가 웬디 살해 계획을 세우는 걸 팅크가 들었거든."

구덩이 속의 사람들이 웅성거렸다. 그리고 최대한 이치로에게 거리를 두려고 서로 밀치락달치락했다.

"다들 진정해." 이모리가 말했다. "그가 살인을 저지른 게 아니야. 팅크를 죽인 건 피터 달링이라고. 그리고 히지리는 누가 뭐래도 사고사로 죽었어."

"하지만 히지리가 죽은 건 피터 달링이 팅크를 죽였기 때문이고, 이치로는 피터 달링의 아바타라야." 스라이가 인상을 찡그렸다.

"본인과 아바타라는 인격이 서로 달라. 이치로에게 책임을 지울 수는 없어. 그것보다 일단 동기에 대해 들어보자고."

"맞아." 도모코가 말했다. "일단은 동기부터 해명해야 해."

"너 용케도 잘 참는구나. 그는 네 본체를 죽이려고 했어." 스라이는 울컥해서 말했다. "즉 네게 살의를 품고 있었던 거야."

"아니야, 스라이." 이모리가 말했다. "도모코는 웬디가 아니야. 도모코는 웬디라면 당연히 알고 있을 사실, 인어가 피터 팬과 빌에게 똑같은 얼굴은 두 사람뿐이었다고 증언한 사실을 추리에 이용하지 않았어. 그걸 이용하면 더 간단히 범인에게 다다를 수 있었는데 말이야. 즉 도모코는 그 사실을 몰랐던 셈이야. 다시 말해 도모코는 웬디도 잃어버린 소년들 중 한 명도 아니야."

"뭣? 그럼 도모코는 누군데?"

"도모코는……."

"내 정체를 캐는 건 뒤로 미루자." 도모코가 딱 잘라 말했다. "일단은 동기야."

"동기는 아무럼 어때." 이치로가 무표정한 얼굴로 무기력하게 말했다. "팅커벨과 히지리가 죽은 건 내 책임이야. 웬디를 죽이기로 결정한 건 나와 지로니까. 피터와 티모시 형제는 우리의 의지를 이어받았을 뿐이야. 하지만 지로와 티모시는 죽었지. 이제 사건이 발생한 이유는 아무래도 상관없어. 지로가 편안히 잠들게 해줘. 그의 명예를 위해서도."

"아니. 넌 틀렸어. 진실을 감춘다고 그의 명예가 지켜지는 건 아니야. 진실을 드러내야 명예를 회복할 수 있는 거라고." 도모코가 말했다.

"명예를 회복?"

"너 아까 '프렌디스' 이야기를 하려고 했지. 하지만 후쿠 선생님이 계속 방해해서 흐지부지됐어. 무슨 일이 있었는지 확실히 말해봐."

"그건 사건과는 아무 관계도 없는 일이야!" 후쿠가 말했다. "이제 와서 무슨 소리를 한들 득을 보는 사람은 아무도 없어! 관계자 모두가 망신을 당할 뿐이라고!"

"망신……." 후쿠의 말을 들은 순간 무기력했던 이치로의 얼굴이 분노로 시뻘겋게 달아올랐다. "망신이라고! 전부 네 탓이잖아! 네가 지로에게 그런 짓을 하지 않았다면 우리가 그런 망할 계획을 세우지 않았을 테고, 팅크도…… 히지리도 죽지 않았을 거라고!"

"어디서 책임을 떠넘기고 있어! 살인 계획은 너희들이 멋대로 세운 거잖아! 애당초 티모시가 죽은 것도 피터 팬과 붉은 피부족의 갈등이 원인이야. 그 섬에서는 언제나 서로 죽고 죽이지 못해 안달이 났지. 난…… 웬디는 오히려 평화주의자였다고."

"잠깐만." 스라이가 얼떨떨한 표정으로 말했다. "지금 선생님이 어마어마한 소리를 하지 않았나. 이거 농담이지? 웬디의 아바타라는 도모코잖아?"

"도모코는 웬디의 아바타라가 아니라고 했잖아." 이모리는 어이없다는 얼굴로 말했다.

"그럼 누군데?"

"도모코는 피터 팬을 두고 '2와 4도 구별하지 못한다'고 표현했어. 빌이 기억하는 한 네버랜드에서 그렇게 표현한 건 마브 여왕뿐이야."

도모코는 대답 없이 그저 이모리에게 미소만 지었다.

유리코는 어리둥절한 얼굴로 도모코와 후쿠를 번갈아 봤다.

"후쿠는 '프렌디스'의 아이들을 장난감 취급했어. 지로도 마찬가지였고." 이치로가 말했다.

"그건 너무 일방적인 주장이야." 후쿠가 말했다. "어른이 되는 계단을 조금 빨리 올라가게 도와줬을 뿐인걸. 아이들도 전혀 싫어하는 눈치는 아니었어."

"넌 천진난만한 아이들을 자신의 욕망을 해소하기 위한 도구로 이용했어. 모두 너 때문에 인생이 엉망진창으로 망가졌다고!"

"그런 일은 청춘 속 추억의 한 장면이지. 인생과는 아무 상관도 없어. 자살한 녀석도 있었지만, 그 녀석은 특수한 사례야. 약한 놈은 도태되는 게 자연의 섭리잖아."

이치로는 별안간 고함을 지르더니 후쿠에게 돌진하려 했다. 하지만 사람들에게 가로막혀 가까이 가지 못했다. 가로막은 사람들이 딱히 후쿠를 보호하려 한 것은 아니었다. 하지만 이치로가 밀고 나가기에는 구덩이가 너무 좁았다. 모두가 당황하여 일어서려 한 탓에 누군가 구덩이를 막은 덮개에 머리를 부딪쳐 덮개가 빠져서 날아갔다.

그 순간 돌풍이 모두를 덮쳤다.

"흥. 이제 와서 그딴 소리를 한들 아무 증거도 없어." 후쿠는 큰소리를 쳤다. "아무도 날 비난할 수 없다고."

"그래서 네버랜드와 지구와 아바타라의 비밀을 깨달았을 때 우리 형제는 웬디를 죽이기로 마음먹었지. 이상한 장갑을 껴가며 자기가 후크라는 인식을 심어주려 한 모양이지만, 우리는 웬디와 네 관계를 벌써 알고 있었어." 이치로가 말했다. "네버랜드에서는 언제나 살인이 벌어져. 살인을 실행했을 때 발각되지 않을 가능성이 지구와 비교해서 월등히 높아."

"후크인 척한 건 너희를 놀리기 위해서야. 그런 걸로 위장할 수 있을 거라 진심으로 믿는 등신이 어디 있겠어? 네놈들의 계획이야말로 빤히 다 보였어. 실제로 웬디와 마브 여왕에게 딱 걸려서 수수께끼가 대번에 풀렸지." 후쿠는 강풍 속에서 뻐겼다. "그리고 난 아무 벌도 안 받을 거야!"

"그건 아니에요, 선생님." 도모코가 말했다. "선생님이 한 짓은 만천하에 드러났어요."

"증거가 없잖아. 게다가 이미 시효가 성립됐어."

"증언을 얻으면 증명은 가능해요. 시효가 성립됐더라도 고발은 할 수 있겠죠."

"날 사회적으로 매장하겠다는 거냐? 할 수 있으면 해보든가. 뭐, 직장은 잃겠지만 요즘 같은 세상이면 먹고살기 그렇게 힘들 것도 없어." 후쿠는 피식 웃었다.

"세상은 그렇게 만만치 않아. 사람들은 당신을 용서하지 않을 테고, 당신이 저지른 짓을 잊지도 않을 거야. 당신은 비참하고 한심한 인생을 살게 되겠지." 도모코가 날카롭게 말했다.

"그건 그럴지도 모르겠군. 하지만 내게는 마지막 카드가 있어. 이딴 건 전부 초기화해버릴 테다." 후쿠는 구덩이 가장자리를 기어올랐다.

"그만뒤!" 이모리가 외쳤다. "이렇게 바람이 강한데 밖으로 나가는 건 자살행위야!"

"그렇겠지." 후쿠의 솜옷이 바람을 맞고 펄럭펄럭 뒤집어졌다. 쌓인 눈이 바람에 휘날려 그의 온몸에 축축하게 달라붙었다. "하지만 그건 나도 알아." 후쿠는 잔뜩 쌓인 눈에 발을 붙잡히면서도 앞으로 나아갔다.

"그를 말려야 해……." 이모리도 따라가려 했다.

"잠깐! 너까지 갈 건 없어." 히다가 이모리의 어깨를 잡았다.

"이대로 놔두면 선생님은 죽을 거야!"

"그게 그의 목적이야."

"죽음으로 속죄하겠다는 건가?" 스라이가 몸을 웅크리며 말했다. "그런 태도로는 보이지 않았는데."

"놈은 속죄하기 위해 죽으려는 게 아니야. 죽어서 이 상황을 초기화하려는 거지." 히다가 말했다. "눈 속에서 얼어 죽으면 지금 여기서 일어난 일은 전부 꿈속의 일이 되고, 오늘 아침 잠에서 깨어난 시점으로 돌아갈 수 있어. 그 후로 잘 처신하면 지금 같은 상황에 빠지지 않을지도 모르지."

"반드시 무마할 수 있다는 보장은 없잖아."

"그때는 또 초기화하면 그만이야."

"젠장, 놓칠까 보냐!" 이치로가 구덩이에서 기어나가려고 했다.

"진정해!" 히다가 만류했다. "놈을 붙잡기 전에 얼어 죽을 거야."

"그래도 상관없어. 그러면 나도 초기화될 테니 그때야말로 놈을 가만두지 않겠어."

"안 돼. 그럼 해결이 안 되잖아!"

"시끄러워. 살인귀 주제에!" 히다가 달라붙자 이치로는 옷을 붙잡고 떼어냈다.

히다의 옷소매가 찢어져 팔이 드러났다.

그의 팔을 본 사람들이 숨을 삼켰다.

양팔 손목에서 팔꿈치 안쪽까지 베인 상처가 무수히 많았기 때문이다. 빨갛게 새로 생긴 상처부터 이미 흉터가 된 것까지 다양했다.

"네가 며칠이나 목욕을 안 한 이유는 그거구나." 이모리가 말했다.

"나도 내가 살인귀라는 사실이 아무렇지도 않았던 건 아니야." 히다는 떨면서 말했다. "하지만 어쩔 도리도 없었어. 피터 팬은 아무 망설임도 없이 사람을 죽여. 내게는 그걸 말릴 힘이 없었어."

"네 잘못이 아니라는 건 알아."

"죄를 모면하고 싶다는 건 아니야. 그저 견딜 수가 없어. 잠에서 깰 때마다 즐겁게 사람의 멱을 따는 기억에 시달리지. 상상할 수 있겠어? 난 몇 번이고 죽으려고 했어. 대개는 실패해. 그냥 아플 뿐이야."

"죽은 적도 있을 거야. 넌 폭행을 당할 뻔했을 때 '이번에는 단숨에 죽게 해줘'라고 했어. 즉 지금까지 죽은 경험이 있는 거지."

"그러다 죽지 못한다는 사실을 알았을 때 진심으로 절망해서 진지하게 살기를 그만뒀지. 늘 노래하고 춤추고 여자와 놀기만 했어. 하지만 죽지 못한다는 걸 알면서도 가끔 충동적으로 손목을 긋고는 해. 그래서 상처만 자꾸 늘어나."

"자살 말고 피터를 죽일 생각은 안 해봤어?" 여관 안주인이 나무라듯이 말했다.

"그건 무리야. 피터 팬은 죽일 수 없어."

잃어버린 소년들의 아바타라가 일제히 고개를 숙였다.

"그들은 피터 팬의 정체를 알아." 히다가 말했다. "피터 팬은 성장하지도 죽지도 않지. 왜냐하면 그는 이미 죽었으니까. 그는 태어난 지 얼마 되지 않아 부모님 곁을 떠난 불행한 아기야."

말을 꺼내는 사람은 아무도 없었다. 바람 소리만이 울려 퍼졌다.

모두가 히다를 애처로워하는 것 같았다.

몇 사람이 다시 잡동사니를 찾아서 구덩이에 덮개를 씌우려고 끙끙댔다.

"후쿠는 자기가 얼마나 위험한 상태인지 모르겠지." 이모리는 누구에게랄 것도 없이 중얼거렸다.

바람에 흩날리는 눈 때문에 세상은 새하얬다. 후쿠가 어디에 있는지는 이미 알 수가 없었다.

다만 후쿠의 높은 웃음소리만이 희미하게 들리는 것 같았다.

25

"그럼 쌍둥이를 사형에 처하면 되는 거지?" 피터 팬이 조지의 목을 따려고 했다.

"잠깐, 피터! 왜 조지를 죽이려는 거야?" 웬디가 허둥지둥 말렸다.

"그야 쌍둥이가 팅크를 죽였으니까?"

"팅크를 죽인 건 달링 일가에 양자로 들어온 쌍둥이 중 형이야. 조지는 관계없어."

"그럼 이 녀석은 쌍둥이가 아니라는 거야?" 피터 팬은 언짢은 듯이 말했다.

"조지는 쌍둥이야."

"그럼 이 녀석이 쌍둥이가 아닌 건가?" 피터 팬은 피터 달링을 가리켰다.

웬디는 바로 대답하지 않았다.

"뭐야, 왜 대답을 안 해?"

웬디는 잠시 생각한 후 주의 깊게 대답했다. "그러게. 어떤 의미에서 걔는 이제 쌍둥이가 아닐지도 몰라."

"어째서?"

"티모시가 죽어서 그는 하나뿐인 존재가 됐거든."

피터 팬은 머리를 벅벅 긁었다. 웬디의 말을 나름대로 이해하려 애쓰는 것이리라.

"그래서, 결국 나는 누구의 멱을 따면 되는 거야?"

"음, 그건……."

웬디가 대답하려 했을 때 하늘에 강렬한 빛이 나타났다. 너무 눈부셔서 아무도 눈을 뜰 수가 없을 정도였다.

"늦지 않은 것 같군요." 위엄 있는 목소리가 울려 퍼졌다. "피터 팬, 그 아이에게서 손을 떼세요."

"싫어. 이 녀석은 사형수라고."

"난 당신의 신체적 자유를 빼앗을 수도 있어요. 내가 그런 야만적인 짓을 하지 않도록 협조해줘요."

피터 팬은 혀를 차더니 조지를 풀어주었다.

빛이 부드러워졌다. 빛나고 있던 것은 마브 여왕이었다.

"웬디, 당신이 진범을 밝혀냈듯이 나도 진범을 알아냈어요."

웬디의 안색이 바뀌었다.

"난 이 아이가 당신을 죽이려 한 이유도 알아요."

"들어보세요, 마브 여왕님. 제게는 제 아바타라를 어떻게 할 힘이 없습니다."

"당신의 아바타라는 욕망이 시키는 대로 행동했습니다." 마브 여왕은 어디까지나 상냥하게 말했다. "그 대가는 치러야겠죠."

"저도 그 대가를?"

마브 여왕은 안쓰럽다는 듯한 표정을 지었다. "피터 팬."

"응?" 피터 팬은 무례하게 대답했다.

"웬디에게 잘해줘야 해요."

"그건 말하지 않아도 알아."

"앞으로도 계속 잘해주겠다고 약속할 수 있겠어요?"

"당연하지." 피터 팬은 단검을 흔들면서 말했다. "이야기 끝났으면 이제 쌍둥이를 죽여도 될까?"

"안 돼요. 피터 달링은 정식으로 재판을 받아야 해요."

"내가 판사인걸."

"만약 피해자가 인간이었다면 당신에게 재판을 관장할 권리가 있을지도 모르지만, 이번 피해자는 요정이에요. 그러니 요정의 여왕인 내게 심판할 권리가 있습니다."

"그렇게 제멋대로……."

"피터 팬, 몇 번을 말해야 알겠어요? 내가 야만적인 짓을 하지 않도록 해주세요."

피터 팬은 입을 꾹 다물고 단검을 칼집에 넣더니 고개를 홱 돌렸다.

"피터 달링."

"네, 마브 여왕님."

"당신이 팅커벨을 죽였죠?"

"네."

"후회합니까?"

"후회하지 않습니다. 웬디를 죽이려 한 것도, 팅크를 죽인 것도."

"웬디는 후쿠가 아니에요. 당신이 이치로가 아니듯이."

"저는 제가 이치로와 다른 인간이라고는 생각지 못하겠습니다."

"아바타라와의 관계는 사람마다 제각각인 듯하군요. 동일성을 강하게 느끼는 경우도 있거니와, 멀리 떨어진 곳에서 남의 일 바라보듯이 느끼는 경우도 있는 것 같아요."

"저는 웬디에게 원한이 있어서 죽이려 한 게 아닙니다. 후쿠를 죽이기 위해 웬디를 죽이려 한 겁니다."

"목적을 위한 수단이라는 거군요. 팅커벨을 죽인 것도 수단이고요."

"네. 후회하지는 않지만 벌을 받을 각오는 했습니다. 설령 피터 팬에게 넘기더라도 받아들이겠습니다."

피터 팬은 기쁜 듯이 칼집에서 단검을 뽑았다.

"난 당신을 피터 팬에게 넘기지 않을 거예요."

피터 팬은 아쉬운 듯 다시 단검을 칼집에 꽂았다.

"당신이 이 같은 범행을 저지른 책임은 내게도 있습니다. 해적, 붉은 피부족, 피터 팬을 내버려둔 탓에 이 섬은 아주 살벌한 곳이 되고 말았죠. 물론 그런 상태를 바람직하게 여긴 건 아니지만, 인간사회에 과도한 간섭은 하고 싶지 않았어요. 다만 그 결과 피터 달링을 포함한 잃어버린 소년들이 살인을 대하는 심리적 저지선이 낮아진 건 부정할 수 없습니다."

"부정행위가 뭐라고?" 피터가 말했다.

"부정행위는 수없다고 한 거 아닐까?" 빌이 대답했다.

"그럼 피터 달링은 무죄방면인가요?" 웬디가 물었다.

"그렇다고 그를 더 이상 피터 팬에게 맡길 수는 없겠죠." 마브 여왕은 지팡이를 흔들었다.

다음 순간 뭔가가 유성처럼 하늘에서 내려왔다.

그건 타이거 릴리였다. 눈이 휘둥그레진 채 벌벌 떠는 타이거 릴리는 무슨 고기를 손에 들고 먹는 도중이었던 것 같았다.

"어머. 식사 중에 불러와서 미안해요." 마브 여왕은 사과했다.

"피터 팬!" 타이거 릴리는 피터 팬을 보자마자 작은 칼을 뽑았다.

하지만 뽑는 동시에 보이지 않는 힘이 타이거 릴리의 손에서 칼을 낚아채 하늘로 날려 보냈다.

"칼은 당신 마을로 보내뒀어요."

"왜 나를 여기로 데려왔지?"

"당신에게 부탁이 있어서요. 이 아이를 맡아줬으면 합니다."

타이거 릴리는 피터 달링을 미심쩍게 바라보았다. "왜 그런 귀찮은 짓을 해야 하는 건데?"

"당신 마을에 일손이 많이 부족하지 않나요?"

"피터 팬에게 잔뜩 죽었으니까."

"그 아이가 도움이 되겠죠."

타이거 릴리는 팔짱을 끼고 피터 달링을 다시 뜯어보았다. "힘은 제법 있어 보이네. 이 녀석을 붉은 피부족의 노예로 삼아도 된다는 거야?"

"누가 들으면 오해하겠네요. 속죄와 교정교화를 위한 수단으로 그 아이에게 노동을 시켜도 된다는 뜻이에요."

"요컨대 노예로 삼으라는 거지?" 타이거 릴리는 생각에 잠겼다. "요정이 부탁했으니 함정은 아닐 것 같고. ……알았어. 애를 마을로 데리고 돌아갈게."

말이 끝난 순간 마브 여왕은 지팡이를 휘둘렀다.

타이거 릴리와 피터 달링은 붕 날아서 어딘가로 사라졌다.

"이걸로 마무리됐군요." 마브 여왕은 둥실 떠올랐다.

"잠깐만. 피터 팬은?" 빌이 말했다.

"피터 팬이 왜요?"

"피터 팬도 많이 죽였는데."

"그렇죠. 하지만 그를 심판할 수는 없어요."

"어째서?"

"그를 이런 존재로 만든 건 우리니까요. 아기가 가여워 보여서 자비를 베풀고 만 거죠. 그는 본래 존재해서는 안 되는 사람이에요."

"무슨 소리야?"

"저주받은 존재일지도 몰라요. 그 자신은 행복한 것 같지만." 마브 여왕은 빌에게 다가가 귓가에 속삭였다. "당신은 이 섬에서 이질적인 존재예요. 내가 마법으로 도와줄 테니 빨리 떠나세요. 여기는 태어난 지 일주일 만에 죽은 가엾은 아이를 위해 우리가 켄싱턴 공원의 연못 속 섬에다 만든, 결코 존재하지 않는 허상의 낙원이니까요." 그리고 다시 모두의 앞에 떠올랐다. "웬디."

"네."

마브 여왕은 딱하다는 듯이 웬디의 얼굴을 잠시 보고 나서 말했다. "피터 팬과 사이좋게 지내요. ……그리고 상처를 서로 보듬어줘요."

"네?"

마브 여왕은 이미 사라지고 없었다.

26

제일 먼저 오른발 끄트머리에 날카로운 통증이 느껴졌다. 그다음은 극심한 추위와 냉기가 몰려왔다.

후쿠는 눈을 떴다.

새하앴다.

아마 눈이리라. 얼굴 바로 앞에 있다. 분명 눈 속에 파묻혀 있는 것이다. 어둡지 않은 것으로 보건대 그렇게 깊지는 않은 모양이었다.

점점 기억이 되돌아왔다.

옛날에 아이들을 좀 데리고 놀았다고 날 규탄하려기에 구덩이 밖으로 뛰쳐나왔지. 죽어서 모든 것을 초기화하려고.

지구에서 죽으면 사태를 초기화하는 효과가 있다는 건 꽤 오래전부터 알고 있었다. 소년과 즐기려고 했을 때 갑작스런 반격을 당한 것이다. 볼펜에 목을 찔려 숨을 쉴 수가 없었다. 아아, 이게 죽음인가 싶었는데 침대 속에서 눈을 떴다.

그 후로 죄가 발각될 것 같을 때 몇 번 사용했지. 효과는 절대적이었어. 난 분명 평생 도망 다닐 수 있을 거야.

죽음으로 시간이 역행할 경우, 다른 사람도 시간 속을 거슬러 가느냐에 대해서 후쿠는 두 가지 가설을 가지고 있었다.

하나는 다른 사람들도 함께 시간이 되감겨 세계가 재배치된다는 가설. 또 하나는 원래 세계는 그대로고 평행세계가 새로이 형성된다는 가설이다. 후자일 경우 이 세계와는 별개로 어딘가에 자신이 죽은 세계가 존재하는 셈이다.

다소 찜찜한 이야기이기는 하지만, 그럴 경우에도 그 세계는 자신과 관계없다고 받아들이면 그만이다. 곰곰이 생각한 결과, 어느 가설이 옳든 후쿠 자신이 관측하는 세계는 동일하므로 더 이상은 생각하지 않기로 했다.

아무튼 내가 살아 있으면 그만이야. 세계를 어떻게 지지고 볶든 내 알 바 아니지.

다음으로 후쿠는 네버랜드에 대해 생각했다.

사람 좋은 웬디는 피터 달링의 사형을 제지하고 말았다. 놈이 죽으면 이치로도 죽을 테니 만사형통이겠지만, 또 하나의 자신이 한 일이니까 불평도 못 한다.

뭐, 웬디는 그 섬에서 소년들에게 숭배를 받으며 살 테니까 그건 그것대로 이상적이야.

그런데…….

후쿠는 기분이 조금 안 좋아진 걸 깨달았다.

죽을 거면 냉큼 죽는 편이 낫다. 이런 눈 속에서 몇 시간이나 걸려서 죽는 건 고통이다. 죽음을 앞당길 방법은 없을까? 일단 눈 밖으로 나가서 절벽에서 뛰어내리는 편이 나을지도 모른다.

후쿠는 눈을 밀어 올리려고 했다. 하지만 단단하고 무거운 눈덩이는 꼼짝도 하지 않았다.

발끝에서 느껴지는 통증이 한층 강해졌다.

동상으로 괴사한 걸까?

상태를 확인하고 싶었지만 몸이 도무지 말을 듣지 않았다.

그러다 묘한 사실을 깨달았다. 짧은 주기로 통증이 강해졌다 약해졌다 했다. 그와 동시에 통증이 느껴지는 곳도 조금씩 이동했다. 처음에는 발가락이 아팠는데 지금은 발등 언저리가 몹시 아팠다.

"악!" 너무 아파서 후쿠는 저도 모르게 소리를 질렀다.

그에 반응하듯 다리의 통증이 더 심해졌다. 그리고 다리가 쑥 잡아당겨지는 느낌이 들었다.

단순히 동상에서 오는 통증이 아니다. 뭔가 물리적인 힘이 가해지고 있다.

후쿠는 무슨 일이 일어나고 있는 건지 냉정하게 추측하려 했다.

누군가가 내 다리를 잡아당기고 있어. 제일 먼저 예상되는 상황은 구조야. 함께 여관에 머무르던 녀석들인지, 구조대인지는 모르겠지만 눈 속에 파묻힌 나를 발견하고 구출하고 있는 거야.

그렇다면 이 통증은 대체 뭐지? 다리를 다친 줄 모르고 힘껏 잡아당겨 빼내려는 건가. 그렇다면 상처가 악화될지도 몰라. 억지로 꺼내지 말라고 전해야 해.

"다친 것 같아. 함부로 잡아당기지 마." 후쿠는 말했다.

충분히 크게 말한 것 같았지만, 눈 속이라 과연 상대에게 제대로 전달됐을지 불안했다. 그러고 보니 구조 작업을 하고 있을 사람의 목소리가 들리지 않았다. 보통 이럴 때는 구조 작업을 하는 사람들끼리 대화를 하거나 피구조자에게 말을 걸거나 할 것이다. 그렇다면 이쪽 목소리도 전달되지 않았을 공산이 크다.

"끄아아아아아악!" 어마어마한 통증에 후쿠는 참지 못하고 비명을 질렀다.

대체 뭘 하고 있는 거지? 마치 발목이 찢겨 나가는 것 같아. 설마 정말로 찢겨 나가지는 않았겠지만, 내가 아프다는 걸 전달하지 않으면 큰일 날지도 몰라.

후쿠는 다리를 움직여 통증이 느껴진다는 걸 전달하려 했다. 물론 다리의 움직임만으로 자세한 의사를 전달하기는 불가능하겠지만, 뭔가를 전하고 싶어 한다는 사실은 알 것이다.

그는 최대한 크게 다리를 움직이려 했다. 하지만 다리가 붙잡혀 있어서 잘 움직여지지 않았다.

이 자식들 바보인가? 발목만 꽉 붙잡고 온몸을 끌어내면 뼈가 부러질 수도 있잖아. 아니면 그 외에는 구출할 방법이 없는 건가? 설마 그럴 리가.

후쿠는 이번에는 자유로이 움직일 수 있는 왼쪽 다리를 버둥거렸다.

아무리 멍청한 놈이라도 이제는 눈치를 채겠지.

갑자기 오른쪽 다리가 자유로워진 느낌이 들었다. 하지만 변함 없이 무척 아팠다. 하지만 사태는 호전되고 있다. 아무래도 상대에게 이쪽의 의도가 전해진 모양이었다.

그렇게 생각한 다음 순간, 뭔가가 왼쪽 발목을 단단히 붙잡았다. 동시에 빠직빠직 뼈를 부수는 감각이 느껴지고, 뒤이어 오른쪽 다리보다 훨씬 격렬한 통증이 전해졌다.

후쿠는 또 비명을 질렀다.

뭘 하는 거야? 중장비라도 사용하는 건가? 난 살아 있는 인간이라고! 자칫하면 찌부러질 수도 있다고!

우어어어어엉!

이건 뭐지? 중장비 소리인가? 그런 것치고는 미묘한데. 마치…… 마치…….

후쿠는 좀처럼 다음 단어가 떠오르지 않았다. 너무 아파서 머리가 잘 돌아가지 않기도 했지만, 그의 잠재의식이 거부하는 탓이기도 했다.

엄청난 힘이 잡아당겼다. 단단한 눈 속을 끌려나가는 바람에 왼쪽 무릎 관절이 어긋나 무릎 반월판이 손상된 게 확실했다.

동시에 얼굴을 덮고 있던 눈이 날아갔다.

몸이 붕 떠오르는 느낌이 들었다.

하늘은 파랬다. 눈구름은 이미 걷힌 듯했고, 바람도 잔잔했다.

이번에는 떨어졌다. 설원에 내동댕이쳐지며 폐에 충격을 받아 잠시 숨을 쉴 수가 없었다.

후쿠는 이렇게 몹쓸 짓을 한 녀석에게 호통을 치려고 여기저기가 아파서 비명을 지르는 몸을 채찍질해 간신히 상반신을 일으켰다.

우어어어어엉!

곰이 포효했다.

후쿠는 비명조차 지를 수 없었다. 그저 "아아아아아아" 하고 얼빠진 목소리를 내는 것이 고작이었다.

곰은 네발로 엎드려 있었다. 크기는 확실치 않았지만 쓰러진 채 올려다보고 있는 후쿠에게는 10미터도 넘는 어마어마한 크기로 보였다.

곰의 입에서는 새빨간 피가 줄줄 흐르고 있었다.

신기하게도 후쿠는 그 피가 누구의 것인지 잠시 짐작이 가지 않았다. 그러다 곧 그것이 자신의 피임을 깨닫고 머뭇머뭇 다리가 어떤 상태인지 확인했다.

오른쪽 다리는 무릎과 복사뼈 사이가 절단됐다. 피가 흘러서 잘 알 수는 없었지만 튀어나온 것은 뼈 같았다. 왼쪽 무릎 관절은 역방향으로 구부러져 있었다. 그리고 발목은 앞도 뒤도 아니라 90도 넘게 옆으로 꺾여 있었다. 바지는 입고 있지 않았다. 곰이 잡아당겼을 때 찢어져서 걸레짝이 됐는지도 모른다.

이거 나을까?

골절은 나으리라. 관절은 인공관절로 교체하면 어떻게 될지도 모른다. 하지만 오른쪽 다리는 어쩌지? 곰을 죽이고 위장에서 발목을 꺼내서 즉시 봉합하면 될까? 물어뜯은 데다 씹어 삼켜서 위액에 절었어도 괜찮을까?

곰이 포효했다.

지금은 다리를 치료할 생각이나 하고 있을 때가 아니다. 달아나야 한다.

다리에 힘이 풀린 후쿠는 양팔을 이용해 뒤로 슬금슬금 물러났다. 이런 다리로는 어차피 일어설 수도 없겠지만.

곰은 발버둥 치는 후쿠를 조바심 내는 낌새 없이 가만히 바라보았다.

곰에게서 달아나려면 어떻게 해야 할까. 후쿠는 생각해내려고 기를 썼다. 하지만 간신히 쥐어짜 낸 지식은 곰에게는 죽은 척을 해봐야 소용없다는 것뿐이었다. 애당초 후쿠는 정신을 잃은 상태로 곰에게 습격당했으니 죽은 척이 아무 소용없다는 것은 명백했다.

곰은 인간보다 달리기가 빠르고 나무도 기어오를 수 있다. 간단한 문이나 창문쯤은 열 수 있을 만큼 앞발을 잘 쓰고 자동차 차체를 부술 만큼 힘이 세다. 후각도 민감하고 추적 실력도 뛰어나다.

그렇듯 자신에게 불리한 정보만 자꾸 생각났다.

도망치기는 힘들겠군.

후쿠는 현재 상황을 올바르게 분석한 자신이 기특했다.

도망은 무리다. 그리고 맨손으로 곰에게 맞서 싸우는 건 무모한 짓이다. 남은 건 구조를 기다리는 정도인가. 아니다. 스스로 구조를 요청해도 될 것이다.

"누구 없어어어! 교미이이이!" 너무 겁에 질려 말이 불명확해졌지만 이 고함소리를 들으면 누군가가 도움을 요청하고 있다는 것 정도는 전달되리라. 곰이 눈앞에 있어서 주위를 볼 여유는 없지만 적어도 당장 누군가가 구하러 오는 듯한 낌새는 없었다.

후쿠는 심호흡을 했다.

문제는 없어. 애당초 난 죽을 목적으로 구덩이를 뛰쳐나왔으니까. 얼어 죽는 게 아니라 곰에게 잡아먹히는 건 예상외였지만 죽는다는 목적 자체는 달성돼.

곰이 후쿠의 왼쪽 다리를 꽉 눌렀다.

발톱이 피부와 지방을 뚫고 근육에 박히는 게 느껴졌다.

너무 아파서 반사적으로 곰의 발을 잡고 치우려 했지만 꿈쩍도 하지 않았다.

곰이 후쿠의 왼쪽 다리를 물었다.

후쿠는 미친 듯이 날뛰며 곰의 머리를 떼어내려 했다.

뼈가 빠직빠직 부서지는 소리가 났다.

어째선지 후쿠는 자신의 정강이뼈가 세로로 갈라지는 상황이 머릿속에 떠올랐다.

피가 흘러나왔다.

죽는 건 예정대로다. 하지만 이 고통은 참을 수가 없다. 역시 달아날 방법을 모색해야 할지도 모른다.

마음을 고쳐먹은 후쿠는 곰의 앞발을 힘껏 때렸다.

곰은 후쿠의 왼쪽 다리를 문 채 후쿠의 오른손을 후려쳤다.

팔꿈치 아래쪽이 거의 뜯겨 나갔다. 관절은 어떻게 됐는지 모르지만, 가죽 한 장과 약간의 근육으로 이어져 덜렁덜렁 흔들렸다.

하얀 눈 속에서 검은 장갑이 두드러져 보였다.

후크인 척하는 작전은 완벽하다고 생각했는데. 놈은 이미 죽었으니 절대로 정체가 들통날 리 없었는데.

후쿠는 고통 속에서 왠지 멍하니 그런 생각을 했다.

그는 왼손으로 오른팔을 받치려고 했지만, 몹시 아파서 건드릴 수조차 없었다.

곰은 먹기 쉽도록 잘 잡으려는 듯 후쿠의 왼쪽 다리를 더 비틀었다.

고관절이 대번에 부서져 후쿠의 다리는 밑동부터 빙글빙글 돌아갔다.

이탈한 관절이 몸통 속에서 날뛰었고, 요도와 직장이 감겼다가 늘어나는 게 느껴졌다.

통증은 이미 한계를 넘어 일종의 쾌감마저 찾아왔다.

이거라면 견딜 수 있을지도 모른다.

이 정도 통증이 앞으로 몇 분 더 이어지다 죽는다면 허용범위 안이리라.

곰이 다리를 두 바퀴 더 비틀었다.

근육과 피부와 관절이 비틀려 뚝 끊어졌다.

곰은 그대로 다리를 잡아 뽑았다.

뿌욱.

더 이상 쾌감은 없었다. 기절하는 것조차 용납하지 않는 통증이 온몸을 가득 채웠다. 소리를 낼 수도 숨을 쉴 수도 없었다. 심장만이 비상벨을 울리듯 방망이질 쳤고 피가 끝없이 뿜어져 나왔다. 피는 눈 위에 부채꼴 모양을 그리며 10미터도 넘게 뻗어갔다.

곰은 뜯어낸 후쿠의 다리를 으적으적 씹어 먹었다.

후쿠는 도망치지도 죽지도 못하고 곰이 자기 다리를 먹는 광경을 그저 멍하니 바라보았다.

곰에게 후쿠는 이미 잡아야 할 사냥감조차 아닌 것이다. 이미 사냥을 마친 먹이다. 그러니 결정적인 타격을 가할 필요는 없다. 필요한 만큼 충분한 시간을 두고 먹으면 된다.

다리를 다 먹은 곰이 피투성이가 된 후쿠에게 다가와 킁킁 냄새를 맡았다.

부탁이야. 목이나 심장을 단숨에 물어뜯어.

하지만 후쿠의 바람도 헛되이 곰은 그의 아랫배에 이를 꽂았다.

어마어마한 고통 속에서 후쿠의 시야가 일그러지기 시작했다. 풍경이 점점 사람의 형태를 띠었다. 환각인지 현실인지 구별은 되지 않았지만, 설령 현실이더라도 자신의 목숨을 구할 수 없으리라는 것은 알고 있었다.

그것은 후쿠가 사랑한 소년들이었다. 소년들은 후쿠를 둘러싸고 내려다보았다.

"프렌디, 프렌디." 소년들이 후쿠의 애칭을 불렀다.

다들 내 죽음을 슬퍼하는 거야?

갑자기 소년들의 얼굴이 또렷해졌다.

한 사람도 빠짐없이 희미하게 웃고 있었다. 쏟아져 나온 후쿠의 내장을 보고 웃는 것이다.

"깔깔깔. 깔깔깔."

어떻게 된 거야? 너희는 날 사랑하잖아?

소년들은 자지러지게 웃었다. 더는 서 있을 수도 없는 모양이다. 개중에는 호흡 곤란에 빠진 사람도 있었다.

후쿠는 화가 났다. 난 너희를 이렇게나 사랑하는데, 너희는 왜 내가 고통스러워하는 모습을 보고 웃는 거야?

"거짓말쟁이." 소년이 말했다. "네가 사랑하는 건 우리가 아니야. 자기 자신뿐이지."

후쿠는 이 끔찍한 상황을 빨리 끝내기 위해 스스로 심장을 멈추려고 배 속에 왼손을 쑤셔 넣었다. 하지만 고통이 너무 심해 도저히 가슴속을 더듬을 수가 없었다.

그로부터 두 시간 가까이 곰은 후쿠의 내장을 게걸스럽게 먹었고, 후쿠는 상상을 초월하는 고통에 시달렸고, 소년들은 후쿠를 비웃었다. 이따금 그 가운데 웬디의 모습이 어른거렸다.

그렇구나. 내 정체가 쌍둥이에게 들통난 이유를 알았어. 웬디가 그걸 바랐기 때문이야.

그리고 마침내 후쿠의 심장은 멈췄다.

뇌가 활동을 정지할 때까지 최대한도의 고통은 계속됐다.

제일 먼저 오른발 끄트머리에 날카로운 통증이 느껴졌다. 그다음은 극심한 추위와 냉기가 몰려왔다.

후쿠는 눈을 떴다.

새하얬다.

아마 눈이리라. 얼굴 바로 앞에 있다. 분명 눈 속에 파묻혀 있는 것이다. 어둡지 않은 것으로 보건대 그렇게 깊지는 않은 모양이었다.

뭔가 이상하다. 왜 아직 눈 속에 있는 거지? 난 곰에게 잡아먹혀 죽었잖아?

후쿠는 오른손을 확인했다. 다친 곳은 없었다. 그렇다면 그건 진짜 꿈이었던 건가? 꿈인데 통증이 그 정도로 심하게 느껴진단 말인가?

오른쪽 발끝에서 느껴지는 통증이 더 심해졌다.

어떻게 된 거야? 왜 같은 일이 되풀이되는 거지?

느닷없이 오른쪽 다리가 쑥 잡아당겨졌다.

설마…… . 그런…… .

후쿠는 달아나려고 팔다리를 마구잡이로 휘둘러댔다.

"우어어어어엉!"

몸이 붕 떠오르는 느낌이 들었다.

하늘은 파랬다. 눈구름은 이미 걷힌 듯했고, 바람도 잔잔했다.

이번에는 떨어졌다. 설원에 내동댕이쳐지며 폐에 충격을 받아 잠시 숨을 쉴 수가 없었다.

후쿠는 여기저기가 아파서 비명을 지르는 몸을 채찍질해 간신히 상반신을 일으켰다.

우어어어어엉!

곰이 포효했다.

후쿠는 비명조차 지를 수 없었다. 그저 "아아아아아아" 하고 얼빠진 목소리를 내는 것이 고작이었다.

대체 뭐가 어떻게 된 건지 알기 위해 후쿠는 필사적으로 생각하려 했다. 하지만 통증과 공포로 생각이 정리되지 않았다.

곰을 때렸다. 오른팔이 뜯겨 나갔다. 그리고 왼쪽 다리가 뽑혔다.

이건 방금 전 상황의 반복이다. 그렇다면 또 내장을 뜯어 먹히며 오랫동안 괴로워해야 한다.

"살려줘." 후쿠의 목소리는 누구에게도 닿지 않았다.

그리고 곰은 후쿠의 내장을 맛있게 먹기 시작했다.

그로부터 두 시간 가까이 곰은 후쿠의 내장을 게걸스럽게 먹었고, 후쿠는 상상을 초월하는 고통에 시달렸고, 소년들은 후쿠를 비웃었다.

그리고 마침내 후쿠의 심장은 멈췄다.

뇌가 활동을 정지할 때까지 최대한도의 고통은 계속됐다.

제일 먼저 오른발 끄트머리에 날카로운 통증이 느껴졌다. 그다음은 극심한 추위와 냉기가 몰려왔다.

후쿠는 눈을 떴다.

새하얬다.

어떻게 된 거야? 왜 여관에서 깨어나지 않는 거냐고? 아바타라가 죽으면 그때까지의 현실은 모두 꿈이 되고 가장 최근에 잠들었을 때로 되돌아갈 텐데…….

가장 최근에 잠들었을 때!

후쿠는 무시무시한 사실을 깨달았다. 그는 눈 속에서 조난당해 잠들어버렸던 것이다. 즉 가장 최근에 잠든 건 조난당한 후다. 다시 말해 지금 죽으면 반드시 눈에 파묻힌 상태에서 깨어나게 된다.

구덩이 밖으로 뛰쳐나오는 게 아니었다. 왜 그렇게 멍청한 짓을 한 걸까.

후쿠는 몹시 후회했다.

오른쪽 다리의 통증이 심해졌다.

후회하고 있을 때가 아니야. 어떻게든 하지 않으면 또 그 시간이 시작돼. 아무튼 곰에게서 달아나야 해.

후쿠는 열심히 눈을 파헤쳤다. 처음 죽었을 때는 꼼짝도 하지 않았던 눈이 이번에는 지직지직 금이 가더니 순식간에 무너졌다. 위기의 순간이라 초인적인 힘이 발휘된 건지도 모르겠다.

후쿠는 지면에 손을 뻗어 몸을 끌어올리려고 했다.

다리가 끌어당겨졌다.

후쿠는 그대로 질질 끌려갔다.

맞다, 지금 곰이 내 다리를 물고 있지, 참. 이놈을 어떻게 하지 않으면 달아날 수 없어. 오른쪽 다리는 이미 작살났겠지만 상관 없어. 지금은 의족도 많이 발전했으니까. 살아남는 게 중요해. 곰에게서 탈출해 마을까지 가는 거야. 그게 안 된다면 하다못해 눈 속에 판 구덩이까지만이라도 돌아가면 돼. 사람이 많으면 곰도 달아날지 모르지. 달아나지 않더라도 다른 사람을 잡아먹고 만족할 수도 있고. 어쩌면 좋지? 곰에게 겁을 줄 만한 게 없나?

하지만 다리가 아파서 마음이 흐트러지고 생각이 정리되지 않았다. 그리고 후쿠는 자신에게 선택지가 거의 없다는 사실을 깨달았다.

곰이 한쪽 다리를 물어뜯고 있는 상황에서 상체를 일으켜 곰을 공격하는 건 생물학적으로도 역학적으로도 불가능하다. 남은 다리로 걷어차는 수밖에 없다. 하지만 무턱대고 발길질을 해봤자 무의미하다는 건 알고 있다. 효과적인 곳을 노려야 한다. 곰의 약점은 어디지? 심장인가? 두꺼운 가슴팍을 차봤자 아무 소용없겠지. 그럼 어디지? 목이나 눈이다. 곰이 오른쪽 다리를 물어뜯고 있으니까 둘 다 그 부근이다. 오른쪽 무릎에 힘을 주어 곰에게 접근한 후 곰의 얼굴 언저리를 차면 겁을 먹을 것이다. 그러고 나서는 기어서라도 어떻게든 곰에게서 멀어진다. 만약 여기가 비탈이라면 아래쪽으로 미끄러져 내려가면 된다. 곰도 미끄러져 내려올지 모르지만, 곰이라고 움직임이 자유롭지는 않을 테니 잘하면 다칠지도 모른다.

후쿠는 몸을 들어 올리려고 했다. 하지만 오른쪽 다리는 옴짝달싹도 하지 않았다. 이어서 왼쪽 다리로 곰의 얼굴을 차려고 했다. 하지만 허공에 휙휙 헛발질을 할 따름이었다.

느닷없이 오른쪽 다리가 쑥 잡아당겨졌다.

설마……. 그런…….

후쿠는 달아나려고 팔다리를 마구잡이로 휘둘러댔다.

"우어어어어엉!"

몸이 붕 떠오르는 느낌이 들었다.

하늘은 파랬다. 눈구름은 이미 걷힌 듯했고, 바람도 잔잔했다.

이번에는 떨어졌다. 설원에 내동댕이쳐지며 폐에 충격을 받아 잠시 숨을 쉴 수가 없었다.

후쿠는 여기저기가 아파서 비명을 지르는 몸을 채찍질해 간신히 상반신을 일으켰다.

우어어어어엉!

곰이 포효했다.

곰을 때렸다. 오른팔이 뜯겨 나갔다. 그리고 왼쪽 다리가 뽑혔다.

그렇구나. 애당초 곰에게서 달아나기는 불가능했던 거야.

곰은 후쿠의 내장을 맛있게 먹기 시작했다.

그로부터 두 시간 가까이 곰은 후쿠의 내장을 게걸스럽게 먹었고, 후쿠는 상상을 초월하는 고통에 시달렸고, 소년들은 후쿠를 비웃었다.

그리고 마침내 후쿠의 심장은 멈췄다.

뇌가 활동을 정지할 때까지 최대한도의 고통은 계속됐다.

제일 먼저 오른발 끄트머리에 날카로운 통증이 느껴졌다. 그다음은 극심한 추위와 냉기가 몰려왔다.

후쿠는 눈을 떴다.

새하얬다.

"으아아아아아아악!" 후쿠는 절규했다.

느닷없이 오른쪽 다리가 쑥 잡아당겨졌다.

"우어어어어엉!"

몸이 붕 떠오르는 느낌이 들었다.

하늘은 파랬다. 눈구름은 이미 걷힌 듯했고, 바람도 잔잔했다.

오른팔이 뜯겨 나갔다. 그리고 왼쪽 다리가 뽑혔다.

곰은 후쿠의 내장을 맛있게 먹기 시작했다.

그로부터 두 시간 가까이 곰은 후쿠의 내장을 게걸스럽게 먹었고, 후쿠는 상상을 초월하는 고통에 시달렸고, 소년들은 후쿠를 비웃었다.

그리고 마침내 후쿠의 심장은 멈췄다.

뇌가 활동을 정지할 때까지 최대한도의 고통은 계속됐다.

……

제일 먼저 오른발 끄트머리에 날카로운 통증이 느껴졌다. 그다음은 극심한 추위와 냉기가 몰려왔다.

후쿠는 눈을 떴다.

새하얬다.

"낄낄낄. 낄낄낄." 후쿠는 웃음을 터트렸다.

느닷없이 오른쪽 다리가 쑥 잡아당겨졌다.

"우어어어어엉!"

몸이 붕 떠오르는 느낌이 들었다.

하늘은 파랬다. 눈구름은 이미 걷힌 듯했고, 바람도 잔잔했다.

오른팔이 뜯겨 나갔다. 그리고 왼쪽 다리가 뽑혔다.

후쿠는 웃음을 멈추고 고통에 찬 비명을 내질렀다.

곰은 후쿠의 내장을 맛있게 먹기 시작했다.

그로부터 두 시간 가까이 곰은 후쿠의 내장을 게걸스럽게 먹었고, 후쿠는 상상을 초월하는 고통에 시달렸고, 소년들은 후쿠를 비웃었다.

그리고 마침내 후쿠의 심장은 멈췄다.

뇌가 활동을 정지할 때까지 최대한도의 고통은 계속됐다.

......

......

제일 먼저 오른발 끄트머리에 날카로운 통증이 느껴졌다. 그다음은 극심한 추위와 냉기가 몰려왔다.

후쿠는 눈을 떴다.

새하얬다.

"낄낄낄. 낄낄낄." 후쿠는 웃음을 터트렸다.

......

......

......

27

거무튀튀한 바다가 눈 아래에 펼쳐졌다. 한없이 뻗어나가는 우주처럼. 그리고 싸늘해 보이는 흰색 하늘은 천천히 어두워지고 있었다. 마치 바다에서 하늘로 어둠이 스며드는 것만 같았다.

"저기, 피터." 웬디는 물었다.

"방향은 이쪽이 맞아?"

"방향? 무슨 방향?"

"그야 네버랜드로 가는 방향이지."

"흠. 왜 그게 궁금한데?"

아아. 역시. 피터는 하나도 안 변했어.

그 여름의 대모험에서 사라진 피터 달링과 티모시 달링 대신 웬디 남매는 조지와 잭을 데리고 집으로 돌아가기로 했다. 두 사람은 피터랑 티모시와는 그렇게 닮지 않았지만, 분명 달링 부부는 눈치채지 못하리라 생각했다. 그들이 특별히 무정하다는 건 아니다. 다만 핏줄이 다른 고아를 여섯 명이나 느닷없이 양자로 받아들인 탓에 각자의 얼굴을 그렇게 잘 기억하지 못할 뿐이다. 아마 처음에는 다소 위화감을 느낄지도 모르지만, 쌍둥이가 뒤바뀌었을 리 없다는 고정관념 때문에 시간이 흘러 익숙해지면 원래 있었던 쌍둥이로 믿을 것이라 예상했다. 그리고 실제로 그렇게 됐다.

이윽고 봄이 오자 피터는 아무 일도 없었다는 듯 웬디를 데리러 왔다.

웬디는 두 번의 모험, 특히 참담했던 두 번째 모험을 피터가 기억하지 못하는 것 같아서 시험 삼아 물어보기로 했다. 일단은 그 징글징글한 해적에 대해서.

"후크 선장은 기억하지?"

"후크 선장이 누군데?"

"기억 안 나? 네가 후크 선장을 죽이고 우리 목숨을 구해줬잖아."

"난 죽인 놈들은 잊어버리거든." 피터 팬은 퉁명스럽게 대답했다.

그래. 후크는 잊어버려도 어쩔 수 없지. 벌써 1년이나 지났으니까.

하지만 그녀는 어떨까? 그만큼 귀찮은 일에 휘말렸으니 분명 기억하고 있을 거야.

"나를 만나면 팅커벨은 기뻐할까?" 웬디는 한번 떠보았다. 이렇게 질문하면 대답에 따라서 팅크 자체를 기억하지 못하는지, 팅크가 죽었다는 사실을 기억하지 못하는지 판단할 수 있을 것 같았다.

피터가 그 모험도 싹 잊어버렸으면 어쩌지…….

"팅커벨이 누군데?"

웬디의 불안은 적중했다.

"아아. 피터."

웬디가 팅커벨에 대해 자세하게 설명했지만 피터는 전혀 기억해내지 못했다.

"요정이야 얼마든지 있는걸." 피터는 환하게 웃었다. "그 어쩌고저쩌고하는 요정은 이미 죽었잖아."

피터는 정말로 아무것도 기억하지 못한다.

웬디는 절망과 약간의 안도감을 동시에 느꼈다.

피터는 아무것도 기억하지 못하고, 아무도 피터를 믿지 않는다.

그러니 피터에게 고백해도 아무 문제도 없다.

"저기, 피터. 나 상의할 일이 있어. ……상의랄까 그냥 들어줬으면 싶은 건지도 모르겠네."

"무슨 이야기인데?"

"꿈 이야기야."

"꿈? 네버랜드에 있으면 꿈을 꿀 필요 없어. 하루하루가 모험의 연속이니까."

"나 말이야, 계속 꿈을 꿔."

"계속?"

"응. 계속. 끝이 없는 악몽을."

357

"흐음." 피터는 귀찮다는 듯이 대꾸했다. "그래서?"

"나, 괴로워."

"꿈은 마음에 담아둘 것 없어. 어차피 꿈이니까." 피터는 그렇게 말하고 나서 웬일로 생각에 잠겼다. "악몽이라고 하나? 찜찜하고 괴로운 꿈이라면 나도 꿔."

"정말? 어떤 꿈인데?"

"꿈속의 나는 네버랜드에 사는 날 싫어해. 그리고 자주 자기 손목을 긋지. 아파서 싫어."

"많이 괴로워?"

"뭐, 싫기는 싫지만." 피터는 단검을 뽑아서 휘둘렀다. "짜증 나는 꿈을 꾸고 나면 한바탕 날뛰어. 해적이나 붉은 피부족에게 칼부림을 하면 속이 후련해지거든."

그건 악순환이야.

웬디는 그렇게 생각했지만 입 밖에는 내지 않았다. 그리고 피터에게 상의한 건 잘못이었을지도 모르겠다 싶었다. 그는 생사의 본질을 모른다. 그는 죽음의 공포를 이해하지 못하므로.

"죽는 건 엄청난 대모험이라고!"

피터는 이따금 그렇게 죽음을 동경하는 듯한 말을 한다. 자신이 절대로 체험할 수 없는 일임을 무의식중에 알고 있는지도 모르겠다.

그가 체험할 수 없는 또 하나의 일은 바로 어른이 되는 것이다.

그가 어른을 집요하게 공격하는 건 질투를 표현하는 한 가지 방식이리라.

웬디는 네버랜드에서 피터와 함께 나뭇잎과 산딸기 열매로 만든 자신의 옷이 짧아졌다는 걸 알아차렸지만, 물론 피터는 사소한 차이를 눈치챌 리 없었다.

하지만······.

웬디는 생각했다.

언젠가 분명 피터 팬도 내가 어른이 되어가고 있다는 걸 알아차릴 때가 오겠지. 그때 그는 어떻게 할까?

웬디는 일종의 기대감을 품고서 눈부시게 씩씩한 피터의 모습을 바라보았다.

물론 섬의 남자아이들은 죽기도 하므로 그 수가 늘어났다가 줄어들었다가 합니다. 아이들이 어른으로 보이게 되면 피터는 규칙을 위반했다는 명목으로 그들을 솎아냅니다. 이때는 쌍둥이를 두 명으로 헤아리면 여섯 명의 남자아이들이 섬에 있었습니다.

_제임스 매튜 배리 《피터 팬》 중 제5장 〈실제로 있었던 네버랜드〉에서

28

"중요한 증인을 먹다니 정말 어처구니가 없다." 아리는 길길이 화를 냈다.

식당에 사람이 별로 없어서 아리의 목소리는 더 크게 울려 퍼졌다.

"그러게. 식욕을 1분만 더 억눌렀다면 사건이 해결되었을지도 모르는데." 이모리는 미안한 듯이 말했다.

아리의 말대로다. 변명의 여지가 없었다.

"왜 못 참았어?"

"굴의 발언으로 사건이 깔끔하게 해결될 줄 몰랐어."

"그런 것도 모르다니 스스로 생각하기에도 이상하지 않아?"

"이상하지. 하지만 빌은 둘째가라면 서러운 멍청이니까 어쩔 수 없었어."

"'난 바보니까 무슨 짓을 해도 상관없다.' 그거야?"

"아니. 난 바보가 아니고, 무슨 짓을 해도 상관없다는 생각도 안 해."

빌은 어디에 가도 골칫덩이 취급을 당한다.

빌이 머물 유일한 장소는 분명 이상한 나라뿐이다. 물론 거기서도 환영은 받지 못하지만 적어도 다른 골칫덩이 사이에 섞여 지낼 수 있다.

"그럼 어쩔 수 없는 게 아니네."

"네가 수긍하지 못하는 것도 이해 못 하는 바는 아니지만 빌이 저지른 짓의 책임을 내게 묻는 건 불공평해."

"어째서? 넌 빌이잖아."

"난 빌이자 빌이 아니야."

"넌 빌이야."

사실 스스로도 잘 모르겠다. 난 빌인가 빌이 아닌가. 히다는 피터 팬인가 아닌가. 후쿠는 웬디인가 아닌가.

결국 눈사태로 조난된 지 몇 시간 후에 수색대가 도착해 생존자들은 구조됐다. 구덩이 속으로 대피한 사람 말고도 몇 명이 살아남았고, 시신도 거의 모두 발견됐다.

하지만 이상하게도 후쿠는 시신조차 발견되지 않았다고 한다.

이모리는 아바타라가 설산에서 조난당하는 것이 얼마나 위험한 일인지 알고 있었다. 저체온 상태로 일단 잠이 든 후 무슨 원인으로 한 번이라도 깨어나면 시간의 루프에 갇히고 만다.

어쩌면 후쿠는 시간의 루프에 갇혔는지도 모른다. 그렇다면 이제 그와는 만날 수 없다.

그러고 보니 묘한 일이 있었다. 그의 제자인 동창생 몇 명은 그에 대한 기억이 없다고 한다. 실은 이모리 자신도 후쿠가 그다지 잘 기억나지 않았다. 머지않아 그의 시간은 완전히 닫혀서 이 시간축에서 분리될지도 모른다. 그러면 이 세계에서 그의 흔적은 사람의 기억도 포함해 완전히 사라져버리는 걸까. 그에게 피해를 입은 사람에게는 분명 좋은 일이겠지만.

"기억을 공유하고 있다는 의미에서는 빌이지만, 의사와 사상은 공유하지 않아. 아바타라와 현실 세계의 인간은 동일 인물이라고 볼 수 없는 측면이 있어. 하기야 넌 특별한 경우지만."

"내가?"

"구리스가와 아리와 앨리스는 겉모습과 능력이 거의 같아. 그러니까 다른 인물보다 인격이 그대로 유지된다는 느낌이 강해도 이상할 것 없지."

"그건 네 오해야."

"뭐가 오해인데?"

나 또한 루프에 빠졌다. 뭔가 행동에 나서지 않으면 나는 영원히 이 루프에서 벗어날 수 없다.

"난 원래……."

반드시 상황을 타파하겠다. 아리와 나 자신을 위해.

"이야기하는 중에 죄송하지만, 시간 좀 내주시지 않겠습니까?"

중년 남자가 두 사람의 대화에 끼어들었다.

지금이 그때일지도 모른다.

◆ ◆ ◆

제임스 매튜 배리와
피터 팬에 대하여

◆ ◆ ◆

※본 작품의 경향을 언급하는 부분이 있으므로

본문을 먼저 읽어주십시오.

　《팅커벨 죽이기》는 영국의 극작가이자 소설가로서 인기를 누린 제임스 매튜 배리(Sir James Matthew Barrie)의 대표작인 《켄싱턴 공원의 피터 팬》과 《피터 팬(원제: 피터와 웬디)》에서 주요 모티브를 가져왔다. 피터 팬의 이야기는 애니메이션이나 뮤지컬의 인상이 강한데, 피터 팬은 실재하는 소년들을 모델로 삼았다고 알려져 있다. 배리의 생애와 함께 각 작품의 줄거리를 소개할 테니, 《팅커벨 죽이기》에 등장하는 인물과 요소를 찾아보시기 바란다.

*

　배리는 1860년 스코틀랜드 앵거스 주 키리뮤어에서 직물공장을 운영하는 보수적인 집안의 3남 7녀 중 아홉째로 태어났다. 남매 중에서도 특히 재기가 넘쳐 어머니의 총애를 받았던 작은형 데이비드는 열세 살이라는 이른 나이에 사망했는데, '영원한 소년'이 되어버린 형과 그 죽음에 슬퍼하는 어머니의 존재는 배리의 창작에 자주 그림자를 드리웠다.

어릴 적부터 이야기를 만드는 걸 좋아했던 배리는 에든버러 대학을 졸업하고 신문사에서 일한다. 그 후에 런던으로 거처를 옮기고 극작과 창작으로 인기를 끌기 시작한다.

1894년 배우 메리 앤셀과 결혼. 그리고 1897년, 배리는 켄싱턴 공원을 산책하던 중에 르웰린 데이비스 일가의 아이들과 만난다. 그들의 부모인 아서와 실비아는 나중에 달링 가족(웬디네) 부모의 모델이 된다. 배리는 아이들에게 즉흥적으로 이야기를 들려주었는데, 데이비스 일가의 5형제가 바로 주인공 캐릭터인 피터 팬의 원형이다. 덧붙여 어머니 실비아의 옛 성은 듀 모리에이며, 데이비스 일가의 아이들은 《레베카》, 《나의 사촌 레이첼》 등으로 유명한 대프니 듀 모리에의 사촌에 해당한다.

1901년 배리는 친교가 깊어진 데이비스 일가를 파념의 별장 블랙 레이크 코티지에 초대해 아이들에게 해적과 싸우는 연극을 시킨다. 그 장면을 촬영한 사진집을 2부 제작해 그중 1부를 아서에게 선물했지만 아서는 기묘하게도 그 책을 금방 '분실했다'고 주장한다. 그 후 1909년에 배리는 아내 메리와 이혼한다. 표면적인 원인은 아내의 불륜이지만, 원래 배리 본인이 여성과 부부로 생활하는 데 어려움이 있었다는 증언도 있다.

이러한 일화 때문인지 루이스 캐럴이 소녀애와 함께 회자되듯, 배리도 사망 후에 소년애에 얽힌 소문이 돌았다. 하지만 데이비스 일가의 다섯째 니콜라스(니코)는 그 의혹을 명확히 부정했으며 "(배리는) 어떤 악의도 없었다. 그래서 그는 '피터 팬'을 쓸 수 있었다"라고 말했다.

배리는 1902년 피터 팬이 처음으로 등장하는 소설 《작고 하얀 섬》을 출간한다. 그리고 1904년 연극 〈피터 팬 또는 어른이 되지 않으려는 소년〉이 상연돼 호평을 받았으며 1906년 소설 《켄싱턴 공원의 피터 팬》을 발표한다. 하지만 그 이듬해 데이비스 일가의 가장 아서가 암으로 사망, 뒤따르듯 3년 후에 그의 아내 실비아도 폐암으로 세상을 떠난다. 배리는 남겨진 아이들의 후견인이 되어 전면적으로 지원한다. 데이비스 형제는 배리의 후원 덕분에 학업면에서도 경제면에서도 어려움을 겪지 않았지만, 각자 기구한 운명을 맞는다.

첫째 조지는 제1차 세계대전이 벌어지자 영국 육군에 지원해 1915에 21세라는 젊은 나이로 전사한다.

둘째 존(잭)은 영국 해군에 입대해 제1차 세계대전 때 직업군인으로 종군했고 그 후에도 순조로운 인생을 걷는다. 그는 아버지가 사망한 후 다른 형제들과 달리 배리와 거리를 두었다고 한다.

셋째 피터도 조지와 마찬가지로 영국 육군에 지원했고 살아 돌아온 후에는 배리의 지원을 받아 출판사를 설립한다. 하지만 피터 팬이라는 이름의 유래가 된 인물로 불리는 것에 평생 괴로워하다 63세 때 스스로 열차에 몸을 던져 인생을 마감한다.

배리에게 가장 사랑받은 넷째 마이클은 옥스퍼드 대학 재학 중에 친구와 물에 빠져 죽는다. 사실 헤엄을 치지 못한 그가 왜 물속에 들어갔는지 의문시됐다. 수수께끼가 많은 죽음이다.

데이비스 형제의 마지막 생존자인 다섯째 니코는 셋째 피터의 출판업을 보좌하게 된다. 그는 나중에 BBC가 제작한 드라마 시리즈 〈로스트 보이스〉(1978)의 각본 감수를 맡아 시대의 증언자로서 책임을 다하고 1980년 세상을 떠났다.

1937년 배리는 폐렴으로 서거했다. 향년 77세. 그는 만년에 비서였던 신시아 애스퀴스에게 유산을 대부분 물려주고 '피터 팬'에 관련된 자기 작품의 저작권을 런던에 있는 소아병원에 증여했다. 애스퀴스는 작가로서 활약하는 한편, 이름난 괴기소설 엮은이로서도 뛰어난 업적을 남겼다. 일본에서는 《부드러운 악몽 영미 여류 괴담집》,《유령섬 히라이 데이치 괴담 번역 집대성》(둘 다 소겐 추리문고) 등으로 그녀의 창작품을 접할 수 있다.

또한 배리는 교우관계가 아주 넓어 《화살의 집(The House Of Arrow)》으로 유명한 알프레드 에드워드 우들리 메이슨과 평생 우정을 나눈 것 외에도 조지 버나드 쇼, 아서 코난 도일, 허버트 조지 웰스 등과 친구로 지냈다. 또한 스코틀랜드 출신인 로버트 루이스 스티븐스와는 오랜 세월 편지로 교류했고, 사모아에 있는 그의 집에 초대받기도 했지만 직접 만난 적은 한 번도 없었다고 한다.

《켄싱턴 공원의 피터 팬》(Peter Pan in Kensington Gardens, 1906)

새에서 인간의 아기로 환생한 피터는 생후 일주일이 되는 날

밤, 창살 없는 창문을 통해 켄싱턴 공원으로 날아가 새도 인간도 아닌 존재로서 요정과 새와 함께 놀며 지낸다.

어느 날 요정의 여왕 마브가 무도회에서 아름다운 음악을 연주한 상을 주겠다고 하자 피터는 엄마에게 돌아가고 싶다고 한다. 언제 돌아와도 되게끔 엄마가 창문을 열어뒀을 것이라 믿는 피터는 집으로 돌아가, 눈물을 흘리며 잠든 엄마를 보고 옆에서 피리로 자장가를 불어준다. 하지만 미련이 남았던 피터는 공원으로 돌아온다. 얼마 후 다시 엄마를 찾아갔을 때 창문에는 쇠창살이 끼워져 있었고, 엄마는 다른 남자아이를 품에 안은 채 잠들어 있었다. 그 모습을 본 피터는 공원에서 살기로 결심하고 두 번 다시 엄마를 만나러 가지 않는다.

그 후 피터는 공원에 남아 있던 네 살짜리 소녀 메이미 매너링과 만나 교류하지만, 어느 틈엔가 메이미도 점점 성장한다. 그 후로도 피터는 동화 속 등장인물 같은 존재로서 요정들과 함께 켄싱턴 공원 어딘가에서 살아간다.

줄거리를 보면 알겠지만 웬디도 팅커벨도 후크 선장도 등장하지 않는다. 이 작품은 네버랜드를 무대로 한 모험담이 아니라 어머니를 영원히 잃어버린, 인간도 새도 아닌 경계선상에 있는 신비한 존재로서 피터를 다룬 아름답고도 슬픈 동화다.

배리가 처음으로 피터 팬을 주인공 삼아 발표한 《작고 하얀 섬》의 1부를 발췌해 단행본으로 출간한 것이 이 작품이다. 출간에 앞서 상연된 연극 〈피터 팬, 또는 어른이 되지 않으려는 소년〉

이 호평을 받아 출판에 이르렀다고 한다.

태어난 지 일주일 된 아이가 창문에서 날아올라 요정의 나라로 간다는 설정과 엄마 곁으로 돌아갔을 때 새 아들이 태어났고 창문에 쇠창살이 끼워져 있었다는 일화는 나중에 《피터 팬》에서도 등장한다. 이 중 전자는 켄싱턴 공원에서 요람 밖으로 굴러떨어져 일주일간 데리러 오는 사람이 없는 아이는 '잃어버린 소년'이 되어 네버랜드로 보내진다는 형태로 활용된다.

덧붙여 피터 팬의 '팬'은 성씨가 아니다. '패닉'의 어원인 그리스 신화 속 목축의 신 '판'에서 유래됐다.

《피터 팬》(Peter and Wendy, 1911)

런던에 있는 아주 평범한 가정인 달링 일가의 아이 방에 그림자를 두고 온 피터 팬은 부모가 없는 틈을 노려 요정 팅커벨과 함께 집에 침입한다. 피터 팬은 그림자를 원래대로 붙이려고 갖은 애를 쓰다가 큰딸 웬디 모이라 앤절라에게 들키고, 결국 웬디가 바늘과 실로 그림자를 꿰매어준다. 요정들의 마법 가루의 힘으로 자유로이 하늘을 날 수 있는 피터의 안내를 받아 웬디는 동생 존, 마이클과 함께 네버랜드로 떠난다. 그곳은 피터가 이끄는 잃어버린 소년들 외에 요정, 붉은 피부족, 해적, 인어들이 살아가는 '결코 존재하지 않는 나라'였다. 웬디는 잃어버린 소년들의 '엄마'로서 환영받는데……

애니메이션과 뮤지컬로 친숙한 '피터 팬'을 상상하며 읽으면 놀랄 것이다. 아이들은 피에 굶주려 서슴없이 사람을 죽이고, 붉은 피부족의 아름다운 아가씨 타이거 릴리와 해적들도 냉혹하기 이를 데 없다. 애당초 피터 팬 자체가 상당한 폭군으로 군림하며 해적들과의 전투에 잃어버린 소년들을 동원한다는 내용이 초반에 똑똑히 적혀 있다.

> "잃어버린 소년들을 제외하고 모두 피에 굶주려 있었습니다. 잃어버린 소년들도 평소 같으면 피를 원하겠지만 오늘밤은 대장을 맞으러 나갔습니다. 물론 죽기도 하므로 이 섬에 있는 잃어버린 소년들의 수는 그때그때 다릅니다. 그리고 어른이 되는 건 규칙 위반이므로 그럴 때는 피터가 솎아냅니다. 아무튼 이때는 쌍둥이를 두 명으로 헤아려서 총 여섯 명이 있었습니다. [……] 자, 마지막으로 등장한 건 쌍둥이. 쌍둥이를 설명하기는 불가능합니다. 왜냐하면 둘 중한 명에 대해 이야기하려다가 실수로 다른 한 명을 설명하고 말기 때문입니다. 피터는 쌍둥이가 뭔지 잘 몰랐습니다. 게다가 피터의 부하는 피터가 모르는 사실을 알아서는 안 되었습니다."
>
> _《피터 팬》 중 제5장 〈실제로 있었던 네버랜드〉

덧붙여 이 책 《팅커벨 죽이기》는 《피터 팬》에서 펼쳐진 모험이 끝난 후부터 이야기가 시작된다. 피터는 숙적 후크 선장과의 싸움에 승리했고 여섯 명의 잃어버린 소년들(투틀스, 슬라이틀리, 닙스, 컬리, 쌍둥이)은 달링 일가에 양자가 됐다. 피터는 평범한 생활을 거쳐 어른이 되기를 거부하고 네버랜드로 돌아가지만, 봄철 대청소를 위해 해마다 일주일간 웬디를 네버랜드에 데려가도 된다고 웬디 어머니가 허락해주었으므로, 웬디는 봄에 피터가 데리러 오기를 기다렸다. 다만《피터 팬》중 제17장〈웬디가 어른이 되었을 때〉를 보면 피터가 어느덧 그 약속을 잊어버려 나중에 웬디와 재회했을 때 그녀는 이미 어른이 된 뒤였다.

여주인공의 이름인 웬디는 지금이야 영미권에서 일반적으로 쓰이지만, '피터 팬'이 발표되고 연극이 처음 상연된 당시에는 몹시 드물어서 성 또는 남자 이름으로 사용된 예가 몇 번 있을 뿐이다. 즉 웬디라는 이름은 '피터 팬'이 유행해서 여자 이름으로 정착됐다고 봐도 무방하리라. 배리는 원래부터 여주인공에게 희귀한 이름을 붙여주고 싶어 했고, '웬디'는 친구의 딸이 배리를 '마이 프렌디(내 친구)'라고 부른 것에서 유래했다.

참고문헌

《켄싱턴 공원의 피터 팬》, 난조 다케노리 옮김(고분샤 고전 신역 문고)

《피터 팬》, 오쿠보 히로시 옮김(신초 문고)

《로스트 보이스·J. M. 배리와 피터 팬 탄생 이야기》앤드류 퍼킨·스즈키 시게토시 옮김(신쇼칸)

도마뱀 빌과 이모리의
모험은 계속된다!

도마뱀 빌은 2013년 이상한 나라에서 앨리스를 만나 모험을 시작한다(《앨리스 죽이기》). 천신만고 끝에 이상한 나라에서 발생한 사건은 해결됐지만, 빌의 모험은 끝나지 않는다. 이번에는 물에 빠졌다가 웬 호수에서 정신을 차리고 호프만 우주의 사람들과 살인사건을 수사한다(《클라라 죽이기》). 그다음에는 뜨거운 사막에서 구사일생해 오즈의 나라에서 활약한다(《도로시 죽이기》).

빌과 꿈으로 연결되어 있는 이모리는 빌이 모험을 펼칠 때마다 지구에서 여러모로 도움을 주며 빌을 구하려 애쓴다. 독자 입장에서 둘의 모험은 깨알 같은 재미가 넘치지만, 마치 이인삼각을 보는 것처럼 조마조마하기도 하다.

과연 언제쯤 도마뱀 빌은 이상한 나라로 돌아가 편안한 일상을 되찾을 수 있을 것인가. 하지만 작가 고바야시 야스미는 아직 빌을 되돌려 보낼 생각이 없는 듯하다. 빌은 또다시 모험의 길에 나선다.

그렇다면 이번에는 어떤 동화의 세계로 떠날까. 바로《피터 팬》이다. 빌은 네버랜드로 향하는 피터 팬, 그리고 웬디 일행과 만나 팅커벨이 살해당한 사건을 수사하게 된다. 빌은 과연 팅커벨을 죽인 범인을 찾아낼 수 있을까.

《피터 팬》하면 소설도, 미국에서 제작된 디즈니 애니메이션도 유명하지만 내 기억 속에 가장 선명하게 남아 있는 피터 팬은 일본에서 제작된 세계 명작 극장 시리즈《피터 팬의 모험》이다. 찾아보니 한국에서는 1990년에 방영했다고 하니까(일본에서는 1989년) 대체 그게 뭐냐고 머릿속에 물음표를 그릴 독자도 많지 않을까 싶다.

그 작품에서 피터 팬은 머리에 버킷해트 같은 모자를 쓰고 허리에는 뿔피리를 찬, 쾌활하고 씩씩한 소년으로 나온다. 칼을 들고 후크 선장과 싸움을 벌이기도 하지만 초등학교 저학년이 신나게 보았으니 특별히 잔인한 장면은 없었을 것이다. 피터 팬과 웬디, 소년들의 이른바 케미도 좋았다.

시리즈를 벌써 세 권이나 번역하며 고바야시 야스미가 동화를 어떻게 재해석하는지 알고는 있었지만,《팅커벨 죽이기》가 명랑 활극이 되지는 않을까 약간은 기대했다. 그리고 그 기대는 역시 어긋났다.

《팅커벨 죽이기》에서 피터 팬은 잔인무도하고 안하무인이다. 그를 따르는 소년들, 해적, 붉은 피부족도 피에 굶주려 있다. 아, 고바야시 야스미가 나의 추억을 산산조각 내는구나 싶었지만,

웬걸 《피터 팬》원작도 《팅커벨 죽이기》 못지않게 살벌하다고 하니 어떤 의미에서 고바야시 야스미는 원작을 충실하게 반영한 것인지도 모르겠다.

이렇듯 살벌한 배경에서 독재자 피터 팬이 활개를 치는 가운데, 빌과 이모리는 좌충우돌하며 제각기 고생길을 나아간다. 그리고 그 끝에는 예상도 못 했던 진상이 기다리고 있다.

《클라라 죽이기》와 《도로시 죽이기》는 원전(原典)이 많았던 탓에 작품 자체는 재미있을지언정, 읽으면서 고개를 약간 갸우뚱한 독자도 있지 않았을까 싶다(번역할 때도 약간 고생스러웠다). 반면 이번 《팅커벨 죽이기》는 원전이 《켄싱턴 공원의 피터 팬》과 《피터 팬》 두 작품뿐이다. 독자들은 대부분 《피터 팬》을 읽어보았을 텐데, 《켄싱턴 공원의 피터 팬》을 모르더라도 독서에 지장은 없다. 다만 나처럼 '피터 팬'에 환상을 품고 있었다면 그 환상이 와장창 깨지는 경험을 할 것이다.

빌과 이모리의 모험은 이번 작품에서도 끝나지 않았다. 그러나 작품 말미에서 이모리가 의미심장한 대사를 내뱉음으로 시리즈 다음 작품이 어떤 동화를 배경으로 하든, 뭔가 새로운 전개가 펼쳐지지 않을까 기대심이 차오른다. 분명 내용이 예사롭지는 않을 터. 고바야시 야스미가 빨리 다음 작품을 써주기를 바랄 뿐이다.

2020년 7월

김은모

옮긴이 김은모

일본 문학 번역가. 경북대학교 행정학과를 졸업했다. 아직 국내에 알려지지 않은 다양한 작가의 작품을 소개하고자 노력하고 있다. 옮긴 작품으로 《세계의 끝과 시작은》을 비롯해 미쓰다 신조의 '작가 시리즈'와 《별 내리는 산장의 살인》《앨리스 죽이기》《여자 친구》《후가는 유가》《우죄》《밀실살인게임》 등이 있다.

팅커벨 죽이기

초판 1쇄 발행일 2020년 8월 18일
초판 7쇄 발행일 2023년 7월 18일

지은이 고바야시 야스미
옮긴이 김은모

발행인 윤호권
사업총괄 정유한

편집 박윤희 **디자인** 박정원 **마케팅** 정재영, 윤아림
발행처 ㈜시공사 **주소** 서울시 성동구 상원1길 22, 6-8층(우편번호 04779)
대표전화 02-3486-6877 **팩스(주문)** 02-585-1755
홈페이지 www.sigongsa.com / www.sigongjunior.com

ISBN 979-11-6579-143-8 04830
ISBN 978-89-527-7787-4 (세트)

*시공사는 시공간을 넘는 무한한 콘텐츠 세상을 만듭니다.
*시공사는 더 나은 내일을 함께 만들 여러분의 소중한 의견을 기다립니다.
*검은숲은 ㈜시공사의 브랜드입니다.
*잘못 만들어진 책은 구입하신 곳에서 바꾸어 드립니다.

WEPUB 원스톱 출판 투고 플랫폼 '위펍' __wepub.kr
위펍은 다양한 콘텐츠 발굴과 확장의 기회를 높여주는
시공사의 출판IP 투고·매칭 플랫폼입니다.